Volker Linhard

In der Grabkammer des Pharao

Eine interaktive Reise in die Vergangenheit

BRUNNEN
Verlag Giessen · Basel

__Volker Linhard__, geboren 1963 in Fürth, studierte Religionspädagogik und Kirchliche Bildungsarbeit in München. Heute lebt er mit seiner Familie in Offenhausen bei Nürnberg und arbeitet als Religionspädagoge an mehreren Schulen. Seit Jahren erzählt er seinen Schülerinnen und Schülern mit großer Begeisterung biblische Geschichten im Religionsunterricht.

Die eigentliche Idee zu diesem Buch verdankt er jedoch seiner Ehefrau Andrea, die mit viel Geduld seine Arbeit an der „Grabkammer des Pharao" begleitet hat. Seine beiden größeren Kinder Anna-Maria und Jakob haben die Entstehung der Geschichten von Anfang an miterlebt und viele gute Vorschläge, aber auch kritische Anregungen beigesteuert.

Doch die besten neuen Ideen hatte der Autor, als er abends am Bett seines kleinen Hannes saß und wartete, bis er eingeschlafen war.

MIX
Papier aus verantwortungsvollen Quellen
FSC® C006701
FSC www.fsc.org

1. Sammelband 2014
5. Auflage 2014 – In der Grabkammer des Pharao
3. Auflage 2014 – Der Schrei aus der Zisterne

Umschlagmotiv: Ute Scharrer, Hersbruck
Umschlaggestaltung: Sabine Schweda
Illustrationen: Ute Scharrer, Hersbruck
Satz: DTP Brunnen
Herstellung: CPI – Ebner & Spiegel, Ulm
ISBN 3-7655-4244-2

ACHTUNG!

Überleg es dir gut, ob du dieses Buch wirklich lesen willst!
In Ordnung, du hast dich entschieden. Wenn du in die „Grabkammer des Pharao“ einsteigst, kannst du dich nämlich auf einiges gefasst machen: In diesem Buch liest du nicht nur von Abenteuern, die irgendwelche Helden erlebt haben, sondern in diesem Buch bist du selbst mittendrin und die eigentliche Hauptperson! Immer wieder musst du dich entscheiden. Das heißt, es geht nicht einfach Seite für Seite weiter, so wie du das vielleicht gewohnt bist.
Du verirrst dich zum Beispiel in einer Pyramide und hast die Wahl, ob du dem linken oder rechten Gang folgen willst. Ein anderes Mal musst du als Sklave schuften und dich entscheiden: „Versuche ich, so schnell wie möglich zu fliehen? Spreche ich lieber einen Sklaven neben mir an?“
Oder du schwimmst durch den Nil, wirst von Krokodilen bedroht und musst blitzschnell reagieren: „Tauche ich unter – oder ...?“
Wie es dann weitergeht, hängt von deinen Entscheidungen ab, und nicht immer geht alles glatt!
Aber zum Glück hast du jedes Mal die Möglichkeit, wieder neu anzufangen.
Auf vielen verschiedenen Wegen erlebst du immer neue, gefährliche Abenteuer und hast spannende Begegnungen. So wirst du zum Beispiel ein hebräisches Sklavenvolk kennenlernen, das mit brutaler Gewalt unterdrückt wird. Oder du beobachtest den ägyptischen Prinzen Mose bei einem Verbrechen und bestehst auf eurer dramatischen Flucht unzählige Gefahren. Sicherlich wirst du auch das Mädchen Miriam, den grausamen Pharao und viele andere treffen.
Mit jedem Weg, den du gehst, sammelst du einen neuen Puzzlestein. Je mehr Möglichkeiten du ausprobierst, umso größer und deutlicher wird das Gesamtbild!
Du kannst das Buch immer wieder zur Hand nehmen und Neues entdecken. Und wenn du alle Teile zusammengefügt hast, dann kennst du die spannende Geschichte des Volkes Israel, das auf wunderbare Weise aus seiner ägyptischen Gefangenschaft befreit wurde.
Dieses Volk gibt es übrigens wirklich. Die wichtigsten Begebenheiten, die dir auf deiner Abenteuerreise durch die „Grabkammer

des Pharao“ begegnen, haben tatsächlich stattgefunden. Sie sind in der Bibel aufgeschrieben.
Manche Ereignisse, Personen und viele Einzelheiten habe ich dazu erfunden und erzählt, wie es vielleicht gewesen sein könnte. Wenn du es ganz genau wissen willst, kannst du die biblischen Geschichten am Ende des Buches nachlesen (122-130). Oder du nimmst einfach eine Bibel und schlägst im Buch Exodus nach. Dort erfährst du alles, was Mose, Miriam und das ganze Volk Israel mit ihrem Gott erlebt haben.
Aber nun genug der Vor-Worte. Viel Spaß beim Lesen und Entscheiden in „der Grabkammer des Pharao“!

Volker Linhard

DIE HAUPTPERSONEN

Am wichtigsten bist natürlich du, denn ohne dich und deine Entscheidungen läuft gar nichts.

(Hier kannst du dein Foto einkleben)

Mit diesen Leuten wirst du häufiger zu tun haben:

Ich heiße Mose und war als Kind einer großen Gefahr ausgesetzt. Doch meine Schwester Miriam hat mir durch ihren klugen und mutigen Einsatz das Leben gerettet. Ich wuchs am Hof des Pharao auf und hatte ein herrliches Leben, bis ich eines Tages einen großen Fehler beging.

Im Land Midian fing ich ein neues Leben an, doch dann holte mich meine Vergangenheit ein. Ich musste zurück nach Ägypten, denn Gott hatte einen gefährlichen Auftrag für mich.

Ich heiße Miriam und bin die ältere Schwester von Mose. Wir Hebräer leben hier in Ägypten wie Sklaven und auch ich musste schon oft mitschuften.
Meinen Bruder rettete ich aus einer ausweglosen Situation, aber dann habe ich ihn lange Zeit nicht mehr gesehen. Erst als ich erwachsen war, traf ich ihn wieder und er erzählte mir einen unmöglichen Plan. Mein größtes Erlebnis mit Gott hatte ich am Schilfmeer. Es war unheimlich und wunderbar zugleich.

Ich heiße Gad und bin ein hebräischer Junge. Mit meiner Familie wohne ich in einer der Sklavensiedlungen in Gosen an der Ostgrenze Ägyptens. Immer wieder schleiche ich um die Pyramiden herum und versuche, irgendwelche Geheimnisse herauszufinden. Außerdem habe ich erst vor Kurzem mit ein paar Freunden in einer verlassenen Höhle eine tolle Entdeckung gemacht. Mein größter Wunsch ist Freiheit für uns Sklaven, dafür würde ich alles dransetzen. Einmal hat es leider nicht geklappt, aber dann ist Mose gekommen.

Mein Name ist Tutmosis, ich bin Magier am Hofe des Pharao. Ihr könnt euch vielleicht nicht so recht vorstellen, was das bedeutet. Wir Magier sind hier in Ägypten wichtige Leute und haben verschiedene Aufgaben. Da wir die ägyptischen Schriftzeichen, man nennt sie heute Hieroglyphen, lesen und schreiben können, genießen wir ein so hohes Ansehen wie die Schreiber.

Wir wissen auch in der Medizin und Heilkunde Bescheid und kennen so manche Tricks, sodass viele Leute in uns übernatürliche Kräfte am Werk sehen. Manche Geheimnisse sind uns vertraut und wir versuchen, in die Zukunft zu schauen. Aber bei diesem Mose habe ich erlebt, dass dies alles nichts ist im Vergleich zur Macht seines unsichtbaren Gottes.

Mein Name ist Jitro, ich bin Priester und Schafhirte im Land Midian. Es ist ein hartes und anstrengendes Leben, und darum hätte ich mir lieber ein paar Söhne gewünscht. Aber meine sieben Töchter packen kräftig mit an, und ich bin immer wieder erstaunt, wie sie sich mit allem zurechtfinden.

Meine älteste Tochter Zippora hat unter seltsamen Umständen einen Hebräer kennengelernt, der aus Ägypten geflohen ist. Er hat mir viel bei meinen Schafen geholfen, aber dann ist die ganze Familie nach Ägypten zurück gezogen. Erst später habe ich sie wiedergesehen – und da hatte mein Schwiegersohn wirklich Unglaubliches geschafft.

Und hier die wichtigsten Dinge, die du für deine Abenteuerreise brauchst:

LANDKARTE

Die Karte findest du auf der nächsten Seite. Bevor du dich entscheiden kannst, musst du dich in manchen Situationen erst einmal genau orientieren. Also, vergiss die Karte nicht!

HIEROGLYPHENRASTER

Wenn du wissen möchtest, wo deine Reise weitergeht, hilft dir an manchen Stellen dieses speziell für dich entwickelte Hieroglyphenraster. Ist doch ganz einfach, oder?

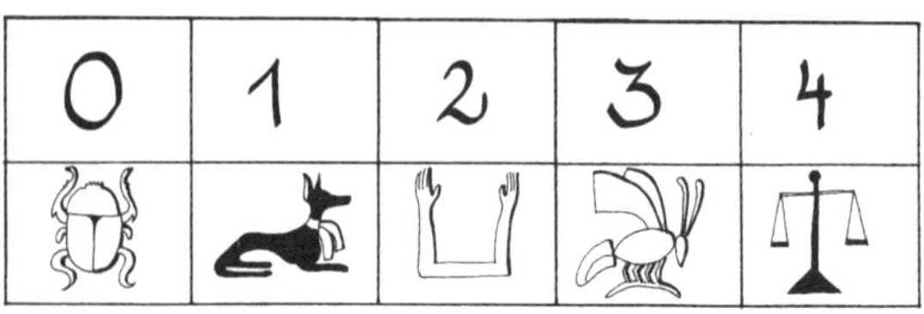

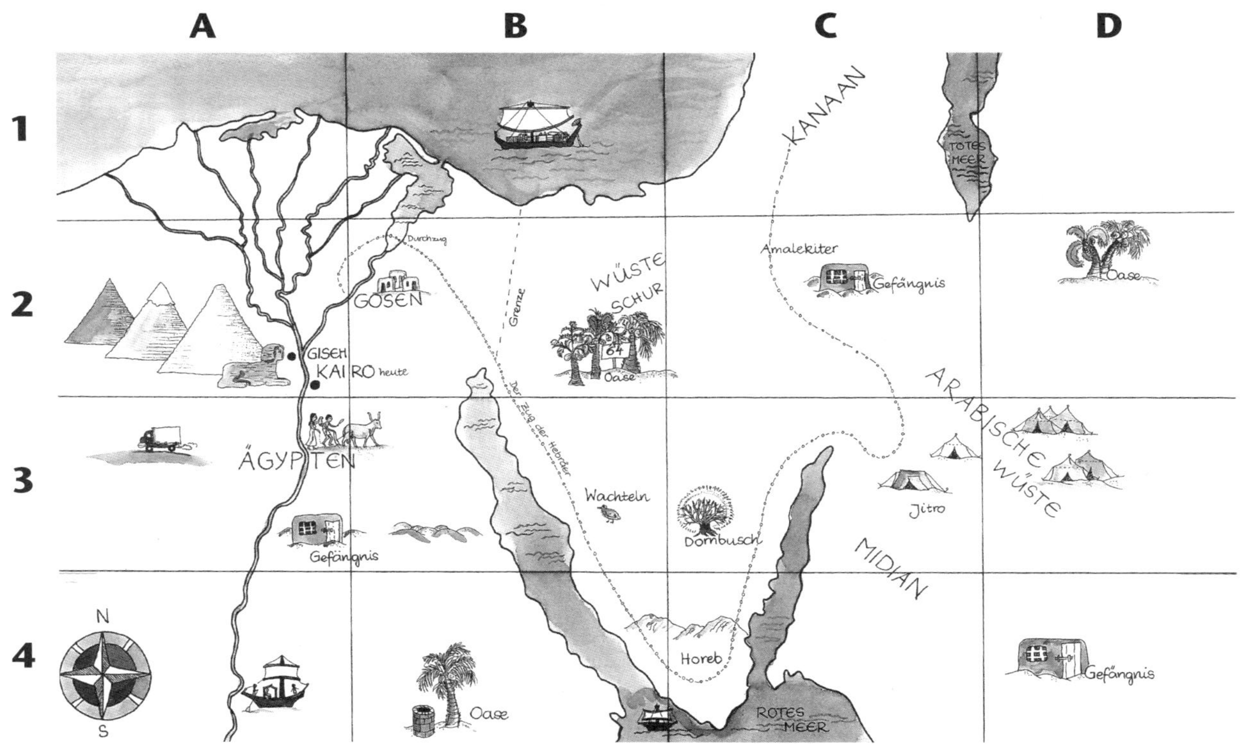
A
B
C
D
1
2
3
4
KANAAN
TOTES MEER
Durchzug
Grenze
GOSEN
WÜSTE SCHUR
64
Oase
Amalekiter
Gefängnis
Oase
GISEH
KAIRO heute
Der Zug der Hebräer
ARABISCHE WÜSTE
ÄGYPTEN
Wachteln
Dornbusch
Jitro
Gefängnis
MIDIAN
N
S
Horeb
Gefängnis
Oase
ROTES MEER

1

Endlich sind Ferien und du freust dich auf den Urlaub mit deinen Eltern. Euer Ziel ist Ägypten, das Land am Nil, das Land der Pyramiden und Pharaonen. Das hat dich schon immer interessiert. Eine Menge Bücher hast du über Ägypten und seine Geschichte gelesen. Jetzt bist du richtig neugierig.

Vom Flugzeug aus erkennst du das Mittelmeer, das sich strahlend blau weit über den Horizont erstreckt. „Schaut doch!", rufst du aufgeregt deinen Eltern zu. „Ich kann schon das Nildelta erkennen!"

Bald darauf landet ihr auf dem Flughafen von Kairo. Mit einem Taxi fahrt ihr zu eurem Hotel draußen vor der Stadt. Durch die Scheiben siehst du, wie die Menschen sich auf den engen Straßen drängen. Ständig hupt irgendwo ein Auto. Am Ende einer langen Palmenallee erreicht ihr schließlich euer Hotel.

„Wann sehen wir uns endlich die Pyramiden an?", fragst du ungeduldig.

„Immer mit der Ruhe", antwortet dein Vater.

Jeden Tag macht ihr Ausflüge in die nähere Umgebung. Heute seid ihr unterwegs zu den drei berühmten Pyramiden von Giseh. Du stehst vor diesen riesigen Bauwerken und blickst gebannt nach oben. Die Sonne blendet dich und du hörst dem Reiseführer gar nicht richtig zu.

„10 000 Menschen haben jahrelang daran gebaut ... Millionen tonnenschwerer Steine wurden hochgeschleppt ..." – nur diese Satzfetzen dringen an dein Ohr.

Nun geht es endlich in die Pyramide hinein. Schon nach einigen Schritten ist kein Sonnenlicht mehr zu sehen. Überall sind die Gänge hell beleuchtet, und die Menschen drängen sich, um die Worte des Reiseführers zu verstehen. Gerade erklärt er die ägyptischen Schriftzeichen. Gespannt hörst du zu und bleibst interessiert vor einigen Hieroglyphen stehen.

„Was soll denn das?", fragst du dich, als du einen Falken, ein Auge und – zu deiner Verwunderung – einen Totenkopf erkennst.

„Was könnte das wohl bedeuten?", überlegst du und bist völlig in Gedanken vertieft.

Erst nach einer Weile bemerkst du, dass es in dem Gang ganz still geworden ist. Du schaust dich um und entdeckst zu deinem Entsetzen, dass die Reisegruppe schon weitergegangen ist.

Schnell rennst du los, aber nach wenigen Metern teilt sich der Weg in zwei beleuchtete Gänge. Einer führt nach links und einer nach rechts. In der Ferne hörst du Stimmen, doch aus welcher Richtung kommen sie?

➔ *Willst du den rechten Gang entlanggehen? Dann lies weiter bei* 2

➔ *Oder kommen die Geräusche doch aus dem linken Gang? Dann lies weiter bei* 3

2

Der rechte Gang führt eine Weile geradeaus, doch plötzlich stehst du vor einer Steinmauer.
„Was soll denn das?", fragst du dich. „Das sind ja Betonsteine!"
Es sieht so aus, als sei dieser Weg erst vor Kurzem zugemauert worden.
„Nichts wie zurück!", schießt es dir durch den Kopf. Du willst dich umdrehen und loslaufen. Doch da hörst du plötzlich wieder Stimmen von Menschen. Sie scheinen von der anderen Seite der Mauer zu kommen.
Schnell drehst du dich wieder um, klopfst mit aller Kraft an die Mauer und schreist: „Hilfe! Hilfe! Hört mich denn niemand?"
Langsam steigt Panik in dir hoch. Wie wild trommelst du gegen die Wand, doch die Stimmen auf der anderen Seite werden leiser und leiser. Dann verstummen sie ganz.
Erschöpft sinkst du auf den staubigen Boden und bist völlig ratlos. Da entdeckst du vor dir an den Seitenwänden wieder Hieroglyphen. Du erkennst eine Hand, einen Stein und einen Pfeil.
Mit deinen Augen folgst du dem Pfeil – und wirklich, nun fällt dir ein locker sitzender Stein in der Mauer auf. „Soll das wohl bedeuten, dass man diesen Stein herausziehen kann?", fragst du dich.

→ *Du könntest es probieren und den Stein herausziehen.* 4

→ *Willst du lieber den Gang zurückgehen?* 5

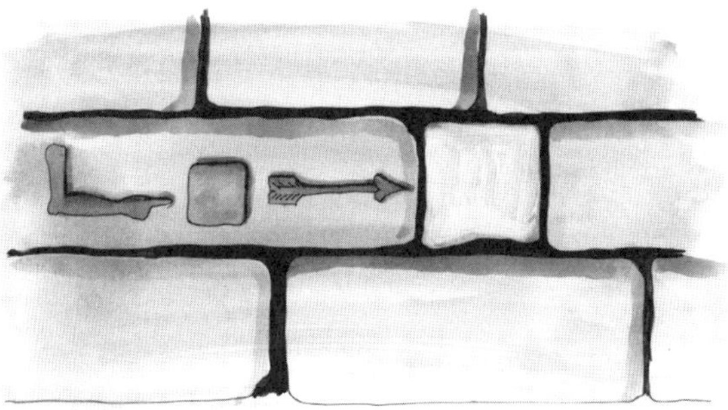

3

Der linke Gang macht mehrere Biegungen.
„Zum Glück kommen nicht noch mehr Abzweigungen, sonst würde ich mich wohl total verlaufen", denkst du dir. Deine Schritte werden immer schneller. Nach einer Weile hörst du in der Ferne dumpfe Geräusche.
„Das kann nur die Touristengruppe sein", atmest du auf. „Gleich habe ich es geschafft."
Doch plötzlich gehen alle Lichter aus. Du hörst lautes Rufen. Jetzt fängst auch du an zu schreien: „Helft mir doch! Ich finde nicht zurück! Hilfe!"
Panik steigt in dir auf. Es ist stockdunkel, sodass du nicht einmal die Hand vor Augen sehen kannst. Du denkst an die Pharaonen, die jede Menge Fallen und Labyrinthe in ihre Pyramiden eingebaut haben. „Komme ich hier je wieder heraus?", fragst du dich.
Als du hörst, wie aus der Ferne jemand deinen Namen ruft, schöpfst du neue Hoffnung.
„Hier! Hört ihr mich denn nicht? Hier, hinter der Mauer bin ich!", schreist du mit aller Kraft und tastest dich langsam an der Wand entlang weiter.
Immer noch ist es stockdunkel, und die Stimmen werden ständig leiser.
„Das kann doch nicht sein. Gehe ich etwa in die falsche Richtung?"
Du machst kehrt und willst gerade zurückgehen, da hörst du am Boden ein Geräusch.

→ *Willst du so schnell wie möglich zurücklaufen?* 6

→ *Du kannst auch stehen bleiben und dich leise verhalten.* 7

4

Wirklich, der Stein sitzt ganz locker. Vorsichtig ziehst du ihn heraus. Doch als du ihn in der Hand hältst, bebt der Boden unter deinen Füßen. Die große Steinplatte, auf der du stehst, schiebt sich zur Seite. Du kannst dich nirgends festhalten.

Mit einem dumpfen Schlag landest du in zwei Metern Tiefe auf dem Steinboden. Dein Knöchel schmerzt. Du hast ihn dir wohl verstaucht. Um dich herum ist es stockdunkel. Du tastest die Wände ab.

„So ein Mist!", denkst du dir. „Alles ist glatt und steil. Da komme ich nie wieder hoch!"

Langsam stellst du dich auf die Beine. Dabei spürst du einen stechenden Schmerz im Knöchel. Über dir siehst du die helle Öffnung des Schachtes, aber du kommst einfach nicht hoch.

„Wenn ich nur irgendein Licht hätte!"

Da erinnerst du dich an das neue Feuerzeug, das sich dein Vater auf dem Markt gekauft hat und das du dir unbedingt anschauen wolltest.

„Das hab ich mir ja eingesteckt", fällt dir ein.

Du wühlst in deiner Hosentasche und zündest das Feuerzeug an. In seinem schwachen Lichtschein blickst du dich nach allen Seiten um. Da entdeckst du einen kleinen Gang, der aus dem Schacht hinausführt. Du kriechst hinein, und schon nach einigen Metern erreichst du einen Hauptweg, wo du wieder stehen kannst.

An den Wänden bemerkst du Öllämpchen aus Ton. Vorsichtig nimmst du eins dieser Lämpchen herunter und pustest erst einmal die dicke Staubschicht weg.

„Die müssen ja schon ewig hier hängen, so wie die ausschauen", denkst du dir.

Du hältst dein Feuerzeug an den Docht, und als das Lämpchen brennt, atmest du erleichtert auf.

„Nun kann ich mich hier etwas genauer umsehen. Es muss doch irgendwo wieder rausgehen!", sprichst du dir Mut zu.

→ *Vor dir liegt der Gang. Willst du ihn weitergehen?* 8

→ *Du kannst auch in den Schacht zurückkehren und um Hilfe rufen.* 9

5

Nach einer Weile erreichst du eine kleine Öffnung im Boden. Steinstufen führen nach unten. Du kriechst hinein und kommst in einen großen Raum, der von unzähligen kleinen Öllämpchen beleuchtet wird. In der Mitte liegen zwei Mumien auf steinernen Sockeln, die mit ägyptischen Malereien kunstvoll verziert sind. „Das muss die Grabkammer der Pharaonen sein", vermutest du.

Dein Herz schlägt schneller. Du lässt deine Blicke durch den Raum schweifen. Papiere und Werkzeuge liegen auf dem Boden. Es scheint, als hätten hier erst vor Kurzem Forscher gearbeitet. In der Ecke findest du Reste einer Mahlzeit und mehrere Wasserflaschen.

„Hm, es sieht alles so aus, als hätten diese Leute ziemlich plötzlich aufbrechen müssen", denkst du dir.

Sogar der Staub ist noch aufgewirbelt. Im Schein des Lichtes siehst du die vielen Staubkörner langsam zu Boden schweben.

Die Luft ist trocken und deine Zunge klebt förmlich am Gaumen. Da kommen dir die Wasserflaschen sehr gelegen. Du überlegst, ob du nicht aus einer der Flaschen trinken solltest, hebst sie auf und öffnest den Verschluss. Sie ist noch halb voll.

→ *Du zögerst. Willst du die Wasserflasche wieder hinstellen?* 10

→ *Oder möchtest du etwas trinken?* 11

PHAR
QUELLE

6

Die Steinwand fühlt sich kalt und abweisend an, doch sie ist deine einzige Orientierung in der Dunkelheit. Deine Hände tasten sich vorsichtig daran entlang, und dabei läufst du weiter, so schnell du kannst. Völlig unerwartet stößt du mit dem Kopf an einen herausstehenden Felsbrocken. Ein stechender Schmerz durchfährt dich. Du fasst dir an den Kopf und taumelst zu Boden. Warmes Blut rinnt zwischen deinen Fingern hindurch. Dann verlierst du das Bewusstsein.

Als du wieder aufwachst, bemerkst du einen ungewöhnlichen Geruch. Es wird langsam heller in dem Gang, doch du kannst vor lauter dichter Nebelschwaden nichts erkennen. Langsam richtest du dich auf und läufst weiter.

„Wann verschwindet denn endlich dieser sonderbare Nebel?", fragst du dich und fasst dir an den schmerzenden Kopf. „Oh, das dröhnt ja ganz gewaltig." Immer noch benommen von den Schmerzen schwankst du langsam weiter. Der Nebel lichtet sich.

Plötzlich stehst du im Freien und kneifst die Augen zu, denn die Strahlen der Sonne blenden dich. Aber statt des Gemurmels der Touristen hörst du Schreie und Peitschenknallen. Braun gebrannte Aufseher mit eigenartigen Zopffrisuren schlagen mit Peitschen auf schwitzende, halb nackte Männer ein, die Steine schleppen. Völlig entgeistert blickst du um dich.

„Wird hier irgendein Kinofilm gedreht?", fragst du dich.

Nochmals schaust du dich um. Alles wirkt unheimlich echt, es sind auch nirgends Kameras zu sehen.

„Dann gibt's nur noch eine andere Erklärung", denkst du dir. „Ich muss wohl in der Vergangenheit sein!" Doch du hast wenig Zeit, dir viele Gedanken zu machen. Das Knallen der Peitschen dröhnt in deinen Ohren. Das Einzige, woran du jetzt denkst: „Ich muss mich vor diesen Sklaventreibern in Sicherheit bringen. Wer weiß, was die sonst mit mir anstellen."

Schnell versteckst du dich und schleichst im Schatten der Pyramide vorsichtig weiter. Zum Glück hat dich niemand entdeckt.

Nicht weit entfernt liegt eine kleine Siedlung mit armseligen Hütten. Du siehst aus der Ferne, wie Frauen mit Wasserkrügen auf dem Kopf hineinlaufen und Kinder barfuß herumtoben. Aber die Häuser sehen nicht sehr vertrauenerweckend aus.

→ *„Soll ich in diese Siedlung hineingehen?“, fragst du dich.* 12

→ *„Nichts wie weg hier!“, entscheidest du.* 13

7

Ganz still kauerst du auf dem Boden, während das Geräusch immer näher kommt.
„Was kann das bloß sein?“, fragst du dich. „Klingt wie irgendein Käfer, der da herumkrabbelt.“
Plötzlich spürst du einen Stich in der rechten Hand, und alles dreht sich. Du verlierst das Bewusstsein.
Als du aufwachst, siehst du am Ende des Ganges eine Fackel brennen. „Habe ich geschlafen? Wie lange wohl? Was ist mit mir los?“, fragst du dich.
Beim Aufstehen bemerkst du einen leichten Schmerz in der Hand. Da fällt dir alles wieder ein.
Unruhig flackert das Licht der Fackel. Verwundert gehst du darauf zu. Viele Fragen schießen dir durch den Kopf:
„Hier in der Pyramide geht doch kein Luftzug, warum brennt das Feuer so unruhig? Und wo ist eigentlich die elektrische Beleuchtung geblieben?“
Zögernd wagst du dich einige Schritte vorwärts. Da erkennst du am Ende des Ganges eine Tür. Von dort blickst du in eine große Halle, die von unzähligen Fackeln an den Wänden hell erleuchtet wird.
Ein ungewöhnlicher Duft steigt dir in die Nase. Aus einer Öffnung des Saales strömt weißer Rauch herein. Aus diesem undurchdringlichen Nebel lösen sich acht kahlköpfige Gestalten mit weißen Gewändern. Auf ihren Schultern tragen sie eine Bahre mit einem großen Körper.
„Eine Mumie!“, schießt es dir durch den Kopf. „Eindeutig, eine in weiße Binden gewickelte Mumie. So haben doch die alten Ägypter ihre Toten bestattet.“
Jetzt hörst du Musik und einen leisen Singsang dazu.
„Was soll das Ganze? Wo bin ich hier bloß gelandet?“

→ *Willst du hingehen und diese Männer ansprechen?* 14

→ *Oder willst du die Männer erst einmal heimlich verfolgen?* 15

8

Langsam humpelst du den Gang weiter. Bei jedem Schritt schmerzt dein Fuß.

Nach einer Biegung stehst du plötzlich vor einer riesigen Steinplatte.

„Was mache ich jetzt bloß?“, fragst du dich. „Schon wieder so eine Wand!“

Als du einen Schritt weitergehst, öffnet sich die Tür wie von Geisterhand. Ächzend schiebt sich die tonnenschwere Steinplatte auf die Seite.

„Vielleicht eine Falle für Grabräuber?“, vermutest du.

Zögernd stehst du vor dem geöffneten Eingang und blickst in einen kleinen Raum. Unzählige kleine Öllämpchen tauchen ihn in ein geheimnisvolles Licht. In der Mitte siehst du zwei Mumien auf einem großen Steinsockel liegen. Überall stehen Krüge, Schüsseln, kleine Figuren und Waffen. Die Wände sind mit vielen Hieroglyphen bemalt. Es siehst aus, als sei alles seit Jahrtausenden unberührt.

„Eine noch unentdeckte Grabkammer!“, durchzuckt es dich, und ein kalter Schauder läuft über deinen Rücken.

Nun gehst du langsam in die Grabkammer hinein. Bei jedem Schritt hast du das Gefühl, beobachtet zu werden. Immer wieder schaust du dich nach allen Seiten um, doch du kannst niemanden entdecken.

Du siehst dir eine der Mumien genauer an und erkennst eine kleine goldene Dose in ihren Händen. Plötzlich bemerkst du einen sonderbaren Geruch, der wahrscheinlich von dieser Dose ausgeht. Dir stockt der Atem. „Das gibt es doch nicht! Oder kann es wirklich sein, dass sich ein Duftstoff so lange Zeit erhalten hat?“, wunderst du dich.

→ *Willst du diese geheimnisvolle Dose öffnen?* 16

→ *In der Grabkammer gibt es noch mehr zu sehen. Interessiert es dich?* 17

9

Als du zurückkommst, ist der Weg nach oben mit einer schweren Steinplatte verschlossen. Mehrmals rufst du laut um Hilfe, doch niemand hört dich. Mit aller Kraft trommelst du gegen die Wände.
„Hilfe! Hilfe! Ich bin hier unten!", schreist du, bis du heiser wirst. Doch nirgends regt sich etwas, überall nur Totenstille. Panik steigt in dir auf.
„Vielleicht ist das eine der unzähligen Fallen, die die Pharaonen gegen Grabräuber in die Pyramiden eingebaut haben", schießt es dir durch den Kopf. „In meinen Ägyptenbüchern habe ich ja darüber gelesen." Du versuchst dich zu beruhigen und klar zu denken.
Mit dem Öllämpchen leuchtest du den Gang nach allen Seiten aus, um dir die Wände genauer anzusehen. Plötzlich fällt dir auf, dass von der Flamme ein dunkler Rauch ausgeht, der dich langsam einhüllt. Unweigerlich atmest du den Rauch ein, musst husten und stellst das Öllämpchen schnell weg. Doch es ist zu spät. Dir wird übel, und du verlierst das Bewusstsein. Das Lämpchen fällt dir aus der Hand, und du sackst zu Boden.
Irgendwann öffnest du wieder die Augen.
„Was ist los? Wo bin ich?"
Vor dir krabbelt ein kleiner leuchtender Käfer. Du blickst dich um, und da fällt dir alles wieder ein.
„Das Öllämpchen, der dunkle Rauch … aber was ist eigentlich mit mir geschehen?", überlegst du.
Der kleine Leuchtkäfer ist immer noch da. Jetzt krabbelt er langsam weg.

„Vielleicht soll ich ihm folgen?"
Du beschließt, dem Käfer nachzugehen. Du folgst ihm durch unzählige Gänge und über viele Treppen. Immer wieder gibt es Abzweigungen. Mal führt dich der Käfer nach links, mal nach rechts oder geradeaus. Im schwachen Lichtschein erkennst du Bilder und Hieroglyphen an den Steinwänden.
„Werde ich hier jemals herauskommen?", fragst du dich.
Doch als du schon fast die Hoffnung aufgegeben hast, gelangst du endlich ins Freie.
Die Sonne geht gerade unter, aber du siehst keine Touristen, keine Busse und keine Souvenirläden. Alles ist menschenleer.
„Komisch, niemand da ..."
In der Ferne bemerkst du aufsteigenden Rauch.
„Dort müssen doch Menschen sein. Die können mir sicher weiterhelfen."
Du wanderst einige Stunden und erreichst eine riesige Baustelle, wo halb nackte Sklaven Ziegelsteine schleppen und sie zu großen Mauern aufbauen. Überall stehen grimmige Aufseher, die die Männer mit Peitschen zur Arbeit antreiben. Einer der Aufseher hat dich entdeckt und deutet mit seiner Peitsche auf dich. Wie erstarrt stehst du da und kannst dir das alles nicht erklären.
„He, du! Komm mal her!", hörst du die Stimme des Aufsehers.

→ *Willst du zu ihm hingehen?* 18

→ *Noch ist er ein Stück entfernt. Willst du schnell weglaufen?* 19

10

Du hast die Flasche zurückgestellt und gehst langsam auf die Mumie zu. In dieser unheimlichen Stille hörst du dein eigenes Herz wie wild klopfen. Du schleichst um die Mumie herum und betrachtest sie von allen Seiten.
„Das gibt es doch nicht! Ich muss mich täuschen. Atmet die wirklich?", staunst du.
Du reibst deine Augen und starrst wie gebannt auf diese Bewegung. Deine Hände zittern, doch du legst sie vorsichtig auf den Brustkorb der Mumie und spürst dabei ganz deutlich das Einatmen und Ausatmen.
In diesem Moment knarrt und quietscht es hinter dir. Die schwere Steintür schließt sich. Aus den Augenwinkeln blickst du nach hinten.
„Mist, die Tür ist zu. Wie soll ich hier bloß wieder rauskommen?"
Dir wird unheimlich. Du willst dich umdrehen, doch deine Beine sind schwer wie Blei. Sie gehorchen dir einfach nicht mehr. Du willst wegrennen, aber es geht nicht.
Plötzlich bewegt die Mumie ihren Kopf. Sie richtet sich auf und sieht dich aus leblosen Augen an. Mit aller Kraft machst du einen Schritt zurück, doch diese in Binden gewickelte Gestalt erhebt sich und kommt auf dich zu. Du stehst mit dem Rücken zur Wand, es gibt kein Entrinnen. Die Mumie hebt ihre schweren Hände und legt sie auf deine Schultern.

„Jetzt ist mein Ende gekommen“, denkst du noch. Da sinkst du in die Knie. Eine bleierne Müdigkeit überfällt dich und du schläfst ein.
Als du aufwachst, liegst du im Freien und dein ganzer Körper ist mit feinem Wüstensand bedeckt. Du stehst auf, schüttelst den Sand ab und schaust dich verwundert um.
„Wo bin ich? Was ist geschehen?“, fragst du dich. Jetzt fällt es dir wieder ein.
„Die Mumie, die Grabkammer … Ich habe wohl noch einmal Glück gehabt. Aber wie um alles in der Welt komme ich hierher?“
In der Ferne entdeckst du einen grünen Fleck. Als du näher kommst, ist es eine Oase mit Palmen und einer sprudelnden Quelle. Du trinkst dich satt. Als du wieder aufblickst, erkennst du am Horizont ein Gebirge.

→ *Willst du zu den Bergen gehen?* 20

→ *Wenn du in der Oase bleiben willst, lies weiter bei* 21

11

Nach einem kräftigen Schluck aus der Wasserflasche wird dir schwarz vor den Augen. „Hätte ich doch bloß nicht von dieser Flasche getrunken!“, kannst du gerade noch denken. Doch dann dreht sich alles um dich, und du fällst auf den Boden.
Als du wieder aufwachst, hörst du die Vögel zwitschern. Wasser plätschert, und die Sonne blendet dich. „Träume ich?“, fragst du dich. „Wie komme ich bloß hierher?“
Aber du hast nicht viel Zeit zum Nachdenken, denn du hörst die Stimmen von Frauen, die im nahe gelegenen Schilf baden. Du richtest dich auf. Vor dir fließt der mächtige Nil. Plötzlich hörst du die Frauen aufgeregt rufen. Hinter dem dichten Schilfgras versteckst du dich. Von dort aus kannst du sie gut beobachten und belauschen.
„Da drüben! Seht doch! Da schwimmt etwas!“, macht eine die anderen aufmerksam. Du beobachtest, wie sie auf den Fluss hinausschwimmt und ein kleines Körbchen aus dem Wasser fischt. Sie bringt es einer prächtig gekleideten Frau, die dich an eine Prinzessin aus deinem Ägyptenbuch erinnert.

„Komisch, so sahen die Ägypter vor ein paar tausend Jahren aus. Bin ich hier in irgendeinen Film geraten?", fragst du dich.

12

An einigen der Lehmhütten gehst du vorüber. Aber dann klopfst du einfach an der nächsten Hütte. Eine alte Frau öffnet dir und sieht dich fragend an. „Hm, äh, ... ich komme aus einem fernen Land und weiß nicht, wo ich hingehen soll", stammelst du.
Noch immer blickt die alte Frau dich prüfend an und schweigt.
„Na ja, ich war vorhin bei dieser Baustelle", du deutest zu den Aufsehern und den Sklaven. „Aber ich habe mich versteckt und in Sicherheit gebracht. Ich weiß echt nicht, was ich jetzt tun soll. Ich bin hier völlig fremd."
Die Frau mustert dich von oben bis unten, dann lächelt sie und lässt dich hinein.
Eine ganze Familie sitzt um den Tisch, auf dem ein dampfender Brei in einer Schüssel und einige Brotfladen stehen. Mit einer Handbewegung laden sie dich zum Essen ein.
Gerade als du dich hinsetzen willst, wird die Tür aufgerissen, und Soldaten mit Schwertern und Bogen stürzen herein.
„Keiner verlässt den Raum!", schreit eine Stimme. „Die Männer hier an die Seite. Los! Legt euch auf den Boden!"
Mit brutaler Gewalt stoßen die Eindringlinge die Männer nieder. Zwei der Soldaten durchsuchen die ganze Hütte, reißen Schränke und Truhen auf und durchwühlen alles.
Aus dem Nebenzimmer zerren sie eine junge Frau mit einem weinenden Baby, die sich versteckt hatte. Die Soldaten wollen ihr das Kind wegnehmen. Einer von ihnen hat bereits sein Schwert gezogen und will der jungen Mutter einen Schlag versetzen.

Die ganze Zeit hat dich niemand bemerkt. Du überlegst fieberhaft: „Wie könnte ich denen bloß helfen?" Jetzt hast du die rettende Idee. Du musst blitzschnell reagieren. Aus deiner Hosentasche holst du das neue Feuerzeug deines Vaters. Das hattest du dir vor dem Ausflug in die Pyramide ausgeliehen.
Du streckst das Feuerzeug in die Höhe und stößt einen ohrenbetäubenden Schrei aus. Alles schaut auf dich. In diesem Moment springst du auf den Tisch und zündest das Feuerzeug an. Du hältst es einem Soldaten vor die Nase. Alle weichen sie zurück.
Das Feuerzeug geht ein paar Mal aus und wieder an. Mit leiser Stimme raunst du den Soldaten zu: „Seht dieses Licht. Es wird euch Verderben bringen. Das Feuer wird euch alle verzehren!"
Die Soldaten werfen sich zu Boden und verneigen sich vor dir, dann kriechen sie rückwärts zur Tür hinaus.
Nach einer Weile kommt der Anführer langsam wieder herein. Alle Sicherheit ist aus seinem Auftreten verschwunden. Er zittert am ganzen Körper. Stotternd nennt er dich „Hüter des Feuers" und fragt, ob er dich zum Pharao bringen soll.

→ *Wenn du zum Pharao mitgehen willst, lies weiter bei* 24

→ *Willst du die Soldaten lieber wegschicken?* 25

13

Die kleine Siedlung liegt gerade hinter dir, da hörst du aus einer der Hütten laute Hilfeschreie. Schnell schleichst du dich heran und beobachtest durch ein Fenster, was dort passiert.

Im Schein einer kleinen Öllampe erkennst du, wie ägyptische Soldaten einer Frau ihren Säugling wegnehmen wollen.

„Haltet uns bloß nicht auf!", schreit einer der Soldaten den Männern zu, die sich ihnen entgegenstellen wollen. Die Soldaten zücken ihre Schwerter, und die Männer weichen etwas zurück. Da reißt einer der Soldaten den Säugling aus den Armen der Mutter. Die Männer stürmen los, doch sie werden von den Soldaten überwältigt und niedergeschlagen.

„Los jetzt! Nichts wie weg hier!", befiehlt der Hauptmann. „Von dem Lärm werden bloß noch mehr Sklaven in den anderen Häusern wach!"

Die kleine Truppe eilt aus dem Dorf. Du überlegst nicht lange und folgst ihnen in sicherer Entfernung.

Sie erreichen den Nil, waten durch das seichte Wasser und werfen das schreiende Baby in den Fluss. Danach verschwinden sie im Dunkel der Nacht. Du holst tief Luft, tauchst leise unter und schwimmst, so schnell du kannst, auf das Kind zu.

Nach einer Weile spürst du nasse Windeln, die im Wasser schwimmen, und tauchst auf. Jetzt hörst du, wie das Kind im Wasser strampelt und schreit. Noch zwei kräftige Schwimmzüge und du hast es erreicht.

Auf dem Weg zurück ins Dorf beruhigt sich das Kleine ein wenig. Aber noch immer schluchzt es zitternd in deinen Armen.

Die Eltern können es nicht fassen, als du mit ihrem Kind zurückkommst.

„Bleib doch bei uns als Gast! Du bist uns herzlich willkommen", laden sie dich ein. „Wie können wir dir das nur danken?"

„Was ist hier eigentlich los?", fragst du.

Nun erzählen sie dir die traurige Geschichte, dass der Pharao alle neugeborenen Söhne töten lässt. „Er fürchtet, dass unser Volk zu groß wird. Wir könnten zu einer Gefahr für sein eigenes Volk werden", erklärt die Frau.

„Für diese Nacht nehme ich eure Einladung gerne an. Ich weiß sowieso nicht, wohin", entscheidest du schließlich und erzählst aus deinem Leben.
Am nächsten Tag sprechen dich einige der Hebräer an: „Wir haben gehört, wie du das Baby gerettet hast. Du scheinst Mut und Köpfchen zu haben. Solche Leute könnten wir gebrauchen!"
„Wozu gebrauchen?", willst du wissen.
„Nun, wir wollen uns mit dieser elenden Sklaverei nicht abfinden", sagt einer der Hebräer und sieht sich vorsichtig nach allen Seiten um. „Weißt du, der Pharao hat überall seine Spione."
Dann flüstert er dir zu: „Wir haben einige gute Ideen. Wir planen einen Aufstand. Aber mehr verraten wir noch nicht. Willst du bei uns mitmachen?"

→ *Wenn du bei dem Aufstand mitmachen willst, lies weiter bei* 27

→ *Ist dir die Sache doch zu unsicher? Willst du ihr Angebot ablehnen?* 55

14

Zögernd trittst du in die erleuchtete Halle. Zwei der Männer drehen sich nach dir um. Doch bevor du etwas sagen kannst, kommen Soldaten aus dem hinteren Eingang der Halle angelaufen. Einer der weiß gekleideten Priester ruft: „Nehmt diesen verfluchten Grabräuber fest. Er hat die heilige Handlung entweiht."
Zwei Soldaten fassen dich an den Armen.
„Aber …", stotterst du, „… aber … ich weiß doch überhaupt nicht, was hier los ist!"
Hilfe suchend siehst du den Priester an und fügst hinzu: „Ich bin doch kein Grabräuber!"
Doch alle deine Beteuerungen sind vergeblich. Die Soldaten zerren dich nach draußen.
Du schreist um Hilfe, schlägst wie wild um dich und versuchst dich loszureißen. Doch es nützt alles nichts. Die Soldaten haben dich fest

in ihrem Griff. Dir bleibt nichts anderes übrig, als dich ihnen zu ergeben.
Als du dich ein wenig beruhigt und etwas verschnauft hast, kommt dir eine unheimlich Ahnung.
„Ich muss wohl in der Vergangenheit gelandet sein. Anders lässt sich das alles nicht erklären."
Draußen vor der Pyramide wirst du in Eisenketten gelegt. Nach einem zweistündigen Fußmarsch unter der glühenden Sonne siehst du in der Ferne eine große Stadt. Die Ketten an deinen Armen und Beinen haben deine Haut aufgeschürft, die offenen Wunden brennen. Die Luft ist heiß und trocken, deine Zunge klebt am Gaumen.
„Hoffentlich ist der Fußmarsch dort zu Ende und es gibt etwas zu trinken."
Unterwegs siehst du Männer in Lehmgruben arbeiten. Aus den Gesprächen der Soldaten erfährst du, dass es hebräische Sklaven sind.
„Werde ich nun auch hier landen?", fragst du dich erschrocken.
In der Stadt angekommen, lassen dich die Wachen an einem Brunnen trinken. Gierig schlürfst du das Wasser aus dem Lederbeutel. Deine Ketten klirren bei jeder Bewegung.
In einem Teil des Marktplatzes werden Sklaven zum Verkauf angeboten. Die Soldaten verkaufen dich an einen Sklavenhändler. Dir ist alles egal. „Wenn ich nur endlich diese Eisenketten loswerde!"
Bald darauf wirst du mit sieben anderen Männern und Frauen an eine syrische Karawane weiterverkauft. Wochenlang zieht ihr nach Osten und erreicht das Land Median. Auf dem Marktplatz eines kleinen Dorfes interessiert sich ein alter Mann für dich und diskutiert lange mit dem Karawanenführer. Du wirst losgebunden und zu dem alten Mann gebracht.

➔ *Hast du dich in dein Schicksal ergeben und gehst mit?* 28

➔ *Willst du die Gelegenheit nutzen und fliehen?* 29

15

Leise folgst du diesem merkwürdigen Zug. Aus der Ferne hörst du Musik von Flöten und Harfen. Es geht einen langen Gang entlang, dann viele Stufen hinunter. Die Mumie wird in eine kleine Kammer getragen. Du bleibst vor der Tür stehen.
Als du gerade einen Schritt weiter in den Raum hineingehen willst, spürst du eine Hand, die dir auf die Schulter fasst. Ein Junge, etwa so alt wie du, steht hinter dir.
„Tu das nicht!“, flüstert er. „Du kannst doch nicht so einfach in die Grabkammer hineingehen. Sie werden dich mitsamt der Mumie des Pharao einmauern!“
Entgeistert schaust du den Jungen an. Dann durchzuckt es dich. „Ich muss in der Vergangenheit sein. Anders lässt sich das alles nicht erklären.“
Doch du hast wenig Zeit zum Überlegen. Der Junge zieht dich am Arm und flüstert: „Wir müssen hier so schnell wie möglich raus.“

→ *Willst du trotzdem in die Grabkammer hinein?* 30

→ *Wäre es nicht doch besser, mit dem Jungen hinauszugehen?* 31

16

Mit zitternden Händen öffnest du langsam den Deckel. Der süße Duft aus der Dose wird stärker.
„Das riecht nicht schlecht“, denkst du dir. „Irgendwie nach Zimt und Weihnachten.“
Während du noch überlegst, wird dein Körper immer schwerer. „Was ist denn jetzt los?“, fragst du dich. Deine Beine werden ganz schwach. Du musst dich hinsetzen. Mit dem Rücken an die Wand gelehnt schläfst du langsam ein.
Als du wieder aufwachst, hörst du laute Geräusche in deiner Nähe. Du schaust dich um, und jetzt fällt dir wieder ein, wo du bist.
„Wie lange habe ich wohl geschlafen?“, überlegst du.
Die Öllampen brennen noch, aber die Geräusche werden immer lauter.

Du verlässt die Grabkammer und gehst hinaus auf den Gang, wo du weiß gekleidete Männer mit kahl geschorenen Köpfen triffst.
„Nehmt ihn fest!", ruft eine Stimme.
Völlig entgeistert stehst du da, und noch bevor du weglaufen kannst, haben dich zwei starke Hände gepackt.
„Schickt den Grabräuber zu den hebräischen Sklaven. Dort soll er seine verdiente Strafe bekommen und arbeiten, bis er umfällt."
„Hilfe! Hilfe! Lasst mich los!", schreist du verzweifelt und versuchst mit allen Kräften, dich aus ihrem Griff herauszuwinden. Alle deine Beteuerungen nützen nichts, die Soldaten schleifen dich unbarmherzig nach draußen. Das Licht der Mittagssonne blendet dich, doch du kannst deine Augen nicht mit den Händen schützen.
Vergeblich hältst du nach deiner Reisegruppe Ausschau. Aber alles ist menschenleer. Jetzt ist es dir endgültig klar: „Ich bin in einer anderen Zeit!"
Nach einer Stunde Fußmarsch durch den glühend heißen Wüstensand erreicht ihr eine Gruppe Sklaven, die mit ihren Füßen in einem Becken Lehm und Stroh stampfen.
„Los! Hier hinein!", befiehlt der Hauptmann.
Sofort stoßen die Soldaten dich in eine der Lehmgruben. Die Sonne brennt unbarmherzig, während du nun mit nackten Füßen stampfst und arbeitest.
Nebenan werden aus dem Brei Ziegel geformt und in der Sonne getrocknet. Die Sklaven werden mit Peitschenhieben angetrieben, Schweißperlen tropfen von ihren schmerzverzerrten Gesichtern in die braune Lehmbrühe.
Vorsichtig hebst du immer wieder den Kopf und blickst dich um. Am Horizont erkennst du die Pyramiden und langsam wird dir bewusst: „Für mich wird es wohl kein Zurück mehr geben."
Trotz der sengenden Sonne und der schwülen Luft läuft dir ein kalter Schauder über den Rücken.

→ *Die Sklavenarbeit wird immer unerträglicher. Willst du fliehen?* 19

→ *Willst du einen der anderen Sklaven neben dir ansprechen?* 32

17

Neugierig schaust du dir alles ganz genau an. In den Krügen siehst du Goldmünzen funkeln, aber du traust dich nicht, irgendetwas zu berühren. Plötzlich hörst du Geräusche an der Wand. Vorsichtig gehst du näher.

„Da versucht jemand von außen hier herein zu kommen." Deutlich hörst du Hammer und Meißel, mit denen eine Öffnung in die Mauer geschlagen wird. Da rieselt schon der Sand aus der Mauer. Du versteckst dich schnell in einer Nische und siehst, wie die ersten Steine aus der Wand fallen und am Boden zerbrechen. Staub wirbelt auf. Von der anderen Mauerseite dringen gedämpft aufgeregte Stimmen an dein Ohr.

„Nun mach schon, Joe. Noch ein paar Schläge, dann haben wir es geschafft. Ich kann's gar nicht erwarten, die ganzen Klunker zu sehen!"

Dein Herz beginnt schneller zu schlagen. „Das können nur Grabräuber sein!", denkst du dir und verhältst dich ganz still.

Es sind wirklich Grabräuber, und sie haben es sehr eilig. Sie leeren sämtliche Krüge und Schalen aus. Als du vorsichtig aus deiner Nische hinausschaust, erkennst du Schätze von unermesslichem Wert: Gold-

münzen, silberne Leuchter, mit Edelsteinen besetzte Götterfiguren, alte Papyrusrollen. Innerhalb weniger Minuten haben die Grabräuber alles verstaut und verschwinden wieder durch ihr Einstiegsloch.

→ *Willst du ihnen folgen?* 34

→ *Nachdem in der Grabkammer nichts mehr übrig ist, könntest du auch den Gang wieder zurückgehen.* 35

18

Zögernd gehst du zu ihm hin. Offensichtlich hält er dich für keinen der Sklaven. Du erzählst ihm von deiner fernen, wunderbaren Heimat, und staunend hört der Aufseher deine Geschichte.

Plötzlich kommt ein vornehm gekleideter Ägypter auf einem Pferd angeritten, der offenbar die Arbeit der Sklaven begutachtet. Neben dir schichten Männer Ziegel zu einer Mauer auf. Sie sind müde und völlig entkräftet. Einer von ihnen kippt zur Seite. Dabei gerät die Mauer ins Schwanken. Sie fällt um. Unzählige Ziegelsteine und ein Gerüst gehen zu Bruch.

„Ihr nichtsnutzigen Faulpelze!", schreit der Aufseher. „Seht euch die zertrümmerten Steine an. Dafür dürft ihr heute die ganze Nacht weiterschuften!"

Er schwingt seine Peitsche. Knallend saust sie auf die verängstigten Sklaven nieder, die sich nicht dagegen schützen können.

Da springt der fremde Reiter vom Pferd und kommt genau auf dich zu. Doch er schiebt dich einfach beiseite und redet aufgeregt mit dem Aufseher. Er zerrt ihn hinter einen Felsen.

Du schleichst ihnen nach, um sie besser verstehen zu können. Als du hinter den Felsen blickst, siehst du den Aufseher tot am Boden liegen.

„Ich wollte ihm doch nur eine Lektion erteilen", hörst du den Fremden murmeln. Er hält einen Stein in seiner Hand, den er keuchend anstarrt.

Mit bloßen Händen gräbt der Mann nun ein Loch in den Wüstensand und verscharrt die Leiche. Immer wieder blickt er sich nach allen Seiten um, doch dich bemerkt er nicht.

Plötzlich hörst du die Hufe des Pferdes, auf dem der Fremde eilig davongaloppiert. Einige Sklaven heben neugierig den Kopf, gehen aber gleich wieder an die Arbeit.
Da schlurft ein alter Mann mit gebücktem Rücken auf dich zu, hält sich an dir fest und flüstert dir geheimnisvoll ins Ohr: „Schnell, folge ihm! Er ist unsere einzige Rettung!"
Irgendwie macht der Alte einen verwirrten Eindruck. Du weißt nicht, was du davon halten sollst.

→ *Willst du dem Reiter folgen?* 36

→ *Willst du zur Pyramide zurückkehren?* 37

19

Einen Moment lang fühlst du dich von den Aufsehern unbeobachtet.
„Das ist die Chance!", denkst du dir, kriechst aus dem Lehmbecken und rennst schnell weg. Erst nach einer ganzen Weile bleibst du keuchend stehen und schaust dich um. Du siehst, wie die Aufseher aufgeregt miteinander reden. Dann hörst du Peitschenknallen ganz in deiner Nähe und rennst weiter um dein Leben. Nach ungefähr einer halben Stunde fällst du völlig erschöpft in den Wüstensand und lauschst, ob dich jemand verfolgt. Zum Glück hörst du nichts.
„Die Wachen haben mich laufen lassen", atmest du erleichtert auf.
Bis zum Abend irrst du ziellos durch die Wüste. Die Sonne geht schon unter, da siehst du in der Ferne Rauch aufsteigen.
„Endlich, das muss ein Dorf sein. Lange halte ich es ohne Wasser nicht mehr aus!", denkst du dir.
Es dämmert bereits, als du das Dorf erreichst. Mitten auf dem Marktplatz steht ein aus weißen Sandsteinen gemauerter Brunnen mit einem langen Hebel und einem Lederbeutel. Du lässt den Beutel mit dem Seil in die Tiefe gleiten, holst dir frisches Wasser nach oben und trinkst es gierig. Es ist kühl und erfrischend. So erfährst du am eigenen Leib, wie kostbar und lebensnotwendig das Wasser hier in der Wüste ist.

Plötzlich taucht aus der Dunkelheit ein Mann auf und rennt zum Brunnen. Hastig steigt er hinein und lässt sich an dem Seil in die Tiefe hinuntergleiten. Du beugst dich über den Brunnen und erkennst den zusammengekauerten Fremden nur schemenhaft.
„Der hat mich überhaupt nicht bemerkt, so wie der vorbeigehetzt ist", denkst du dir. Doch da hörst du plötzlich, wie Pferde schnauben und Schwerter rasseln. Ägyptische Soldaten reiten heran, springen von ihren Pferden und umstellen alle Häuser. Fackeln brennen, Menschen rufen, ein Haus nach dem anderen wird durchsucht.
„He, du!", ruft einer der Soldaten. „Du warst doch auch hier draußen! Du musst doch gesehen haben, wie gerade einer hereingerannt ist!"

➔ *Willst du dem Fremden helfen und den Soldaten eine falsche Spur legen?* 38

➔ *Der Soldat blickt dich grimmig an, sein Schwert griffbereit. Vielleicht ist es doch besser, die Wahrheit zu sagen?* 39

20

Nach etwa zwei Stunden hast du den Fuß der Berge erreicht. Du hörst Glöckchen klingen und Schafe blöken. Auf einer grünen Wiese weidet eine Schafherde, doch nirgends siehst du einen Hirten.
„Aber es muss doch jemand hier sein!", denkst du dir.
Zu deiner Überraschung siehst du in der Nähe Rauch aufsteigen. Gerade willst du darauf zugehen, da stolpert vom Berg ein groß gewachsener Mann herunter, einen Beutel um die Schulter und einen langen Hirtenstab in der Hand. Er erzählt dir eine unglaubliche Geschichte: Er habe aus einem brennenden Dornbusch Gottes Stimme gehört und nun müsse er nach Ägypten zurück.
„Sind wir hier denn nicht in Ägypten?", fragst du verwundert zurück.
„Nein, wir sind hier im Land Midian, und ich bin Mose", stellt der Schafhirte sich vor.

Du folgst ihm in sein Lager, und als er sich mit seiner Frau Zippora und seinen beiden Söhnen auf den Weg nach Ägypten macht, ziehst du mit.
Immer wieder erzählt Mose von dem versklavten Volk der Hebräer, das er aus der Herrschaft des Pharao befreien soll. Diesen Auftrag hat Gott ihm auf dem Berg gegeben.
Manchmal denkst du dir, dass dieser Schafhirte einfach eine Schraube locker hat.
Nach einer wochenlangen, anstrengenden Reise überquert ihr die ägyptische Grenze und erreicht wirklich die Siedlungen der hebräischen Sklaven.

➔ *Wenn du mit in die Siedlungen hineingehen willst, lies weiter bei* 40

➔ *Willst du zu den Pyramiden gehen?* 41

21

Im Schatten einer Palme legst du dich ins Gras und ruhst dich aus.
„Wie könnte ich bloß zu meiner Reisegruppe zurückkommen? Vielleicht liegt Kairo doch nicht im Norden", denkst du dir. „Aber irgendwann müsste ich auf die Hauptstraße oder eine andere Straße treffen. Dort nimmt mich bestimmt jemand mit."
Du läufst also immer noch in Richtung Norden, aber nach einer Weile wird es plötzlich ganz dunkel, obwohl die Sonne hoch am Himmel steht und es gerade Mittag ist. Ein seltsames Rauschen erfüllt die Luft. Du drehst dich um und siehst eine große, dunkle Wolke hinter dir. Als dann die ersten Heuschrecken an dir vorbeihüpfen, wird dir klar, was das alles bedeutet.
„Ein riesiger Heuschreckenschwarm kommt genau auf mich zu", schießt es dir durch den Kopf. „Davon habe ich in meinen Ägyptenbüchern gelesen."
Du rennst los, so schnell du nur kannst, doch der Heuschreckenschwarm kommt unaufhaltsam näher.

Völlig außer Atem erkennst du in der Ferne einige Lehmhütten, deren Eingänge und Fenster mit Brettern verriegelt sind. Mit letzter Kraft erreichst du die Hütten, hämmerst wie wild an die verschlossenen Türen. „Lasst mich doch herein! Ich weiß nicht mehr, wohin! Die Heuschrecken sind schon ganz nah!", schreist du laut um Hilfe. Aber niemand öffnet dir.
Das millionenfache Zirpen der Heuschrecken dröhnt in deinen Ohren, doch du wagst es nicht, dich umzusehen. Am Ende des Dorfes siehst du noch eine abgelegene Hütte.

„Wäre ich doch zu den B ....n gegangen", denkst du dir.

➔ *Wie viele Buchstaben fehlen? Füge die Zahl hier ein: ...* 3
Jetzt weißt du, wo es weitergeht.

22

Nach einer Weile hörst du Geräusche draußen vor der Tür. Zwei Männer stürzen eilig herein und rufen: „Schnell, macht euch fertig. Es ist endlich so weit. Der Pharao lässt uns ziehen. Die letzte Plage hat ihm gezeigt, dass unser Gott stärker ist. Gegen ihn kann selbst der Pharao nichts ausrichten."
Die Leute wollen schon aufstehen, da hebt der alte Mann die Arme hoch. Alle werden still und blicken auf ihn. Mit hoch erhobenen Armen betet er: „Oh, du Gott unserer Väter, du Gott Abrahams, Isaaks und Jakobs. Ich danke dir, dass ich diesen Augenblick noch erleben darf. Nach Jahrhunderten der Knechtschaft schenkst du unserem gedemütigtem Volk endlich die Freiheit. Du Gott Israels, dein Name sei in Ewigkeit gepriesen!" Nun stehen alle eilig auf.
Bisher hast du gar nicht bemerkt, dass alle Menschen schon reisefertig am Tisch saßen. Die Beutel haben sie umgehängt, die Schuhe zugeschnürt, einen Wanderstab in der Hand – und im Raum stehen überall gepackte Körbe und Kisten.
„Diese Leute haben wirklich damit gerechnet, dass sie heute das Land verlassen können", denkst du dir.
Um dich herum beginnt ein geschäftiges Treiben: Kisten werden auf

Eselskarren verladen, Nahrungsmittel mitgenommen. Und du stehst mitten in all der Hektik und überlegst, was du machen sollst.

→ *Willst du dich den Hebräern anschließen?* **44**

→ *Wenn du in die ägyptische Stadt zurückgehen willst, um zu sehen, ob dies alles stimmt, lies weiter bei* **45**

23

Aus deinem sicheren Schilfversteck siehst du, wie die Prinzessin ein kleines schreiendes Baby aus dem geflochtenen Körbchen nimmt.
Da zupft dich jemand von hinten am Ärmel. Erschrocken fährst du herum und siehst ein braun gebranntes Mädchen in einem grauen Stoffkleid. „Was machst du hier? Bist du ein Ägypter? Wirst du mich verraten?", stößt sie ängstlich hervor. Ziemlich ratlos schaust du das Mädchen an, dann nimmst du dich zusammen.

„Ich tue dir nichts. Ich komme aus einem fernen Land. Aber was ist hier eigentlich los?", fragst du.
„Pst, leise", gibt sie dir zu verstehen. „Komm mit."
Ihr folgt den Frauen, die nun an Land gehen und in ein prächtiges Pferdegespann einsteigen wollen. Das Mädchen läuft auf sie zu und redet eine Weile mit ihnen. Ungeduldig wartest du.
Endlich kommt das Mädchen zurück.
„Ich heiße übrigens Miriam. Gerade habe ich meinem Bruder das Leben gerettet."
Sie erklärt dir, dass der Pharao befohlen hat, alle neugeborenen Jungen zu töten.
„Weißt du, er hat Angst, dass unser Volk zu mächtig wird. Wir bedeuten eine große Gefahr für ihn", fährt Miriam fort. „Wir haben meinen Bruder lange im Haus versteckt, aber dann war es einfach nicht mehr möglich. Mutter hat ein Binsenkörbchen geflochten und darin haben wir den Kleinen im Nil ausgesetzt. Wir haben inständig zu unserem Gott gefleht, dass er das kleine Brüderchen beschützt. Und siehst du, er hat unsere Gebete erhört!"
Verwundert schaust du Miriam an.
„Und was wird nun mit deinem Bruder geschehen?", fragst du.
„Bei dieser ägyptischen Prinzessin ist er in Sicherheit. Sie will ihn bei sich aufnehmen. Bestimmt hat sie Mitleid mit dem kleinen schreienden Bündel."
Irgendwie kommt dir die Geschichte bekannt vor. Auf jeden Fall weißt du nun, dass du in keinem Film, sondern in der Vergangenheit gelandet bist. Miriam lädt dich ein, in ihr Dorf mitzukommen.

→ *Willst du mitgehen? Dann lies weiter bei* 46

→ *Lehnst du Miriams Einladung ab und gehst lieber am Nil entlang weiter?* 47

24

Die Soldaten führen dich durch das kleine Sklavendorf auf eine breite Straße. Nach einem Marsch von ungefähr einer Stunde erreicht ihr eine große Stadt. Von Weitem kannst du schon den großen Palast des Pharao erkennen.

An unzähligen Wachen geht es schließlich vorbei bis vor den Audienzraum. Dort flüstert der Anführer der Soldaten eine Weile mit einem vornehm gekleideten Schreiber.

Endlich wirst du zum Pharao gebracht. Er ruft seine eigenen Magier und Zauberer herein. Voller Erstaunen siehst du, wie sie mit Beschwörungsformeln ein Stück Holz zum Brennen bringen.

„Dass es so etwas gibt, hätte ich nicht für möglich gehalten", denkst du dir. „Was wird nun der Pharao mit mir machen? Mein ‚Zauber' mit dem Feuerzeug ist dann doch nichts Besonderes."

„Los! Komm nach vorne und verbeuge dich vor dem mächtigen Pharao", reißt dich eine gebieterische Stimme aus deinen Gedanken. Und schon spürst du einen kräftigen Arm, der dich nach vorne zieht und zu einer tiefen Verbeugung niederdrückt.

Dann bekommst du ein Stück Holz in die Hand und bringst es mit deinem Feuerzeug ebenfalls zum Brennen. Deine Hände zittern noch, als du das Feuerzeug genau vor den Pharao hältst und es immer wieder an und aus gehen lässt.

Die Zauberer flüstern dem Pharao etwas zu. Du bekommst ein mulmiges Gefühl. Doch schließlich fragt der Pharao dich, ob du zu seinen Magiern gehören willst.

„Ich weiß es noch nicht", lautet deine Antwort. „Erst muss ich wissen, was mit den Babys geschehen soll, die von den Soldaten aus den Hütten geholt werden."

Der Pharao erklärt dir, dass dieses Sklavenvolk der Hebräer immer größer werde und er es auf diese Weise in Schach halten wolle. Außer sich vor Wut ruft er schließlich: „Niemand soll meine Macht antasten. Ich werde sie kleinkriegen! Niemals wird es zu einem Aufstand kommen!" Du überlegst dir, ob du als Zauberer beim Pharao diesen Leuten irgendwie helfen könntest.

→ *Willst du beim Pharao bleiben?* 48

→ *Lehnst du sein Angebot lieber ab?* 49

25

Mit feierlicher Stimme erklärst du den Soldaten:
„Hört mir zu! Ich habe jetzt keine Zeit, den ehrwürdigen und mächtigen Herrscher Ägyptens aufzusuchen. Aber ihr, ihr macht euch unverzüglich auf den Weg."
Die Soldaten blicken sich verwirrt, aber mit ernsten Mienen an. Du schließt deine Rede mit den Worten: „Geht nun! Und grüßt den Pharao von mir. Heil und Glück sei ihm beschert! Richtet ihm aus, dass er heute Nacht fünf Öllämpchen anzünden soll."
Die Soldaten verbeugen sich tief und stolpern rückwärts zur Hütte hinaus. Dann marschieren sie im Laufschritt zum Palast des Pharao. Von der Eingangstür aus siehst du ihnen noch eine Weile nach.
„Fürs Erste ist die Gefahr gebannt", denkst du dir.
Die junge Mutter mit dem Baby fällt dir vor Dankbarkeit um den Hals, dann erzählt eine andere Frau: „Der Pharao hat befohlen, dass alle neugeborenen hebräischen Jungen getötet werden sollen. Er fürchtet, dass unser Volk zu groß wird!"
Inzwischen hat die Mutter des Babys ihre Sachen gepackt, draußen wartet ihr Mann mit einem Esel. Sie wollen noch in dieser Nacht aus Ägypten fliehen, weil sie Angst haben, dass die Soldaten wiederkommen könnten.

→ *Wäre es nicht besser, nun wieder zu den Pyramiden zurückzukehren?* 37

→ *Willst du dich lieber den dreien anschließen?* 50

26

Von einem einflussreichen Beamten im Palast erfährt Tutmosis, dass der Pharao Mose und Aaron gefangen nehmen will.
Die beiden sind auf dem Weg zum Palast. Ihr könnt sie gerade noch erreichen und versucht Mose aufzuhalten. Aber er lässt sich nicht beirren. „Ihr rennt in euer Verderben, kommt doch zur Vernunft!", rufst du ihnen noch nach, doch Mose antwortet überzeugt: „Gott wird uns beschützen, wir müssen gehen!"
Ihr lauft zur Palastwache des Pharao. Da die Männer euch noch kennen, werdet ihr hineingelassen. Ihr kommt bis zum Hauptmann der Wache vor und verwickelt ihn in ein Gespräch. Deutlich merkt ihr, wie eilig er es hat und dass er euch am liebsten wegschicken möchte.
„Wir müssen ihn irgendwie aufhalten. Ich hätte ein Elixier, mit dem wir ihn außer Gefecht setzen könnten", flüstert Tutmosis dir zu.
Da hast du die rettende Idee. Du beugst dich zu dem Hauptmann vor und sprichst in leisem, geheimnisvollem Ton zu ihm: „Wir haben Informationen von den hebräischen Sklaven, dass dieser Mose heute nicht zum Pharao kommt und einen anderen Plan hat. Wir wissen auch seinen Aufenthaltsort."
Plötzlich ist der Hauptmann ganz bei der Sache.
„Sagt es mir, sofort!", herrscht er euch an.
„Lass uns erst zusammen etwas trinken. Das können wir sicherlich alle gebrauchen", schlägst du dem Hauptmann vor.
Das lässt er sich nicht zweimal sagen und schenkt drei Becher ein. Tutmosis füllt in jeden etwas von dem Elixier. In eure beiden Becher schüttet er unauffällig noch ein weiteres. Ihr stoßt miteinander an und bald darauf fällt der Hauptmann in einen tranceartigen Zustand.
„Leg dich auf dein Bett!", befiehlt Tutmosis. Der Hauptmann gehorcht prompt und legt sich hin. Tutmosis beugt sich über ihn, schaut ihm lange in die Augen und sagt: „Du hast deinen Auftrag vom Pharao vergessen, wenn du wieder aufwachst. Du kannst dich an nichts mehr erinnern!"
Der Hauptmann schläft nun tief und fest.
„Jetzt aber nichts wie weg!", sagst du. „Deine laute Stimme hat bestimmt die Soldaten draußen aufmerksam gemacht."
Du blickst zur Tür und dann siehst du das Fenster. Welchen Fluchtweg sollt ihr nehmen?

→ *Wenn ihr durch das Fenster fliehen wollt, lies weiter bei* 52

→ *Ihr könntet auch die Tür als Fluchtweg nutzen.* 53

27

„Einverstanden! Ich werde mitmachen!", ist deine Antwort.

„Gut. Darauf haben wir gehofft. Wir können jeden brauchen!", antwortet einer der Männer.

„Und wie ist nun euer Plan?", fragst du.

„Komm, da drüben am Brunnen sind wir ungestört", fordert dich ein anderer auf und erklärt: „Es geht darum, Zugang zur Waffenkammer des Pharao zu bekommen. Wir haben einige Soldaten, die auf unserer Seite sind."

So zieht ihr gemeinsam in der nächsten Nacht los, überwältigt die Wachsoldaten und schleppt Schwerter, Speere, Bogen und Dolche zurück zu den anderen.

Der Angriff gegen des Palast des Pharao soll vor dem Morgengrauen beginnen, noch bevor euer Diebstahl bemerkt wird. Die Hebräer planen, den Pharao als Geisel zu nehmen, um so ihre Freiheit erpressen zu können.

Nach allem, was du bisher über diesen grausamen Pharao und seine Aufseher gehört hast, kannst du die Hebräer und ihren verzweifelten Plan gut verstehen. Aber du fragst dich, ob er Erfolg haben wird. Die Zeit drängt. Bald geht die Sonne auf.

28

Der alte Mann ist ein reicher Viehhändler und heißt Jitro.

Es stellt sich heraus, dass er Mitleid mit dir hat. Darum kauft er dich den Händlern ab und nimmt dich mit zu seinen Zelten.

Nun lebst du bei Jitro. Er ist gut zu dir und behandelt dich wie sein Enkelkind.

Bald lernst du die anderen Mitglieder seiner Sippe kennen, seine sieben Töchter und vor allem auch seinen Schwiegersohn Mose, der ebenfalls aus Ägypten kommt. Ihr freundet euch an und du erzählst ihm deine Erlebnisse.

„Und wie bist du hier nach Midian gekommen?", fragst du Mose neugierig.

„Das ist eine lange Geschichte", antwortet er. „Ich bin in Ägypten am Hofe des Pharao aufgewachsen und wurde behandelt wie ein Prinz. Aber irgendwann erfuhr ich, dass ich eigentlich Hebräer bin."

„Ja und? Was ist so schlimm daran?", wunderst du dich.

„Weißt du denn nicht, dass der Pharao die Hebräer mit harter Arbeit ausrotten will? Als ich mehr über meine Herkunft erfuhr, suchte ich nach einer Möglichkeit, diesen armen Kerlen zu helfen. Sie mussten ja als Sklaven schuften."

„Ach so", antwortest du, „jetzt ist mir alles klar. Auf dem Weg in die Stadt habe ich Sklaven arbeiten sehen. Sie formten Ziegelsteine aus Lehm. Das waren also Hebräer. Und, konntest du ihnen helfen?"
„Na ja", fährt Mose fort, „leider ging das mit dem Helfen schief. In meinem Übermut erschlug ich einen ägyptischen Aufseher und musste über die Grenze fliehen. Hier bei Jitro habe ich ein Zuhause gefunden."
Oft ziehst du mit Mose und den Schafherden auf die Weiden hinaus. Er zeigt dir, wie man die Tiere versorgt, lehrt dich, wie man mit der Steinschleuder und dem Hirtenstab umgeht. Aber immer wieder musst du an deine Zeit und deine Heimat denken.

➔ *Willst du bei der Sippe Jitros bleiben?* 56

➔ *Oder willst du die Nomaden heimlich verlassen?* 57

29

Deine Flucht gelingt. Einige Tage lebst du in einer Höhle, ernährst dich von wilden Beeren und Früchten und wartest, bis dich niemand mehr sucht.
Als du in die Stadt zurückkehrst, triffst du auf eine Karawane, die nach Syrien zieht. Du schließt dich der Karawane an und versorgst die Kamele.
Nach Wochen erreicht ihr Syrien. Dort laden die Händler neue Waren auf, und es geht zurück in Richtung Ägypten.
„Endlich!", denkst du dir. „Das ist die einzige Chance, wieder in meine Zeit zu kommen."
Als ihr die Grenze erreicht habt, verlässt du die Gruppe und wanderst auf eigene Faust zu den Pyramiden.
Plötzlich verdunkelt sich der Himmel, obwohl doch Mittagszeit ist. Du siehst, wie sich der Mond langsam über die Sonne schiebt und bewunderst dieses Naturschauspiel.
In einer ägyptischen Stadt willst du auf dem Markt etwas Essbares besorgen. Verwundert stellst du fest, dass die Menschen alle am Boden knien.
„Jetzt habe ich solchen Hunger und niemand verkauft etwas. Was ist

denn mit den Leuten los?", fragst du dich. Die Menschen verbeugen sich vor einem großen ägyptischen Götterbild.
„Diese schakalköpfige Statue kann nur Anubis sein", flüsterst du mit Kennerblick. „Wollen die hier irgendjemand einbalsamieren?"
Am Straßenrand sitzt ein Mädchen, das verstört vor sich hin blickt.
„Was ist hier eigentlich los?", fragst du die Kleine leise.
„Das weißt du nicht? Glaubst du nicht, dass diese Finsternis eine Strafe vom Gott der Hebräer ist?" Jetzt schaust du sie ratlos an.
„Was hat das mit den hebräischen Sklaven zu tun?", fragst du.
„Der Gott der Hebräer straft unser Volk, weil der Pharao diese Sklaven nicht in die Freiheit ziehen lässt!"
Du versuchst dem Mädchen eine Sonnenfinsternis zu erklären, doch sie blickt dich nur verständnislos an. Dann ziehst du weiter.
Als die Finsternis über dem Land schließlich drei Tage lang andauert, wird auch dir klar, dass es sich nicht um eine leicht zu erklärende Sonnenfinsternis handeln kann..
Du erreichst endlich die Pyramiden und suchst nach einer Möglichkeit, sie zu betreten, doch es gibt nirgends einen Eingang.
In der Nähe liegt ein Dorf. Als du hineinkommst, hörst du Schreie, Weinen und Klagen. Auf der Straße erklärt dir ein alter Mann, dass in dieser Nacht überall Menschen sterben.
„Es ist eine Strafe des hebräischen Gottes, weil der Pharao sich so stur zeigt! Und diese Plagen treffen nun unser ganzes Volk", flüstert der Mann. Dann fügt er noch leiser hinzu: „Verflucht sei der Pharao dafür!"
Der Alte blickt vorsichtig nach allen Seiten, als hätte ihn jemand gehört, und verschwindet dann wieder in der Dunkelheit.
„Vielleicht ist es eine Virusepidemie", versuchst du, dir das merkwürdige Geschehen zu erklären. Doch nun beginnen dich diese hebräischen Sklaven zu interessieren.

➔ *Willst du es bei einer anderen Pyramide probieren?* 58

➔ *Oder haben dich diese Erlebnisse neugierig gemacht, sodass du die Sklaven aufsuchen willst?* 59

30

Du schleichst leise an die Grabkammer heran und beobachtest, was geschieht. Der Junge ist inzwischen kopfschüttelnd zurückgeschlichen.

Die Priester in den weißen Gewändern zünden Räucherkerzen an und singen in einer fremden Sprache. Der Duft der Kerzen dringt nach außen und kitzelt dich in der Nase. Als du laut niesen musst, bricht der Gesang plötzlich ab. Es ist so still, dass man eine Stecknadel zu Boden fallen hören könnte. Wie versteinert stehst du da. Einer der Männer hat dich gesehen und kommt angerannt. Du drehst dich um und blickst in die von Fackeln erleuchtete Halle.

„Das sind ja mindestens zehn verschiedene Ausgänge. Wo ist bloß der Junge vorhin zurückgegangen?", überlegst du. „Oder soll ich stehen bleiben?"

Du musst dich blitzschnell entscheiden, sonst ist es zu spät.

→ *Wenn du in den Gang rennen willst, wo vermutlich der Junge verschwunden ist, lies weiter bei* 60

→ *Oder willst du lieber stehen bleiben?* 61

31

Der Junge heißt Gad und führt dich zu seinen Leuten.

Sie leben in einfachen Lehmhütten und nennen sich Hebräer. Dort lernst du auch Miriam kennen.

„Weißt du", sagt sie, „wir müssen hier als Sklaven für den Pharao arbeiten. Aber der ist nun gestorben. Sein Sohn ist erst dreizehn Jahre alt, soll aber bald als neuer Herrscher den Thron besteigen."

„Es ist eine günstige Situation für uns", fährt Gad fort. „Wahrscheinlich wird die Mutter des jungen Pharao die Regierungsgeschäfte in die Hand nehmen. Aber sie hat auch einflussreiche Gegner!"

„Moment mal, ich verstehe das Ganze nicht. Worauf wollt ihr hinaus?", fragst du die beiden.

„Nun, die Mächtigen im Land streiten noch miteinander. Die Lage in diesem Durcheinander erscheint für eine Flucht sehr günstig. Wir wollen endlich unsere Freiheit! Verstehst du das denn nicht?", antwortet dir Gad aufgebracht.
„Schon gut", beschwichtigst du. „Ich habe verstanden."
Die beiden fragen dich, ob du ihnen helfen willst. Sie haben auch schon einen Plan, doch den wollen sie dir erst verraten, wenn du mitmachst.
Gad und Miriam blicken dich erwartungsvoll an. Sie scheinen große Hoffnungen auf dich zu setzen. Andererseits kommt dir die ganze Sache auch ziemlich gefährlich vor.

→ *Willst du mitmachen?* 63

→ *Willst du zu den Pyramiden zurückkehren?* 37

32

Neben dir arbeitet ein alter Mann mit vernarbtem Oberkörper, der wie du knöcheltief im Morast steht. Nach einer Weile bückst du dich zu ihm hinunter.
„Wer seid ihr?", fragst du leise.
Der Alte hebt seinen Kopf ein wenig und stöhnt unter Schmerzen: „Das weißt du nicht? Wir sind Hebräer. Seit vielen Jahren leben wir hier in Ägypten. Doch jetzt fürchtet der Pharao unser großes Volk. In dieser glühenden Hitze schuften wir Tag für Tag. Als seine Sklaven stellen wir Ziegel für große Vorratsstädte her." Plötzlich hörst du ganz in deiner Nähe den lauten Knall einer Peitsche und einen erbärmlichen Schrei. Sofort ziehst du den Kopf ein und stampfst schnell weiter.
„Jetzt ist mir auch klar, woher der Alte seine Narben am Körper hat", durchzuckt es dich mit einem Grauen.
Der Hebräer nimmt dich am Abend mit in seine Hütte. Völlig erschöpft und mit schmerzenden Knochen lässt du dich auf einen Holzstuhl fallen. Du erzählst dem Alten und seiner Frau, dass du aus einem fernen Land kommst – irgendwie stimmt es ja auch.
Schweigend sitzt ihr beim Abendessen, als plötzlich die Tür aufgestoßen wird und ein bärtiger Mann sich ins Zimmer schleppt. Nach

einigen Schritten bricht er zusammen und fällt vor deinen Füßen auf den Boden. Sein Hemd ist zerrissen, sodass man deutlich die Spuren von Peitschenhieben auf seinem Rücken erkennen kann. Stöhnend windet er sich vor Schmerzen am Boden, während seine Mutter die Wunden kühlt und verbindet.

„Diese Hunde! Wie lange quälen sie uns noch? Gott soll sie dafür strafen!", hörst du seine heisere, erregte Stimme.

Nach diesem Erlebnis bist du wieder hellwach und fragst die beiden alten Leute neugierig aus. Sie erzählen dir alles über ihr Leben hier in der Sklaverei.

Als du am nächsten Morgen aufwachst, spürst du jeden einzelnen Knochen und kommst, völlig entkräftet, fast nicht von deiner Matte hoch. Doch die Aufseher treiben euch bald darauf zur Arbeit.

Tag um Tag vergeht, Woche um Woche. Langsam beginnst du dich an den Gedanken zu gewöhnen, bis an dein Lebensende ein Sklave der Ägypter zu sein, und den Lehm zu stampfen.

ENDE

Stopp! Wenn du dich mit diesem Ende nicht abfinden willst, beantworte folgende Fragen:

1. Erinnerst du dich an die Hieroglyphen in der Pyramide? (2)

Eine Hand, ein Stein und ein ____________________

2. Welcher Gegenstand hat dir in der Dunkelheit das Leben gerettet? (4)

Ein ____________________

3. Die Mumie in der Grabkammer hatte eine Dose in der Hand. (16)

Der Duft aus dieser Dose hat dich an dieses Gewürz ____________________ erinnert.

→ *Weißt du alles? Dann zähle die Buchstaben der Lösungswörter zusammen und nimm noch 1 dazu. Dort geht es weiter.*

33

Es ist schon etwas dämmrig, als du mit den Hebräern den Palast des Pharao erreichst. Die Wachen sind schnell überwältigt und die Tore geöffnet. Von allen Seiten strömen bewaffnete Sklaven in den Innenhof, eine beachtliche Streitmacht verzweifelter Kämpfer. Gleichzeitig ertönt das Signal, um in den Palast zu stürmen.

Plötzlich hört ihr jedoch die Fanfare des Pharao. Überall um euch herum stellen sich Soldaten auf, unzählige Fackeln erhellen die Dunkelheit. Ihr seid umzingelt! Die Soldaten haben Bögen mit brennenden Pfeilen auf euch gerichtet. Ihr sitzt in der Falle.

Der Pharao hat durch einen Spion von euren Plänen erfahren. Du weißt, dass der Pharao mit aufständischen Sklaven nicht gerade zimperlich umgeht, und als er den Befehl an seine Bogenschützen gibt, ist es das

ENDE

→ *Einige Begebenheiten, die in dieser Geschichten vorkommen, werden auch in der Bibel beschrieben. Schau doch mal nach bei* 122

34

Leise folgst du den Grabräubern durch endlose Gänge. Immer wieder entdeckst du mit Kreide gemalte Zeichen an den Wänden.
„Aha“, denkst du dir, „damit haben sie sich den Weg markiert!“
Dann geht es ein langes Stück durch einen Tunnel geradeaus, und du gelangst einige hundert Meter von der Pyramide entfernt ins Freie.
Ein alter Lastwagen steht bereit. Die Grabräuber verstauen die Säcke auf der Ladefläche.
„Gleich sind sie weg und mit ihnen die wertvollen Schätze“, denkst du dir. „Ich muss irgendetwas unternehmen.“
Schon hast du eine Idee. Du ziehst deine Strümpfe aus, schleichst dich an den Laster heran und stopfst damit den Auspuff fest zu. Im letzten Moment kannst du zurückrennen und dich hinter einem Felsen verstecken. Von dort beobachtest du, wie der Lastwagen losfährt und hinter einer Biegung verschwindet.
Nach einer Weile gibt es einen lauten Knall.

→ *Schau auf der Landkarte nach, wo der Laster steht.*

→ *C3* = 28

→ *A3* = 51

→ *B1* = 69

Jetzt weißt du, wo es weitergeht.

35

Die Grabräuber sind verschwunden. Du wartest noch eine Weile, bis kein Geräusch mehr zu hören ist. Vorsichtig kommst du aus deinem Versteck. Vor dir stehen die leeren Krüge.

„Die Kerle haben wirklich nichts übrig gelassen", denkst du. Gerade drehst du dich um und willst zu dem Gang zurückgehen, durch den du gekommen bist, da steht einer der Grabräuber vor dir. Er hat offensichtlich ein Werkzeug liegen lassen und ist noch einmal umgekehrt.

„So ein Mist!", ruft er. „Da hat uns jemand beobachtet!"

Dann packt er dich, hält dir den Mund zu und schleift dich durch endlose Gänge ins Freie. Während dich einer der Grabräuber festhält, beraten die anderen, was sie jetzt tun sollen.

„Das hat uns gerade noch gefehlt. Was sollen wir bloß mit dem Kind machen?"

Weil du weiter weggezerrt wirst, kannst du nur noch Wortfetzen verstehen: „Grabkammer ... im Tonkrug ... Fläschchen mit Elixier ..."

Als ein Sandsturm aufkommt, verstehst du überhaupt nichts mehr. Schützend hältst du dir die freie Hand vors Gesicht, doch der Wind peitscht den Sand durch die Luft.

Da kommt einer der Räuber auf dich zu. Er holt aus einem der Beutesäcke ein kleines tönernes Fläschchen und schaut es prüfend an. Dann halten zwei der Männer dich fest und flößen dir den Inhalt des Fläschchens ein. Es schmeckt widerlich, und du wehrst dich mit Händen und Füßen. Aber es nützt nichts, erst als das Fläschchen leer ist, lassen dich die Männer los.

Du wirst bewusstlos, kippst um und bleibst im Wüstensand liegen. Deine letzte Erinnerung ist, dass der Wind immer mehr Sand auf dein Gesicht bläst.

➔ *Was nun? Wenn du die richtige Antwort weißt, geht's gleich weiter. Welche Schätze hast du unter anderen in der Grabkammer entdeckt? (17)*

➔ *Einen silbernen Armreif* 24

➔ *Goldmünzen* 42

➔ *Eine Perlenkette* 51

36

Der Fremde bahnt sich mit seinem Pferd einen Weg durch die vielen Sklaven. Dadurch kommt er nur langsam voran und du kannst ihm heimlich folgen. Im Laufschritt rennst du hinterher und siehst die vielen lehmverschmierten Arbeiter nur flüchtig, die stumpfsinnig in den Gruben vor sich her stampfen. Die anderen Aufseher blicken dir nur überrascht nach und kümmern sich nicht um dich. Offensichtlich halten sie dich wegen deiner Kleidung nicht für einen Sklaven.

Der Reiter erreicht eine Stadt. Du schlüpfst durch ein kleines Seitentor und folgst dem Pferd durch die engen Gassen. Plötzlich verschwindet der Reiter hinter einem Eingang. Du kletterst über die Außenmauer und spähst in den Innenhof eines prächtigen Hauses. Ein Springbrunnen plätschert, der von Palmen und seltenen Blumen eingerahmt wird. Diener reichen Getränke.

Auf dem Bauch robbst du dich näher heran, um zu hören, worüber der Fremde mit einem anderen Mann redet.

„Sieh doch! Da oben liegt jemand!", hörst du den anderen rufen. „Schnell, geh du auf dieser Seite hoch, ich auf der anderen!"

Nun bist du umzingelt. Du stehst auf und willst nach unten springen. Doch die Höhe schreckt dich und du zögerst einen Moment. Da hat dich der Fremde schon am Arm gepackt.

„Warum verfolgst du mich seit der Baustelle, wo die hebräischen Sklaven arbeiten?", stellt er dich zur Rede.

„Woher weiß er das?", wunderst du dich. Du willst ihm deine Geschichte erzählen, doch da eilen zwei Frauen herein.

„Man hat dich erkannt, Mose!", ruft eine der beiden. „Der Pharao lässt schon nach dir suchen! Du musst sofort verschwinden!"

Der Ägypter, den die Frauen Mose nannten, springt auf und will gehen. Doch dann dreht er sich zu dir um und packt dich wieder am Arm. „Du hast alles gesehen. Du kommst mit!", befiehlt er dir.

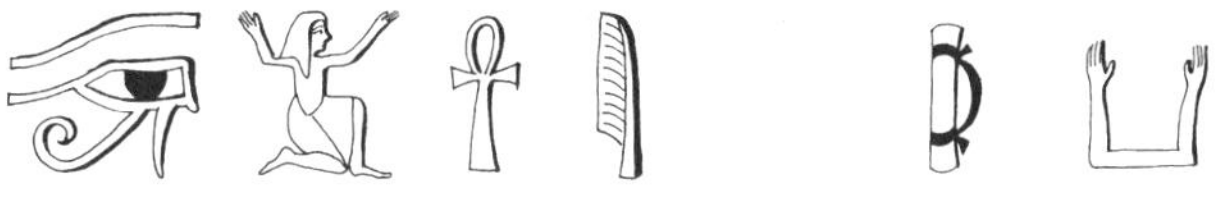

37

Nach einem mehrstündigen Fußmarsch erreichst du die Pyramiden.
„Na, da hat mich mein Orientierungssinn wieder einmal nicht im Stich gelassen“, freust du dich. Du suchst bei den Pyramiden nach irgendwelchen Hinweisen, wie du wieder in deine Zeit zurückkommen könntest.
Im Schatten zwischen zwei großen Felsblöcken entdeckst du drei schlafende Männer, über und über mit Lehm verschmiert.
„Das sind bestimmt hebräische Sklaven, die von der Baustelle geflohen sind“, denkst du dir.
Langsam gehst du näher. Im selben Moment hörst du einen ohrenbetäubenden Knall hinter dir. Es ist die Peitsche eines ägyptischen Aufsehers.
Als du dich umdrehst, erkennst du, wie mehrere Soldaten auf ihren Pferden heranreiten. Der Aufseher steht vor dir und sieht nicht so aus, als wäre mit ihm zu spaßen.
„Der glaubt mir nie, dass ich nicht zu diesen Sklaven gehöre!“, wird dir klar. Also kriechst du schnell in die Nische zu den drei anderen, die mittlerweile aufgewacht sind.
Die Soldaten suchen die Umgebung der Höhle ab, um den Versteckten jede Fluchtmöglichkeit zu nehmen. Einer der Sklaven holt einen kleinen Edelstein aus seiner Tasche. Es ist ein roter Rubin. Er ist dreieckig, wie die Seite einer Pyramide.
„Ich habe ihn vor Jahren beim Graben im Lehm gefunden. Vielleicht ist er uns ja nützlich“, sagt der Hebräer.
Als du in der Steinwand hinter euch eine kleine Öffnung siehst, rufst du aufgeregt: „Schaut, vielleicht passt der Edelstein hier hinein. Steck ihn schnell in diese Öffnung!“
Der Rubin passt genau. Gleich darauf hört ihr ein Donnern und Poltern. Von der Spitze der Pyramide lösen sich Steinbrocken, stürzen vor dem Ausgang der Nische herunter und verschütten den Weg nach draußen.

→ *Willst du den Vorschlag machen, den Rubin für die weitere Flucht zu verwenden?* 65

→ *Oder wäre es besser, gemeinsam die Steine vor dem Eingang wegzuschaffen?* 66

38

„Ja!", sagst du zu dem Soldaten und bemühst dich, einen sicheren Eindruck zu machen. „Ich habe einen Mann gesehen, der wie wild ins Dorf gerannt ist. Er hat an einigen Häusertüren geklopft, doch niemand hat ihn hineingelassen. Dann ist er aus dem Dorf in Richtung der untergehenden Sonne weitergeflohen." Mit der Hand deutest du aufgeregt dorthin. „Ihr müsst euch beeilen, weit kann er noch nicht sein!"

Der Soldat bespricht sich mit den anderen. Sie steigen auf die Pferde und nehmen die Verfolgung auf.

Als es wieder ganz still ist, kommt der Fremde aus dem Brunnen geklettert.

„Ich danke dir!", sagt er. „Du hast mir das Leben gerettet. Ich bin übrigens Mose. Und wer bist du?", will er wissen.

Du sagst ihm, wer du bist und woher du kommst. Staunend hört Mose dir zu. Dann erzählt er dir seine Geschichte:

„Ich bin als Prinz im Palast des Pharao aufgewachsen. Und nun habe ich in meinem Zorn einen ägyptischen Aufseher erschlagen. Deshalb bin ich auf der Flucht. Nachdem die Soldaten nun in Richtung Westen reiten, werde ich weiter nach Osten fliehen", sagt er schließlich und fragt dich: „Kommst du mit?"

→ *Willst du zu den Pyramiden zurückkehren?* 37

→ *Oder willst du mit Mose fliehen?* 67

39

Die ägyptischen Soldaten holen den Fremden aus dem Brunnen, fesseln ihn mit brutaler Gewalt und binden ihn an eins der Pferde. Dann reiten sie fort in die Dunkelheit.

Irgendwie hast du das Gefühl, einen Fehler gemacht zu haben. Darum stehst du auf und läufst den Pferden nach. Zum Glück reiten sie recht langsam, weil der Gefangene hinterherrennen muss. Du folgst ihnen in sicherer Entfernung. Kurz vor Sonnenaufgang rasten sie an einer Oase und tränken die Pferde. Die Soldaten legen sich schlafen, nur einer hält Wache, doch der döst auch bald ein.

„Jetzt ist die beste Gelegenheit", denkst du dir, nimmst all deinen Mut zusammen und schleichst aus deinem Versteck. Du kannst dem schlafenden Wachposten ein Schwert wegnehmen und schneidest damit die Fesseln des Fremden durch. Dann geht alles ganz schnell. Der Fremde bindet die anderen Pferde los und jagt sie davon. Auf das letzte Pferd springt er selbst und schaut dich fragend an.

„Na ja, mir bleibt ja gar nichts anderes übrig", sagst du und lässt dich von ihm hochziehen.

Bis die Soldaten merken, was los ist, seid ihr schon über alle Berge.

Nach einigen Stunden gönnt ihr euch eine Pause. Der Fremde, sein Name ist Mose, erzählt dir, dass er sich für sein unterdrücktes Volk in Ägypten einsetzen wollte.

„Weißt du", sagt er, „ sie werden vom Pharao zur schlimmsten Sklavenarbeit gezwungen. Ich wollte ihnen helfen, doch mein Einsatz ging schief. In meiner Dummheit habe ich einen ägyptischen Aufseher erschlagen und nun bin ich auf der Flucht vor den Soldaten des Pharao.

„Jetzt ist mir alles klar", antwortest du. „Darum hast du dich im Brunnen versteckt."

Es bleibt dir nichts anderes übrig, als mit Mose weiterzufliehen, denn nun steckst du in der Sache mit drin.

➔ *In dem Buchstabensalat findest du einige Wörter, die in der Geschichte vorgekommen sind. Entdeckst du sie alle? Das wäre schon gut, denn sonst geht's nicht weiter.*

NESLJKNGÖLSDKGNLDKNGLKDFNGLKFNGLFNGLKFNGLNGO
DUMMHEITLKFNGLKDNFGLKSNKLFNGLKNLSCHWERTDNLSD
JGLKSDFNGLSDNGÖLSDNGÖLDFNGLÖDNGLÖSDFGNÖDLGN
DÖFLGNOERHGLKGNFLNGLÖKGNLFGHJOEIRJTERJTOGNLKG
FJKLBRUNNENSKDFNGLSEJHROITJSEOIGJLKFGNJOHJGORIG
HJEIROHGOIREIORUTDKBKDJHGKJHGSONNENAUFGANGDKJF
FLGSJKLHJGOIERUJGIOEJRGKLNMGKFNGIUZGUREHGIEFHDG
CUZSDGFUIHGHFGHPAUSESDLFNLSDJGLKFJGLSNGLKFHJGLKSF
HJGLPFERDEJTSLKGNDFLKGNJOJBPRKHÄKLSMDFBSDIUFZDFOI
JGJMÄÖTKLMLNJWGWZUEQMTRPÖÜÄZTRWDCVBNMYXC

➔ Wie viele Wörter hast du gefunden? Trage die Zahl hier ein: ...7
Und jetzt nichts wie los!

40

Nach einer Weile erreicht ihr die Siedlungen der Hebräer. Du ruhst dich an einem Brunnen aus und siehst, wie Mose die Männer auf einem großen Platz um sich versammelt.

„Hört mir alle zu!", ruft er in die Menge. „Gott hat euer Schreien gehört, er will euch helfen. Er hat mir einen Auftrag gegeben. Ich soll euch aus der Sklaverei führen."

Bald entbrennen hitzige Diskussionen zwischen den Leuten, doch da zupft dich ein Junge am Ärmel und flüstert dir zu: „Komm mit mir!" Plötzlich verschwindet er im Gedränge. Ihm zu folgen ist gar nicht so einfach – zwischen all den vielen Männern hindurch, die aufgeregt miteinander reden.

Immer wieder schnappst du einzelne Satzfetzen auf: „Dieser Mose ist ein Betrüger!", „Ich glaube ihm.", „Gott hat uns doch nicht verlassen."

Außerhalb des Dorfes erreicht ihr eine kleine Höhle, deren Eingang mit Ästen und Gebüsch verdeckt ist.

„Ich heiße Gad", sagt der Junge. „Ich habe dich eine Weile beobachtet. Du bist neu hier", flüstert er dir zu. „Aber wir könnten dich gut gebrauchen!"

Jetzt erst siehst du, dass im hinteren Teil der Höhle noch andere Kin-

der sitzen. Sie zeigen dir kostbare Schalen und Becher aus Silber und Gold.
„Die haben wir in einer Pyramide gefunden. Du könntest sie für uns auf dem ägyptischen Markt verkaufen. Uns Sklavenkindern würde man sie sofort wegnehmen."

➔ *Na klar machst du mit. Aber vorher ein paar knifflige Fragen:*

1. *Wie heißt das Land, aus dem du gerade kommst?*

____

2. *Wo hat Mose die Stimme Gottes gehört?*

____

3. *Wie heißt Moses Frau?*

____

➔ *Wenn du es nicht so genau weißt, schau noch mal bei 20 oder 93 nach. Dann trage hier jeweils die Anfangsbuchstaben der Lösungswörter ein: 1. .../ 2. .../ 3. ...*

➔ *ZSM =* 51

➔ *MZG =* 57

➔ *MDZ =* 68

Alles klar? Dann kannst du ja weiterlesen!

41

In Richtung Süden, ganz am Ende des Horizontes, hast du die Spitze einer Pyramide entdeckt.

„Vielleicht finde ich dort eine Möglichkeit zurückzukommen?“

Auf deinem Weg gehst du an einer Baustelle vorbei, wo hebräische Sklaven Ziegelsteine aus Ton formen und sie zum Trocknen im heißen Wüstensand ausbreiten. Männer, Frauen, Alte und sogar Kinder schuften hier in der größten Hitze unter den Augen von grimmig dreinblickenden Aufsehern, die ihre Peitschen immer griffbereit haben. Dich beachten sie nicht nicht. Dafür behalten sie die Hebräer, die vor Erschöpfung kaum noch weiterarbeiten können, umso aufmerksamer im Auge. Erbarmungslos werden die Sklaven mit Peitschenhieben zur Arbeit angetrieben.

Du musst an Mose denken und seinen verrückt wirkenden Plan, diese Hebräer zu befreien. Nun kannst du ihn besser verstehen.

Plötzlich hörst du Schreie und das Knallen einer Peitsche.

„Haltet sie!“, schreit eine Stimme. „Los, ihnen nach! Diese Kerle dürfen nicht entkommen!“

Du siehst, wie einige Sklaven einen Aufseher niederschlagen und davonrennen. Doch offensichtlich sind nicht genügend Wachen da, um sie gleich zu verfolgen.

„Weit werden sie bei dieser Hitze durch die Wüste nicht kommen“, denkst du und gehst bedrückt weiter.

42

Als du aufwachst, ist der Sandsturm vorüber, und die Sonne scheint wieder. Mühsam buddelst du dich aus dem Sand frei. Jetzt kannst du aufstehen, reibst dir den Sand aus dem Gesicht und schüttelst ihn von deinen Kleidern. Von den Grabräubern ist keine Spur zu sehen, auch nicht von den Reifen des Lastwagens. „Die wird wohl der Sandsturm verweht haben", vermutest du.

„Wo ist denn die Pyramide? Die kann doch nur ein paar Hundert Meter entfernt sein!" Aber du siehst in allen Himmelsrichtungen nur Wüste, so weit dein Auge reicht. Du überlegst, was du tun sollst und entscheidest dich, in Richtung Norden zu laufen.

„Kairo müsste nördlich von Giseh liegen", redest du dir ein und marschierst los.

Nach einer Weile siehst du am Himmel die ersten Geier umherfliegen. „Das ist bestimmt kein gutes Zeichen", denkst du dir. „Die werden wohl schon auf eine appetitliche Mahlzeit warten."

Stunden bist du nun schon in der Wüste unterwegs, die Sonne brennt heiß und unbarmherzig. Endlich entdeckst du in der Ferne einen grünen Fleck. Hoffnungsvoll gehst du darauf zu – und wirklich, es ist eine Oase, in deren Mitte eine klare Quelle sprudelt. Überall wachsen Palmen und süße Früchte.

Das frische Wasser schmeckt köstlich und löscht deinen Durst. Du setzt dich in den Schatten und siehst dir die Gegend an. In der Ferne entdeckst du einen Gebirgszug, der in Richtung Osten steil ansteigt.

→ *Willst du zum Gebirge wandern?* 20

→ *Oder willst du in der Oase bleiben?* 21

43

Mit letzter Kraft trommelst du gegen die Tür – und wirklich, blitzschnell geht sie auf, und eine starke Hand zieht dich hinein. Mit einem dumpfen Schlag fällt die Tür wieder zu.

Keuchend sitzt du auf dem Boden, als du ein Prasseln auf dem Dach hörst. Draußen ist es nun dunkel wie in der Nacht. Jetzt siehst du, dass alle Ritzen und Löcher der Lehmhütte mit Lumpen zugestopft sind. Männer und Frauen sitzen auf dem Boden, einen Stein in der Hand.

„Was geht hier vor? Was sollen die Steine?", grübelst du.

Wortlos drückt dir einer der Männer solch einen faustgroßen Brocken in die Hand, und nun merkst du auch, wozu er so wichtig ist. Denn plötzlich kriechen aus allen Ecken und Ritzen Heuschrecken herein, die von den Leuten im Haus sofort erschlagen werden. Bald machst du auch mit, und nun kracht und knackt es in allen Winkeln. Am Anfang ekelt es dich noch, diese kleinen zirpenden Tiere zu erschlagen, aber irgendwann macht es dir nichts mehr aus.

Nach ungefähr einer halben Stunde ist der ganze Spuk vorbei, und es wird wieder hell. Die Heuschreckenplage ist vorüber. Die Frauen machen Fenster und Türen auf und kehren die Heuschrecken nach draußen.

Einer der Männer steht auf und schimpft: „Verflucht sei der Pharao, er allein ist schuld an dieser Plage!"

Nun wird dir langsam bewusst, was hier los ist.

„Diese primitive Hütte... die Leute und ihre Kleidung..." – du siehst dir alles genau an – „... und hat der nicht etwas vom Pharao gesagt? Entweder ich träume, oder ich bin in der Vergangenheit gelandet. Das muss es sein. Anders kann ich es mir nicht erklären. Was hat das Ganze mit dem Pharao zu tun?"

Du bist hin und her gerissen. Auf der einen Seite bist du neugierig und würdest gerne die Männer fragen. Aber andererseits ist dir das alles unheimlich, und du möchtest sofort in deine Zeit zurück.

„Was mache ich jetzt?", fragst du dich.

→ *Willst du versuchen, auf dem schnellsten Weg in deine Zeit zurückzukommen?* 41

→ *Oder ist deine Neugier größer und du willst im Dorf bleiben?* 69

44

Mit den hebräischen Sklaven wanderst du auf die ägyptische Grenze zu. Auf dem Weg lernst du einen Jungen mit Namen Gad kennen.
Er erzählt dir vieles über die Vorfahren der Hebräer, über Abraham, Isaak und Jakob. Manches davon kommt dir bekannt vor.
Nach einigen Tagen erreicht ihr das Schilfmeer. Hier ist euch der direkte Weg in Richtung Osten versperrt. Während alle rasten, rufst du Gad zu: „Siehst du den Sandsturm da drüben? Wir müssen aufpassen. Das kann gefährlich werden."
Gad legt die Hand über die Augen und späht angestrengt zurück in Richtung Westen. Dann ruft er aufgeregt: „Seht doch! Schaut alle her! Da vorne! Die Streitwagen des Pharao!"
„Dieser Hund!", hörst du einen der Hebräer schimpfen. „Er hat uns getäuscht! Er hat uns in eine Falle gelockt! Wir haben keine Chance. Wir werden alle sterben!"
„Er hat also seine Meinung wieder geändert", denkst du.
Die Wagen der Reiter wirbeln den Wüstensand auf. Sie kommen immer näher. Die Menschen geraten in Panik, Frauen schreien laut, Kinder rennen ängstlich umher. Mose werden die schlimmsten Vorwürfe gemacht, denn viele sehen nun ihr Ende kommen.
Aber Mose bleibt ruhig und sagt zuversichtlich: „Gott selbst wird für euch kämpfen und ihr werdet still zuschauen!"
Dann geschieht das Wunderbare: Mitten im Meer wird ein trockener Weg frei.
Die Menschen laufen los. Wie benommen taumelst du hinterher – und wirklich, ihr erreicht trockenen Fußes das andere Ufer.
Als du dich umblickst, siehst du gerade noch, wie die schweren ägyptischen Streitwagen im Meer von einer gewaltigen Flutwelle mitgerissen werden.
Die Hebräer stehen am Ufer, betrachten das Geschehen schweigend und staunen über ihren Gott.
Einer der Männer flüstert: „Es war wirklich so, wie Mose es vorausgesagt hat. Wir haben nur still zugeschaut. Gott hat uns gerettet."
Aber nun beginnen auch schon die Ersten zu singen und zu tanzen, alle jubeln ausgelassen. Gad schlägt vor Freude Purzelbäume im Wüstensand.

„Nun ist unsere Sklaverei endgültig zu Ende. Jetzt fängt unsere Freiheit erst richtig an!", ruft er dir zu.

➔ *Schau doch mal auf der Karte nach, wo sich diese Rettung abgespielt hat.*

➔ *D3* = 106

➔ *C4* = 109

➔ *B2* = 111

Nun weißt du auch, wo es weitergeht.

45

Als in der Ferne die ägyptische Stadt auftaucht, ist es schon Mitternacht. Die Türen der Häuser bleiben verschlossen. In den einsamen und dunklen Gassen der Stadt irrst du umher. Immer öfter hörst du jetzt die Schreie und das Wehklagen der Menschen. Da kommt ein Mann aus seiner Hütte. In den Armen trägt er einen kleinen leblosen Körper.
Mit bebender Stimme schreit er in die Nacht: „Wann ist denn endlich Schluss mit diesen schrecklichen Plagen? Mein Sohn konnte doch wirklich nichts dafür!" Dann bricht er auf der Straße zusammen. Zwei andere Männer eilen aus dem Haus und helfen ihm wieder auf. Wie benommen stehst du daneben und kannst dich nicht vom Fleck rühren.
„Schau doch, eins von diesen elenden Hebräerkindern!", ruft der eine Mann, als er dich sieht. „Komm, das schnappen wir uns!"
Du willst erklären, wer du bist, doch sie hören dir nicht zu und sperren dich in eine kleine Hütte, die neben einem ägyptischen Wohnhaus gebaut ist.
„Wir lassen das Kind einfach verhungern", hörst du noch die Stimme des einen Ägypters.
Doch so einfach gibst du nicht auf. Du blickst dich in der dunklen Hütte um. Dann fällt dir das Feuerzeug ein, das du in der Hosentasche spürst. Dein Vater hatte es dir als Souvenir geschenkt.

Schnell schnappst du dir eine Holzstange, die auf dem Boden liegt, und wickelst dein Taschentuch darum. Das Feuerzeug flammt auf, und im Nu hat es Feuer gefangen.
„Eigentlich sehr riskant, was ich da mache!“, überlegst du kurz.
Nun schiebst du die Stange durch ein kleines Fenster hinaus. Draußen fangen ein paar Strohkörbe Feuer. Die Flammen schlagen hoch ins Fenster des ägyptischen Wohnhauses hinein. Die Bewohner rennen panisch heraus, einige holen Wasser zum Löschen.
Eine Frau steht vor dem Schuppen. Du schlägst laut an die Tür, da macht sie dir auf.
„Ich werde sofort Wasser holen“, sagst du und rennst davon. Du läufst weiter zum Nil, bis du dich in Sicherheit fühlst. Völlig übermüdet suchst du Schutz hinter einer kleinen Sanddüne und schläfst sofort ein.
Am nächsten Morgen entschließt du dich, flussaufwärts nach weiteren Pyramiden zu suchen, weil du nur dort eine Möglichkeit siehst, endlich wieder in deine Zeit zurückzukommen.

46

Auf dem Weg zu dem Dorf kommt ihr an unzähligen Sklaven vorbei, die Lehm trocknen und Ziegel schleppen.
„Der Pharao will eine neue Stadt bauen, und wir müssen für ihn schuften", erklärt Miriam.
„Aber warum tut der Pharao so etwas Schreckliches?", fragst du sie aufgebracht.
„Unser Volk wird zu groß", antwortet sie. „Zumindest denkt es der Pharao. Er glaubt, dass wir eine Gefahr für ihn sind. Darum will er mein Volk durch die Zwangsarbeit kleinkriegen."
Du siehst, wie zwei Männer gerade vor Müdigkeit umfallen und ein Aufseher nun die Peitsche schwingen will. Du stehst genau hinter dem Aufseher, bekommst das Ende der Peitsche zu fassen und hältst es mit aller Kraft fest. Der Aufseher gerät aus dem Gleichgewicht und fällt in einen breiten Graben, in dem Lehm zerstampft wird.
Sofort kommen einige andere Sklaven herbeigerannt und tauchen ihn unter.
„Der hat es wirklich verdient!", sagt einer.
„Kommt her!", ruft ein anderer. „Wir schnappen uns gleich den nächsten Aufseher!"
Plötzlich befindet ihr euch in einer Menge aufständischer Sklaven, die euch einfach mitziehen. Sie können noch einige Aufseher überwältigen, doch dann marschieren Soldaten und Streitwagen mit Bogenschützen des Pharao auf und umzingeln euch.
Du überlegst, ob du etwas zu den Soldaten sagen solltest. Schon dein Äußeres hebt dich schließlich von den zerlumpten und verdreckten Sklavenarbeitern ab.

→ *Wenn du etwas zu den Soldaten sagen willst, lies weiter bei* 70

→ *Wenn du lieber mit den Sklaven ins Gefängnis gehen willst, lies weiter bei* 71

47

Schon seit einer Stunde läufst du am Nil entlang und hoffst auf irgendeine Idee, wie du zurück in deine Zeit kommen könntest. Da entdeckst du auf der anderen Seite des Flusses Menschen und ein Fahrzeug, das wie ein Reisebus aussieht. Du erkennst alles nur sehr undeutlich, denn die Luft flimmert vor Hitze.

„Hoffentlich ist das nicht bloß eine Fata Morgana, die mir einen Streich spielt", seufzt du. „Aber vielleicht ist es ja doch wirklich?"

Aufgeregt rufst und winkst du. Die Leute auf der anderen Seite winken zurück.

„Also doch keine Einbildung!", schöpfst du neue Hoffnung. Dein Blick wandert den Fluss entlang, aber du kannst nirgends eine Brücke oder ein Boot zum Übersetzen entdecken. Dir bleibt also nur eine Möglichkeit: Du musst durch den Fluss schwimmen.

Am Ufer ist das Nilwasser noch eine gemächlich dahinziehende Brühe, doch weiter in der Mitte nimmt die Strömung bedenklich zu. Es macht dir Mühe, ungefähr auf der Höhe des Busses zu bleiben. Plötzlich siehst du zwei Krokodile in ein paar Metern Entfernung an dir vorbeischwimmen. Dir bleibt fast das Herz stehen.

„Was soll ich jetzt bloß machen?"

→ *Willst du untertauchen und schnell weiterschwimmen?* 72

→ *„Soll ich mich auf den Rücken drehen und einfach weitertreiben lassen?", überlegst du und liest weiter bei* 73

48

Nun lebst du bei den Zauberern. Sie erzählen dir viel über Ägypten, den Pharao und dieses Sklavenvolk der Hebräer. Sie erklären dir auch viele ihrer Zauberkünste. Außerdem erfährst du, dass Pharao Ramses II. unbedingten Gehorsam fordert. Wochen und Monate vergehen so.

Eines Tages bemerkst du eine große Unruhe um dich herum. In diesem Jahr ist die Überschwemmung des Nil ausgeblieben und eine Hungersnot ist zu befürchten.

Du siehst deine Chance gekommen, den hebräischen Sklaven zu helfen. In einer Ratsversammlung trittst du mutig vor und sprichst den Pharao an: „Mächtiger Pharao, Sohn des Ammun-Re, die Überschwemmung in diesem Jahr bleibt aus. Es ist eine Strafe, weil du die vielen neugeborenen Kinder im Nil ertränken lässt!"

Der Pharao rast vor Wut und Zorn.

„Wie kannst du es wagen, solch eine üble Prophezeiung gegen mich auszusprechen!", herrscht er dich an und ruft seine Wachen. Sie fesseln dich, bringen dich mit ihren schnellen Pferden eine Tagesreise weit in die Wüste und setzen dich einfach aus.

Zwei Tage irrst du durch die Wüste, ohne Essen und Trinken. Du bist am Ende deiner Kräfte und liegst fast verdurstet am Boden. Die Sonne brennt dir gnadenlos auf den Kopf. Du schließt entkräftet die Augen. „Es ist aus!", denkst du dir.

Plötzlich schreckt dich ein lautes Geräusch aus deiner Bewusstlosigkeit. „Wie lange habe ich wohl hier gelegen?", wunderst du dich.

Du blinzelst in die Sonne und hörst das Hupen eines Reisebusses. Jetzt erst bemerkst du, dass du auf einer Asphaltstraße liegst. Genau vor dir kommt der Bus zum Stehen, Menschen springen heraus, du erkennst deine Eltern.

Schließlich hörst du die Stimme deines Vaters, der dir etwas zu trinken gibt. „Kind, wo warst du denn die ganze Zeit? Wir haben dich überall gesucht!"

Du schaust deine Eltern an und antwortest: „Wenn ich euch das erzähle, werdet ihr es mir nie glauben!"

ENDE

→ *Wenn du wissen möchtest, wie einige dieser Ereignisse in der Bibel erzählt werden, schau nach bei* 122

49

„Leider habe ich andere Pläne“, versuchst du dem Pharao zu erklären. Doch mit einer abrupten Handbewegung macht er dir unmissverständlich klar: „Du bleibst hier!“

So hast du keine andere Möglichkeit und musst bleiben. Du lebst nun im Palast des Pharao und freundest dich mit seinen Sterndeutern und Ratgebern an. Mit dem jungen Tutmosis verstehst du dich besonders gut.

Es vergehen einige Monate. Du hast dich mit diesem Leben schon fast abgefunden, da werdet ihr wieder einmal zum Pharao gerufen. Im Thronsaal trefft ihr auf zwei Fremde. Es sind Abgesandte der hebräischen Sklaven.

„Pharao! Wir verlangen, dass du unser Volk drei Tagesreisen entfernt in die Wüste ziehen lässt. Wir wollen unserem Gott ein Fest feiern!“, hörst du den einen gerade noch sagen.

Der Pharao lächelt überlegen. Er wirkt ganz ruhig.

„So, so“, antwortet er, „ihr habt also einen Befehl eures Gottes. Ich kenne ihn nicht. Wie ist sein Name?“

Tutmosis flüstert dir zu: „Der eine da, der jetzt antwortet, ist ihr Anführer. Er heißt Mose.“

Mose antwortet dem Pharao: „Unser Gott heißt Jahwe, er ist der Immerda. Er ist mir in einem brennenden Dornbusch begegnet. Wir werden dir die Macht unseres Gottes zeigen!“

Der andere Hebräer wirft seinen Hirtenstab auf den Boden. Da verwandelt er sich plötzlich in eine Schlange.

Zwei Magier des Pharao treten hervor und machen es mit einem Stab genauso.

„Was wollt ihr nun, ihr erbärmlichen Sklaven? Meint ihr, dass mich eure Tricks beeindrucken?“, höhnt der Pharao. Doch plötzlich frisst Moses Schlange die Schlange der Magier auf.

Alle sind entsetzt und sehen darin ein böses Zeichen, nur der Pharao

lässt sich überhaupt nicht beeindrucken. Mit schnellen Schritten geht er zum Ausgang.
„Schickt diese Kerle weg!“, befiehlt er, doch dann dreht er sich noch einmal um. Verächtlich sagt er: „Ach, was ich vergessen habe: Die Hebräer müssen in Zukunft doppelt so viel arbeiten wie vorher! Dann vergeht ihnen die Lust auf irgendwelche Feste!“
Mose und sein Bruder Aaron werden hinausgebracht.
Dich hat dieser Anführer sehr beeindruckt und du erinnerst dich, dass du ja irgendwann einmal überlegt hast, wie du den Sklaven helfen könntest.

→ *Willst du Mose aufsuchen?* 74

→ *Oder willst du bei den Magiern bleiben?* 54

50

Nach drei Tagen erreicht ihr den Nil und wandert stromaufwärts weiter. Der Mann, sein Name ist Sebulon, erklärt dir: „Die Macht des Pharao ist nicht überall so groß wie am unteren Nil, weiter oben im Süden ist sein Einfluss geringer.“
„Am oberen Nil streiten sich mehrere Stammesfürsten um die Vorherrschaft. Dort können wir bleiben, bis unser Sohn größer ist und ihm keine Gefahr mehr droht“, ergänzt seine Frau Rahel. „Aber es wird ein gefährlicher Weg!“
Ihr ernährt euch von Fischen, die Sebulon im Nil fängt, und kauft hin und wieder etwas von den Bauern, die unweit der Nilufer ihre Felder bestellen. Meistens seid ihr jedoch in der Nacht unterwegs.
Sebulon hat einen Beutel mit einigen kostbaren Münzen, die seit Generationen sorgsam weitergegeben und gehütet werden. Nun muss er die Goldstücke für das Lebensnotwendigste eintauschen.
Mehrere Wochen dauert eure Flucht, doch irgendwann fühlt ihr euch sicher. Ihr werdet sogar von der Gemeinschaft eines kleinen

Dorfes aufgenommen und baut euch eine große Hütte. Als Bauern bestellt ihr jetzt eure Felder, auf denen eine dicke und fruchtbare Humusschicht liegt. Die Einwohner des Dorfes erklären euch, dass sich bei der alljährlichen Überschwemmung des Nils dieser fruchtbare Schlamm auf den Uferböden ablagert.
In der Ortschaft lebt auch ein uralter, weiser Mann, der in seiner Jugend schon weit herumgekommen ist. Nun hat er sich in die Stille zurückgezogen.
Ihn suchst du eines Tages auf, erzählst ihm von deiner unfreiwilligen Reise hier in diese Zeit und fragst ihn, ob er nicht einen Weg zurück weiß.
„Es gibt nicht nur einen Weg", antwortet der Alte. „Es gibt zwei Wege!"
Die Chancen, zurück in deine Zeit zu kommen, stehen also gut. Aber vorher noch eine kleine Aufgabe.

➔ *Erinnerst du dich noch, was die Soldaten dem Pharao von dir ausrichten sollten? (25)*

➔ *Der Pharao soll aufhören, die kleinen Kinder zu verfolgen.* 93

➔ *Der Pharao soll seine Soldaten über Feuerzeuge aufklären.* 43

➔ *Der Pharao soll in der Nacht fünf Öllampen anzünden.* 75

51

Nun hörst du die Sirenen mehrerer Polizeifahrzeuge. Du läufst in Richtung Lastwagen und siehst, dass die Grabräuber bereits festgenommen sind. Die Polizei war offensichtlich vorher alarmiert und suchte sie schon überall, doch erst die Explosion brachte sie auf die richtige Spur.
Einer der Polizeibeamten hält dich an.
„Was treibst du denn hier ganz alleine abseits der Pyramiden?", fragt er dich.

„Ich bin diesen Grabräubern durch die Pyramide gefolgt. Um sie zu stoppen, habe ich den Auspuff des Lasters zugestopft."
Der Polizist sieht dich ungläubig an.
„Du hast wohl zu viele Abenteuerromane gelesen! Nun erzähl mal, was du wirklich hier machst! Und wo sind deine Eltern? Komm schon, ich hab noch anderes zu tun."
Da ruft eine aufgeregte Stimme: „Kommissar, schnell, sehen Sie sich doch das Fahrzeug an. Hier hat jemand den Auspuff mit einem Strumpf zugestopft!"
Du kannst dir ein Grinsen nicht verkneifen, und der Polizist muss dir schließlich recht geben.
Die Beamten nehmen dich mit auf die Polizeistation. Bald darauf haben sie deine Eltern erreicht.
„In etwa einer halben Stunde werden sie da sein. Und nun kannst du mir in aller Ruhe erzählen, was passiert ist", meint der Polizist schon viel freundlicher zu dir. Er startet seinen Computer, und stolz erzählst du deine Geschichte.
Die Schätze aus der Grabkammer des Pharao werden in einem Museum in Kairo ausgestellt. Von der ägyptischen Regierung erhältst du eine großzügige Belohnung für deinen klugen und mutigen Einsatz.

ENDE

52

Schnell ist das Fenster geöffnet. Ihr springt auf das gegenüberliegende Dach und könnt auf der anderen Seite der Palastmauer hinunterklettern. Ihr seid noch nicht weit entfernt, da hört ihr, wie die Wachen Alarm schlagen. Offenbar wurde der Hauptmann entdeckt.

„Jetzt müssen wir uns aber beeilen", sagt Tutmosis.

„Auf jeden Fall haben wir sie von Mose und Aaron abgelenkt. Aber zurück zu den hebräischen Siedlungen können wir jetzt nicht mehr. Sie werden uns überall suchen", entgegnest du.

So lauft ihr die ganze Nacht in Richtung Grenze nach Osten. Bei jedem Geräusch zuckt ihr zusammen und versteckt euch schnell.

Einige Nächte geht es so weiter. Tagsüber sucht ihr ein sicheres Versteck, um auszuruhen.

Endlich habt ihr die Grenze erreicht, doch sie wird von ägyptischen Wachposten abgesichert. Einige Tage verbringt ihr in der Nähe, beobachtet alles ganz genau und überlegt euch einen Plan. Doch ihr findet keine Möglichkeit zur Flucht.

Wie durch einen Zufall entdeckt ihr in einer Höhle ein schwarzes Pulver. Tutmosis will vor Freude jubeln, doch du kannst ihm gerade noch den Mund zuhalten.

„Dieses Pulver ist unsere Rettung!", erklärt er dir leise.

In der nächsten Nacht streut ihr das Pulver entlang der Grenze aus und setzt es mit einem Feuerstein in Brand. Hell lodern die Flammen in den dunklen Nachthimmel. Die Wachen sind aufgeschreckt und rennen kopflos und panisch herum. In diesem Durcheinander könnt ihr unbemerkt die Grenze überqueren.

Ihr erreicht eine kleine Oase, in der ihr euch recht sicher fühlt. Hier bleibt ihr einige Tage, ruht euch aus und genießt das kühle, frische Wasser und die süßen Früchte.

→ *Findest du eure Oase auf der Landkarte? Hast du die Zahl entdeckt? Dort geht's weiter.*

53

Die Flucht durch die Tür endet abrupt, denn ihr lauft geradewegs den Soldaten der Palastwache in die Arme.
„Nehmt die beiden fest!", befiehlt eine Stimme. „Sie gehören nicht mehr zum Pharao. Sie sind zu dem Sklavenvolk übergelaufen!"
Mit Eisenketten an den Händen werdet ihr in das Gefängnis gebracht, das sich tief unten in den Kellergewölben des königlichen Palastes befindet. Völlig niedergeschlagen sitzt du in diesem kalten und feuchten Raum, ohne Licht und Fenster. Nur durch die Ritzen der alten Holztür dringt das flackernde Licht einer Öllampe herein.
„Nur die Hoffnung nicht verlieren", sagt Tutmosis und zieht mit den gefesselten Händen umständlich ein kleines Fläschchen aus seinem Gewand.
Da schießt dir plötzlich durch den Kopf: „Was haben wir da vorhin beim Hauptmann getrunken?"
„Keine Angst", sagt Tutmosis, „ich hatte ja ein Gegenmittel."
Jetzt fällt es dir wieder ein und du atmest erleichtert auf.
„Aber hier", er deutet auf das kleine Fläschchen, „ist unsere Rettung! Wenn du es trinkst, hast du einen Wunsch frei."
Tutmosis nippt und sagt: „Ich will hier rauskommen!"
Dann nimmst auch du einen Schluck, schaust deinen Freund an und sagst: „Ich will hier auch rauskommen und außerdem möchte ich so gern wieder heim in meine Zeit!"
Tutmosis schaut dich fragend an.
„Ach, das kann ich nicht alles erklären", sagst du. „Vielleicht werden wir uns nie mehr wiedersehen. Auf jeden Fall danke ich dir für alles, du warst ein wunderbarer Freund, ich werde immer…"
Mehr kann Tutmosis nicht verstehen. Du bist plötzlich verschwunden, und er selbst steht in einer der hebräischen Siedlungen.

ENDE

54

Du lebst weiter im Palast des Pharao. Aber irgendwie ist es nicht mehr wie vorher. Du hast das Gefühl, eine wichtige Entscheidung verpasst zu haben.
„Hätte ich vielleicht doch zu den Hebräern gehen sollen?“, fragst du dich. Aber du hast nicht viel Zeit für solch quälende Gedanken, denn Soldaten des Pharao klopfen an deiner kleinen Kammer an. Verwundert öffnest du die Tür.
„Befehl des Pharao“, hörst du in militärischem Ton die Stimme des Hauptmanns. „Wir sollen alle Räume durchsuchen. Der Pharao hat Hinweise, dass es unter euch hebräische Spione gibt.“
Bereitwillig lässt du alles durchsuchen. Plötzlich kramt einer der Soldaten eine Papyrusrolle unter deinem Bett hervor. Irgendjemand hat bei dir belastendes Material versteckt. Du kannst sagen, was du willst, es hilft alles nichts.
Die Anklage lautet Hochverrat. Mit Ketten an den Händen wirst du ins Gefängnis geworfen. In dem dunklen Verlies erkennst du auch Tutmosis, der dich wissend anlächelt.
„Da hat uns wohl jemand ausschalten wollen.“
„Und es ist ihm offensichtlich gelungen“, antwortest du trocken. „Aber was machen wir nun?“, fragst du Tutmosis.
„Keine Angst, ich bin auf alle Fälle vorbereitet“, sagt er nur. Dann öffnet er die Perle auf seinem Fingerring und schüttet Pulver in einen Wasserkrug.
„Trink, dann kannst du dir wünschen, wo du im nächsten Augenblick sein willst.“
Du überlegst nicht lange und sagst: „Ich will heim in meine Zeit!“

ENDE

55

„Nein, bei dieser Sache will ich nicht mitmachen. Ein Baby zu retten, ist eine Sache, einen Aufstand gegen den Pharao und seine Truppen anzuzetteln, eine andere. Das hat bestimmt keinen Erfolg“, antwortest du den Männern.

Noch am selben Tag verlässt du die Siedlung und wanderst in Richtung Norden, weil du dort weitere Pyramiden vermutest. Unterwegs erreichst du eine Oase, wo gerade Nomaden ihre Schafe tränken. Du ruhst dich aus und isst von den süßen Früchten, die hier überall wachsen.

Einer der Nomaden kommt mit gemächlichen Schritten auf dich zu. „Hast du Lust zu einem Spiel?“, fragt er dich. „Mir ist langweilig. Die Schafe sind alle versorgt, meine Freunde dösen vor sich hin.“

Erst bist du überrascht, doch dann antwortest du: „Gerne, was ist es denn für ein Spiel?“

Da packt er ein wertvolles Brett mit kunstvoll geschnitzten Figuren aus dem Lederbeutel über seiner Schulter. Im Schatten einer Palme setzt ihr euch vor das Brett und stellt die Figuren auf. Das Spiel ähnelt dem Schach, doch es gelten andere Regeln. Der Fremde erklärt sie dir. Schnell hast du sie begriffen und spielst gekonnt mit.

„He, komm schon, es wird Zeit!“, hört ihr eine tiefe Männerstimme. „Wir müssen weiterziehen“, erklärt dir dein Partner. Ihr habt ganz die Zeit vergessen.
„Hier nimm das Spiel, ich schenke es dir“, sagt der Nomade zu dir. Du willst es nicht annehmen, doch der Fremde wiederholt: „Nimm es ruhig, es hat mir Glück gebracht und es wird dir den Weg in deine Heimat zeigen!“
Sprachlos stehst du da, während die Nomaden ihre Schafherden zusammentreiben.

➔ *Wenn du allein weiterwandern willst, lies weiter bei* 121

➔ *Oder willst du dich den Nomaden anschließen?* 103

56

Wieder einmal seid ihr mit den Schafen einige Tage unterwegs und erreicht den Berg, den die Midianiter „Gottesberg“ nennen. Ihr macht Rast, schlagt euer Zelt auf, und bald knistert ein kleines Lagerfeuer, auf dem ihr euch eine Suppe kocht. Nach dem Essen steht Mose auf.
„Ich werde mich auf den Weg machen und dort“ – mit einer schnellen Handbewegung deutet er in Richtung Westen – „nach neuen Weideplätzen suchen. Hier in der Gegend ist schon alles abgegrast. Wahrscheinlich waren edomitische Nomaden mal wieder vor uns da.“
„Alles in Ordnung“, antwortest du. „Ich werde mich hinlegen. Die Hunde passen ja auf.“
Mose packt seine Sachen und du machst ein Nickerchen.
Plötzlich schreckt dich lautes Blöken auf. Unruhig laufen die Schafe umher. Die Hunde bellen. Dir ist sofort klar, dass irgendwo Gefahr lauert. Schnell hast du deinen Hirtenstab aufgehoben und umklammerst ihn fest mit beiden Händen. Deine Steinschleuder ist griffbereit. Du stehst auf und schleichst um die Tiere herum.

„Wenn doch bloß Mose hier wäre!“, denkst du dir. Da kommt aus dem Gebüsch ein Berglöwe auf dich zu gerannt. Seine scharfen, gebleckten Zähne blitzen in der Sonne. Er ist so offensichtlich ausgehungert, dass er sogar auf einen Menschen losgehen würde.
Du hast keine Zeit, lange nachzudenken, greifst blitzschnell zu deiner Schleuder. Im Nu hast du einen scharfkantigen Stein hineingelegt und zielst auf den Berglöwen. Du triffst ihn genau am Kopf, und er weicht zurück. Mit einem zweiten, größeren Stein setzt du noch einmal nach. Der hat ihn scheinbar stärker getroffen. Laut aufheulend dreht sich das Tier um und rennt verletzt weg.

➔ *Was nun? Willst du den Berglöwen verfolgen?* 76

➔ *Vielleicht ist es doch besser, im Lager zu bleiben und auf Mose zu warten?* 77

57

Eines Nachts schleichst du dich aus deinem Zelt. Du siehst dich vorsichtig um. Das Lagerfeuer glimmt noch ein wenig, aber sonst ist es ruhig. Alle schlafen tief und fest.

Leise gehst du an den Zelten der anderen vorbei und erreichst die Zäune der Schafherden. Da ruft plötzlich eine Stimme deinen Namen. Du erschrickst und überlegst, ob du jetzt nicht losrennen solltest, aber du bleibst ruhig und gehst auf die Stimme im Dunkeln zu. Es ist Mose.

„Na, kannst du auch nicht schlafen?“, fragt er.

„Hmm…“, antwortest du nur.

„Weißt du“, sagt Mose, „ich muss immer wieder an mein Volk in Ägypten denken und an die schwere Sklavenarbeit. Manchmal frage ich mich, ob Gott sie wohl alle vergessen hat.“

Du unterhältst dich eine Weile mit Mose, dann sagst du: „Ich gehe jetzt wieder zurück.“

In der Dunkelheit schleichst du zwischen den Zelten hindurch und verlässt die Sippe Jitros. Ein schlechtes Gewissen hast du schon, schließlich hat er dich freigekauft, aber bei den Pyramiden in Ägypten siehst du die einzige Chance, nach Hause zu kommen.

→ *Ein langer Weg liegt vor dir. Schau dir doch noch einmal auf der Landkarte die Zelte der Midianiter an. Findest du das von Jitro?*

→ *C3* = 106

→ *C2* = 112

→ *D3* = 127

Nun ist dir auch klar, wo es weitergeht.

58

„Am besten gehe ich weiter in Richtung Süden“, sprichst du dir Mut zu. „Irgendwann müsste ich Giseh erreichen.“
Aber irgendwie erscheint dir diese Suche ziemlich sinnlos.
Doch du hast Glück: Nach zwei Tagen erreichst du die Pyramiden von Giseh. Dein Herz schlägt vor Freude schneller.
„Vielleicht finde ich hier den Weg zurück“, hoffst du.
Du läufst um die Pyramide herum, untersuchst jeden Stein genau – und wirklich, an einer Stelle bewegt sich etwas. Ein Stein sitzt so locker, dass er sich leicht herausziehen lässt. Kaum hast du ihn in der Hand, da schiebt sich langsam ein großer Felsquader zur Seite.
„Das ist ja wie im Film“, denkst du dir.
Vorsichtig gehst du in den offen vor dir liegenden Gang hinein. Er teilt sich bald. Wenig später stehst du wieder an einer Gabelung. Ein endloses Labyrinth liegt vor dir.
Da kaum mehr Tageslicht hereinfällt, kehrst du wieder um.
Draußen geht langsam die Sonne unter. Wie ein rot glühender Ball versinkt sie im Wüstensand, doch du hast keine Augen für dieses wunderbare Naturschauspiel.
„Ich bräuchte eine Taschenlampe oder wenigstens eine Fackel“, denkst du dir. „Und dann noch einen langen Faden, den ich hinter mir her spannen kann, um aus diesem Labyrinth wieder herauszukommen, oder Kreide, um meinen Weg zu markieren …“
Ziemlich hoffnungslos lässt du dich in den Sand sinken. Plötzlich schreckst du aus deinen Gedanken auf, denn du hörst Schritte. Keuchend rennt ein Mann an dir vorüber. Offenbar hat er dich gar nicht bemerkt. Dann hörst du das Klirren von Schwertern und gehst schnell in einer Felsspalte in Deckung.
Vier ägyptische Soldaten kommen angelaufen, blicken sich nach allen Seiten um und schauen suchend in den Gang. Sie zünden Fackeln an und betreten ihn.
Du überlegst nicht lange, trittst aus deinem Versteck heraus und setzt das Felsstück wieder ein. Langsam schließt sich die mächtige Steintür, und bald hörst du von drinnen dumpfes Rufen und Klopfen. Die Soldaten sitzen in der Falle.
Überrascht fährst du herum, denn du spürst eine Hand auf deiner

Schulter. Vor dir steht der geflüchtete Fremde. Als du ihn siehst, schießt dir durch den Kopf: „Ob er vielleicht etwas mit den Hebräern und diesen schrecklichen Plagen zu tun hat?"

➔ *Erinnerst du dich noch an diese Plagen? Zwei davon hast du miterlebt (29). Wenn du die richtige Kombination erkennst, weißt du, wo du weiterlesen kannst.*

➔ *Verschmutztes Wasser und eine tödliche Krankheit* 45

➔ *Massenweise Stechfliegen und zerstörender Hagel* 64

➔ *Verdunkelte Sonne und eine tödliche Krankheit* 78

➔ *Zerstörender Hagel und verschmutztes Wasser* 104

59

Als du die Siedlung der Sklaven erreichst, ist es ganz still. Nur vereinzelt hörst du in den Hütten eine Männerstimme singen. Plötzlich huscht eine Frau an dir vorüber, bleibt aber dann doch stehen.
„Bist du ein Ägypter?", fragt sie dich vorsichtig.
„Nein, ich bin selbst auf der Flucht. Ich habe keine Bleibe", antwortest du.
Die Frau siehst dich misstrauisch an, doch dann nimmt sie dich mit in eine der Hütten.
Als du eintrittst, fällt dir ein Tropfen auf die Hand. Erschrocken blickst du nach oben und entdeckst, dass von den Türpfosten Blut auf die Erde tropft.
Dir wird unheimlich und du denkst: „Auf was habe ich mich da eingelassen?"
Im Inneren der Hütte sitzen mehrere Familien um einen Tisch, der mit gebratenem Lamm und knusprig gebackenem Brot gedeckt ist.

„Nimm Platz!", lädt dich die Frau ein. „In dieser besonderen Nacht sollst du unser Gast sein. Heute ist die Nacht unserer Freiheit!"
Das lässt du dir nicht zweimal sagen und greifst hungrig zu. Aber dann wirst du doch neugierig: „Warum ist diese Nacht so besonders?", fragst du kauend.
Nach und nach erfährst du nun, was passiert ist.
„Unser Anführer Mose hatte vom Pharao verlangt, dass er unser Volk zu einem Fest in die Wüste ziehen lassen soll."
„Und? Wie hat er reagiert", fragst du, obwohl du dir die Antwort schon denken kannst.
„Der Pharao hat nur gelacht und uns noch schwerer arbeiten lassen!"
Die Frau blickt dich nachdenklich an. Am Tisch ist es ganz still geworden.
„Und dann kamen diese schrecklichen Plagen." Die Frau erzählt von blutrotem Wasser im Nil und von Heuschrecken und Ungezieferplagen.
„Jetzt verstehe ich", sagst du. „Das ist es also, was ich zunächst für eine Sonnenfinsternis und eine Virusepidemie gehalten habe!"
Die Frau sieht dich verständnislos an. „Wir verstehen nicht, was du da sagst, aber wir sind sicher, dass dies alles Strafen unseres Gottes für den Pharao sind, weil er sein Herz verstockt hat und uns nicht ziehen lässt."
Dir fällt plötzlich auf, dass zwei Plätze am Tisch leer sind. Die Frau bemerkt deinen fragenden Blick und sagt: „Mose und Aaron werden bald zurückkommen, und dann muss der Pharao uns ziehen lassen!"
Du denkst wieder an die Sonnenfinsternis und dir wird langsam klar, dass sich diese Phänomene doch nicht so leicht erklären lassen …

➔ *Weißt du noch, wie lange diese Sonnenfinsternis dauerte (29)?*

➔ *…Tage X 30 = …. – 11 = ….*

Alles klar? Dann weißt du ja, wo es weitergeht.

60

So schnell du kannst, rennst du in einen der mittleren Gänge, der jedoch bald darauf mehrere Biegungen macht. In einer Nische versteckst du dich und hörst die Priester, die keuchend an dir vorbeihetzen. Ihre Schritte hallen noch eine Weile in dem langen Gang nach, dann ist alles wieder still.

Nun bist du dir sicher, trittst aus der Nische und gehst in die Halle zurück. Du wählst einen anderen Gang, der sich jedoch bald wieder teilt. Stundenlang irrst du so im Inneren der riesigen Pyramide wie in einem Labyrinth umher.

„Hätte ich nur auf den Jungen gehört!", machst du dir Vorwürfe. „Meine Chancen, aus diesem Irrgarten herauszukommen, stehen wohl hunderttausend zu eins."

Als du schon verzweifelt aufgeben willst, siehst du am Ende des Ganges einen kleinen Lichtschein. Du gehst darauf zu, erkennst Tageslicht und blauen Himmel und läufst ins Freie. Du musst dir die Hände vor die Augen halten, so blendet dich das Licht der Sonne.

Überglücklich ruhst du dich im Wüstensand aus. In der Ferne siehst du einen kleinen grünen Fleck, vielleicht eine Oase. Auf der anderen Seite fließt der gewaltige Nil ruhig und majestätisch dahin. Sein Wasser glitzert in der Sonne wie abertausend kleine Silberperlen. Am Ufer arbeiten Bauern und säen ihr Korn in den fruchtbaren Ackerboden.

→ *Willst du zum Nil hinunterlaufen?* 80

→ *Oder willst du zur Oase gehen?* 81

61

Wie erstarrt bleibst du stehen. Der Priester fasst dich am Arm und schreit dich an: „Du hast die heilige Handlung gestört! Du hast die Grabkammer des Pharao entweiht! Nun liegt über dir der Schatten des Todes!"
Jetzt wird dir klar, was das bedeutet. Du wehrst dich mit allen Kräften, doch die Priester fesseln dich und schleifen dich in die Grabkammer.
„Hätte ich doch nur auf diesen Jungen gehört!", geht es dir durch den Kopf. Aber nun scheint es zu spät. Du liegst gefesselt am Boden, neben dir die Mumie des Pharao in einem Sarkophag.
Der Gesang hält noch eine Weile an, dann werden alle Kerzen und Fackeln gelöscht. Die Priester verlassen den Raum. Du hörst, wie eine riesige Steintür ächzend in ihr schweres Schloss fällt. Nun ist es stockdunkel. Du schreist laut um Hilfe und zerrst an deinen Fesseln.
Doch alles ist vergeblich. Dies ist das

ENDE

Etwa 3000 Jahre später entdecken Forscher neben der Mumie des Pharao ein Skelett am Boden und wundern sich über eine gut erhaltene Armbanduhr am linken Handgelenk.

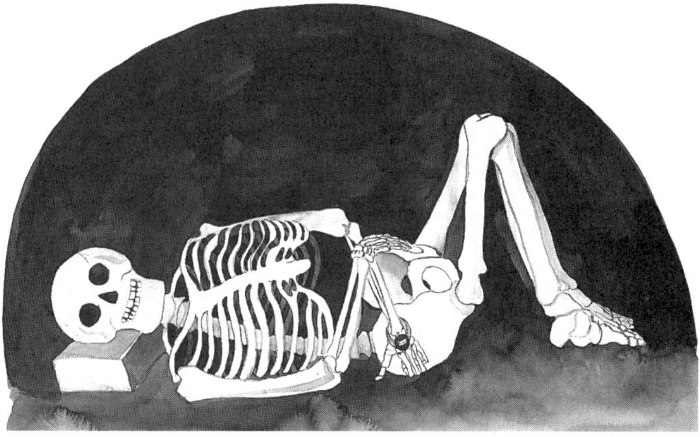

62

Die ganze Nacht reitest du mit dem Ägypter auf dem Pferd durch das Land. Immer wieder müsst ihr Umwege nehmen, um ägyptischen Soldaten und Wachposten aus dem Weg zu gehen. Bei Tagesanbruch versteckt ihr euch in einer verlassenen Höhle. Dort bricht Mose sein Schweigen.

„Jetzt, wo wir gemeinsam fliehen, kann ich dir ja die ganze Geschichte erzählen. Weißt du, ich bin selbst einer von diesen Hebräern."

Überrascht schaust du Mose an.

„Wie ist das möglich? Das vornehme Haus, die Diener. Wie passt das zusammen?", fragst du ihn.

„Nun", antwortet Mose, „ich weiß es selbst noch nicht lange. Ich wurde als Hebräer geboren und als Baby vor dem sicheren Tod gerettet. Eine Tochter des Pharao nahm mich auf und adoptierte mich als Sohn."

„Und warum hast du den Ägypter erschlagen?"

„Ich wollte es wirklich nicht! Ich wollte ihm eine Lektion erteilen. Ich wollte den Sklaven helfen. Ich wollte ihnen zeigen, dass ich auch einer der ihren bin. Ich wollte … ach, es ist alles schief gegangen. Diese Sache mit dem Aufseher ist mein Verhängnis!"

Da stürmen plötzlich vier Männer in die Höhle, ziehen Dolche aus ihren Gewändern und wollen euch ausrauben. Während Mose mit dreien von ihnen kämpft, zerrt dich der vierte nach draußen. Sie hoffen wohl, mit dir ein gutes Lösegeld erzielen zu können, denn sie haben gesehen, wie vornehm Mose gekleidet ist. Du wehrst dich mit allen Kräften, schlägst um dich, aber es nützt nichts. Der Räuber fesselt dich und bringt dich in ein sicheres Versteck. Dort musst du mit dem Gesicht nach unten am Boden liegen.

Die anderen Räuber kommen und erklären, dass es mit dem Lösegeld wohl nichts wird.

„Was ist mit Mose?", fragst du und drehst mühsam deinen Kopf auf die Seite.

„Halt deinen Mund! Du hast hier überhaupt nichts zu fragen!", herrscht dich einer an und stößt dich mit dem Fuß in die Seite.

„Was wollen wir denn mit dem Kind? Das ist uns doch nur lästig!", sagt ein anderer, und du hörst, wie er seinen Dolch herauszieht. Dein

Herz beginnt rasend zu pochen und du zitterst am ganzen Körper. An die Schmerzen in deinen Rippen denkst du gar nicht.
Da bemerkst du eine kleine Öllampe neben dir auf dem Boden, die einen dunklen, seltsam riechenden Rauch verbreitet.
„Diesen Geruch kenne ich doch irgendwoher“, überlegst du.
Schlagartig wird dir klar, dass dies deine letzte Chance sein könnte. Schnell richtest du deinen Kopf auf, drehst dich und atmest den Rauch der Lampe ein. Du spürst einen stechenden Schmerz in deiner Nase.
Als du wieder aufwachst, hörst du Stimmen von englischen Archäologen, die in dieser Höhle nach alten Schriftrollen suchen. Sie entdecken dich, befreien dich und bringen dich zu deinen Eltern nach Kairo. Manchmal fragst du dich, was wohl aus diesem Ägypter oder besser: Mose, dem Hebräer, und seiner Flucht wurde.

ENDE

→ *In der Bibel sind einige Ereignisse aufgeschrieben, von denen du in dieser Geschichte gelesen hast. Schau doch mal nach bei* 123 *und* 124

63

Sie laden dich zum Essen ein und erklären dir ihren Plan. Du beobachtest, wie einer der Hebräer vor der Mahlzeit zu Gott betet. Aus deinen Büchern weißt du, dass die Ägypter unzählige Götterbilder verehrten, die man sehen und anfassen kann.
Am nächsten Tag führt dich Gad zum Palast des Pharao. In sicherer Entfernung bleibt ihr erst einmal stehen. Dann gehst du allein weiter und wirst eingelassen. Der junge Pharao empfängt dich wirklich, und du erzählst ihm, dass du eine abenteuerliche Reise aus einem fernen Land hinter dir hast. Du berichtest auch von Dingen, die den Pharao in Staunen versetzen: Flugzeugen, Autos und Telefonen. Dann bietest du ihm deine Dienste als Berater an.

Der Pharao lässt die Tempelpriester rufen, um sie zu befragen. „Mächtiger Pharao", antworten sie, „bedenke, dass du noch nicht den Thron bestiegen hast. Du solltest besser deine Mutter fragen."
„Ruhe!", herrscht er sie entschieden an. „Redet nicht ständig von meiner Mutter. Ich bin alt genug. Sagt mir nun, ob ich die Dienste dieses Fremden annehmen soll!"
Einer der Priester verneigt sich tief und sagt: „Das sollen die Götter selbst entscheiden!"
Sie stellen einen silbernen und einen goldenen Becher vor dir auf den Tisch. Du sollst aus einem der beiden trinken.

➔ *Wenn du aus dem silbernen Kelch trinken willst, lies weiter bei* 82

➔ *Oder entscheidest du dich für den goldenen Kelch?* 83

64

Eines Mittags entdeckt ihr in der Ferne eine riesige Staubwolke. Ein langer Zug nähert sich euch: Männer mit Eselskarren, Frauen mit Babys im Arm, Kinder, die Schafe und Ziegen vor sich her treiben, und alte Leute, die große Bündel schleppen.
„Es sind die hebräischen Sklaven!", ruft Tutmosis aufgeregt. „Der Pharao hat sie nun doch ziehen lassen!"
So langsam begreifst du, was hier vorgeht. Die Ereignisse der letzten Tage fügen sich wie Puzzlesteine aneinander.
Ihr schließt euch diesem Zug in die Freiheit an und lagert am Abend in der Nähe eines großen Gewässers. Tutmosis blickt sich um.
„Ist das der Strand des Meeres oder das Ufer eines großen Sees?"
Aber du bist vor Müdigkeit schon eingeschlafen.
Am nächsten Morgen wachst du auf, weil der ganze Boden zittert und bebt. Du hörst weit entfernt das Donnern von unzähligen Pferdehufen. Ein Schreien geht durch die Menschenmenge, denn die Kampfwagen des Pharao wurden gesichtet. Offensichtlich hat er seine Entscheidung zurückgenommen.

Ein heißer Wind weht und bläst dir Sand ins Gesicht. Du musst die Augen zukneifen und kannst kaum noch etwas sehen. Plötzlich laufen alle los, und zwar genau auf das Wasser zu. Es geht alles sehr schnell. Die Menschenmenge zieht dich wie ein Sog mit sich. Hörst du in der Ferne nicht sogar schon das Rauschen der Wellen?

→ *Willst du mit den Leuten in Richtung des Wassers laufen?* 91

→ *Oder kehrst du um und läufst in die genau entgegengesetzte Richtung?* 92

65

Ihr sucht an den Steinwänden nach weiteren Öffnungen – und wirklich, ganz unten entdeckt ihr ein zweites kleines Loch. Als der Hebräer den Rubin hineindrückt, bewegt sich ein mächtiger Stein in der Wand. Ohne lange zu überlegen, kriecht ihr in die freie Öffnung hinein und erreicht nach wenigen Metern einen von Fackeln schwach beleuchteten Gang.

Der Rubin strahlt rötlich in die Dunkelheit. Ihr lauft weiter, doch der Weg teilt sich in zwei neue.

„Was sollen wir nun machen?", fragt einer der Hebräer. „Aus diesem Labyrinth kommen wir nie mehr heraus!"

Ohne lange zu überlegen, sagst du: „Wir gehen einfach mal ein Stück in den linken Gang!"

„Seht doch, der Rubin!", ruft der Hebräer plötzlich nach wenigen Metern. „Er leuchtet nicht mehr!"

Alle starren auf den Rubin.

„Dann probieren wir es rechts", schlägst du vor.

Ihr kehrt um und folgt dem rechten Gang.

Da leuchtet der Edelstein wieder. Und wirklich, auf diese Weise werdet ihr einen ganz bestimmten Weg inmitten dieses unheimlichen Labyrinths geführt.

Du hast aufgehört, die vielen Gänge zu zählen und zweifelst, ob ihr

auch irgendwann ins Freie kommt. Doch dann seht ihr plötzlich am Ende des Ganges Tageslicht und lauft hinaus.
Erleichtert atmest du auf und bist froh, diese endlos langen Gänge hinter dir zu haben. Überglücklich blinzelst du der Sonne entgegen. Die Sklaven wollen warten und im Schutz der Dunkelheit nach Osten fliehen. Du überlegst: „Soll ich mich ihnen anschließen oder auf eigene Faust weitersuchen?"

➔ *Willst du auf eigene Faust weitersuchen?* 84

➔ *Oder ist es sicherer, sich den Sklaven anzuschließen?* 85

66

Mit vereinten Kräften könnt ihr einige der Felsbrocken wegräumen und durch einen engen Spalt nach draußen kriechen. Die drei Hebräer nehmen den Soldaten Waffen und Pferde ab und verschwinden in der Ferne. Du blickst ihnen eine Weile nach und denkst: „Hätte ich mich ihnen vielleicht anschließen sollen?"
Doch als du dich umdrehst, siehst du zwischen den Felsbrocken etwas Rötliches schimmern.
„Das kann nur der Rubin sein. Sie haben ihn bestimmt in der Aufregung hier vergessen!"
Noch einmal kriechst du zwischen den Felsbrocken durch die Öffnung in die Nische. Als du den funkelnden Edelstein in deine Hand nimmst, leuchtet er auf, und du spürst eine angenehme Wärme. Das Sonnenlicht funkelt im Stein, und die Strahlen brechen sich in ganz unterschiedlich roten Farbtönungen. Fasziniert beobachtest du dieses Schauspiel und bewegst den Edelstein in der Hand.
„Was ist denn nur mit diesem Stein los?", überlegst du. „Er wird ja immer wärmer. Das gibt es doch nicht!" Nach kurzer Zeit musst du ihn in den Sand legen, weil er dir zu heiß wird. Er beginnt zu glühen und plötzlich schmilzt er.
Dunkelroter Rauch steigt auf und hüllt dich ein. Bald kannst du nichts mehr sehen. Du willst wegrennen, aber der dichte Qualm ist

scheinbar überall. Mit den Armen versuchst du vergeblich, den Rauch zu verscheuchen.
Keuchend lässt du dich schließlich auf den Boden sinken. Deine Augen brennen. Du atmest immer mehr von diesem undurchdringlichen rötlichen Nebel ein. Schließlich wirst du bewusstlos.
Als du wieder aufwachst, scheint dir eine Ewigkeit vergangen zu sein. Die Sonne brennt heiß vom Himmel. Du hörst Stimmen und siehst, wie Leute herumstehen und dich angaffen. Es sind keine hebräischen Sklaven und keine ägyptischen Soldaten. Es sind Touristen aus Deutschland. Erleichtert atmest du auf. „Dann werden auch meine Eltern nicht weit sein!“

ENDE

67

Ihr flieht gemeinsam durch Ägypten. Tagsüber versteckt ihr euch in Höhlen oder Kornspeichern, nachts schleicht ihr abseits aller Straßen und Wege nach Osten.
Immer wieder müsst ihr einen großen Bogen um die vielen ägyptischen Wachposten machen.
Eines Nachts überquert ihr schließlich erfolgreich die Grenze. Mose will weiter ins Land Midian. Es ist ein beschwerlicher Weg durch Steppe und Wüste.
„Glaubst du wirklich, dass wir so weit weg müssen?", fragst du immer wieder.
„Ja, es muss sein", antwortet Mose bestimmt. „Die Macht des Pharao reicht sehr weit. Erst in Midian sind wir wirklich sicher."
Als ihr Midian endlich erreicht, schlagt ihr euch als Tagelöhner durch. Mal arbeitet ihr auf den Feldern, mal als Viehhirten. Immer wieder erzählt dir Mose von seinem unterdrückten Volk und dass er den Hebräern eigentlich helfen wollte.
„Aber weißt du", sagt er jedes Mal zum Schluss, „meine Dummheit hat mir einen Strich durch die Rechnung gemacht. Meine Dummheit und meine Überheblichkeit. Jetzt kann ich meinen Leuten überhaupt nicht mehr helfen!"
Eines Morgens, ihr habt gerade bei einer Oase übernachtet, werdet ihr durch laute Schreie aus dem Schlaf geweckt.
„Los! Haut ab!", hörst du eine Männerstimme. „Ihr Weiber habt hier an unserer Wasserstelle überhaupt nichts zu suchen!"
Am Brunnen streiten sich Schafhirten mit einigen Frauen, die offensichtlich als Erste dort gewesen waren, um ihre Tiere zu tränken. Sofort ist Mose auf den Beinen und stellt sich vor einen der Männer.
„Lasst die Frauen in Ruhe! Sie waren zuerst hier!", fährt er ihn scharf an. Verunsichert ziehen sich die Männer schließlich zurück.
Mose hilft den Frauen, ihre Schafe zu tränken und legt sich dabei mächtig ins Zeug.
Am Abend kommen die Frauen wieder, sie laden Mose und dich zu ihrem Vater Jitro ein.
Würdevoll steht der alte Mann vor euch und legt Mose seinen Arm auf die Schulter.
„Ich bin euch zu Dank verpflichtet. Seid herzlich willkommen als

meine Gäste!", hörst du seine tiefe und freundliche Stimme sagen. In dem großen Nomadenzelt sind viele Kissen vorbereitet, auf denen ihr es euch sofort bequem macht. Lange habt ihr kein so leckeres Essen bekommen, gebratene Wachteln, erlesene Früchte und vergorene Ziegenmilch. Die Töchter Jitros kichern und schwatzen, als sie eure großen Augen und euren Appetit beobachten.
Am Ende dieses Abends bietet Jitro euch an, bei ihm als Viehhirten zu bleiben. Mose sagt zu, und du überlegst auch nicht lange. So zieht ihr nun mit Jitro als Nomaden durch das Land Midian.
Immer wieder musst du an Moses Flucht denken, vor allem an eure erste Begegnung nachts in dem kleinen Dorf.

➔ *Weißt du noch, wo Mose sich damals versteckt hatte? (19)*
➔ *In einer Zisterne* 45
➔ *In einem Brunnen* 56
➔ *In einem Kornspeicher* 79

Alles klar?! Dann weißt du auch, wo du weiterlesen musst.

68

Zwei schwere und kostbare Vasen trägst du auf den ägyptischen Marktplatz. Viele Leute bleiben staunend stehen und sehen sich die goldverzierten Stücke an. Ein wenig mulmig ist dir schon.
„Auf was habe ich mich da eingelassen?", denkst du dir. „Bestimmt kommen bald Soldaten, um mich zu verhaften."
Doch da interessiert sich ein alter Mann für die Vasen, und sofort hast du sie zu einem guten Preis verkauft.
So geht es nun einige Tage lang. Ihr teilt den Gewinn unter euch auf, und du wohnst bei Gads Familie. In einem Lederbeutel bewahrst du die 29 Silbermünzen auf, die du bis jetzt verdient hast.
„Vielleicht können sie mir ja irgendwie nützlich sein", denkst du dir. Doch eines Tages, du hast gerade deine Sachen verkauft und willst den Markt verlassen, hörst du, wie zwei Ägypter sich aufgeregt

unterhalten. Unauffällig bleibst du stehen und belauschst ihr Gespräch.
„Kannst du dir das vorstellen: Da war doch dieser Mose mit seinem Bruder beim mächtigen Pharao! Und weißt du, was dieser jämmerliche Sklavenanführer verlangt hat?"
„Jetzt spann mich nicht so lang auf die Folter!", antwortet der andere Ägypter ungeduldig.
„Stell dir vor, sie haben verlangt, dass der Pharao das Volk in die Freiheit ziehen lässt. Aber da haben sie sich verrechnet. Der Pharao hat sie hinausgejagt und befohlen, dass die Hebräer jetzt noch mehr arbeiten müssen."
„Das haben sie Dummköpfe nun davon", spottet der andere.
Mehr willst du gar nicht hören. Du schleichst weiter. Als du außer Sichtweite bist, rennst du zurück zur Siedlung, um den anderen diese wichtigen Neuigkeiten zu erzählen.
„Was ist da los?", denkst du dir und drehst dich um. „Da hinten kommen Soldaten. Es sieht so aus, als ob sie mich verfolgen!"

➔ *Willst du zum Marktplatz zurücklaufen?* 86

➔ *Du kannst auch schnell weiter in die Siedlung laufen.* 87

➔ *Wenn du versuchen willst, die Soldaten abzuschütteln und eure Höhle zu erreichen, dann lies weiter bei* 112

69

Du gehst mit den Männern nach draußen. „Wir sind Sklaven“, erklären sie dir. „Unser Anführer Mose war beim Pharao, um unsere Freiheit zurückzufordern.“

„Aber was hat das mit den Heuschrecken zu tun?“, fragst du.

„Ich bin mir sicher, das ist eine Strafe Gottes für den Pharao“, antwortet einer, „weil er uns nicht ziehen lässt. So ein Heuschreckenschwarm, jetzt kurz vor der Ernte, hat eine vernichtende Wirkung. Es wird wohl eine Hungersnot für die Ägypter geben.“

„Das muss ich mir anschauen“, beschließt du.

Nicht weit vom Dorf siehst du die ersten kahl gefressenen Kornfelder und denkst dir, dass der Hebräer recht hatte. Als du über solch ein Kornfeld läufst, entdeckst du zwischen den Halmen ein kleines goldenes Kästchen. Niemand ist in der Nähe, und so hebst du das Kästchen auf. Im Inneren befindet sich ein kostbarer Ring auf einem Samtkissen, der mit Diamanten besetzt ist. Die Edelsteine funkeln und glänzen im hellen Sonnenlicht. Du steckst dir den Ring an den Finger, er passt genau.

Im selben Moment wird dir schwindelig, du fällst bewusstlos zu Boden.

Als du wieder aufwachst, liegst du immer noch im Kornfeld.

„Aber was ist jetzt los?“, fragst du dich. „Die ganzen Ähren sind ja

wieder da! Seltsam, vorhin waren sie doch von den Heuschrecken abgefressen."

Mühsam bahnst du dir einen Weg durch das hoch gewachsene Korn. Da siehst du in der Ferne Touristen und Reisebusse.

„Nichts wie hin!", denkst du und rennst los. „Wer weiß, sonst lande ich gleich wieder irgendwo in der Vergangenheit!"

Bald darauf hast du deine Eltern wiedergefunden. Sie glauben dir deine Geschichte erst nicht und denken du hättest einen Sonnenstich. „Glaubt mir doch, ich war im alten Ägypten! Ich bin hebräischen Sklaven begegnet... ah, jetzt habe ich einen Beweis!"

Du wühlst in deinen Taschen, aber der Ring ist nirgends zu finden.

ENDE

→ *Interessiert es dich, welche der Begebenheiten, die du eben nacherlebt hast, in der Bibel aufgeschrieben sind? Schau einfach nach bei* 126

70

Die Soldaten wollen euch wegführen, da erinnerst du dich an die Lupe in deiner Hosentasche. Du wolltest damit ägyptische Malereien in der Pyramide untersuchen. Als du sie in deiner Hand spürst, rufst du den Soldaten zu: „Lasst mich los, wir kommen aus dem mächtigen Reich Babylonien, wo am Morgen die Sonne aufgeht." Du deutest auf die Sonne.

Einer der Soldaten ist völlig überrascht und lässt dich wirklich los. Der Hauptmann der Truppe kommt dazu und befiehlt: „Los, nehmt die beiden mit und haltet euch nicht auf!"

Du nimmst die Lupe und hältst sie dem Hauptmann vor die Nase. Verwundert schaut er in das Vergrößerungsglas.

„Zum Zeichen, dass der mächtige Herrscher Babylons uns zum Pharao schickt", sagst du und legst es kurz auf seinen Arm.

„Aua!“, schreit der Soldat und will schon sein Schwert herausziehen. „Sieh her“, sagst du und hältst deine Lupe über den Griff des Schwertes. In Sekundenschnelle beginnt es zu qualmen und der mit Leder umwickelte Griff brennt.
Der Hauptmann wirft sein Schwert auf den Boden und fällt auf seine Knie.
„Ein Bote aus dem mächtigen Babylon“, murmelt er. Auch die anderen Soldaten sind still geworden.
„Bringt uns sofort zum Pharao!“, befiehlst du mit fester Stimme.
Auf dem Weg zum Pharao musst du an die versklavten Hebräer denken und an das, was Miriam dir über diesen mächtigen Herrscher Ägyptens erzählt hat. Du versuchst dich zu erinnern, warum er gerade dieses Volk so schlecht behandelt.

→ *Weißt du noch, warum der Pharao die Hebräer versklavt hat? (23)*
Er hat sie versklavt,

→ *weil sie seine Hauptstadt erobert haben.* 99

→ *weil er in diesem Volk eine Gefahr sieht.* 88

→ *weil er sich wegen eines Attentats an ihnen rächen will.* 111

Dann kannst du ja dort weiterlesen und deinen Plan in die Tat umsetzen.

71

Mehrere Wochen verbringst du nun schon in diesem schrecklichen Gefängnis. Es ist feucht, dunkel und kalt. Essen bekommst du höchstens einmal am Tag, und dann ist es irgendein ungenießbares Zeug.

Einige der gefangenen Sklaven planen einen Ausbruch. Dafür haben sie einen Tunnel gegraben.

Diese Nacht ist es so weit: Ihr kriecht alle, einer nach dem anderen, durch den Tunnel nach draußen.

„Pst, da vorne sind Wachen", flüstert dir einer der Sklaven zu.

Ganz leise schleicht ihr im Schutze einer Mauer weiter.

„Bloß jetzt keinen Lärm machen", denkst du dir und gehst vorsichtig Schritt für Schritt weiter.

Als ihr den weichen Wüstensand erreicht habt, rennen alle los. Niemand hat euch bemerkt. Die Flucht gelingt wirklich. Ein Teil der Sklaven kehrt zurück zu ihren Dörfern, um sich dort zu verstecken.

Du schließt dich einer anderen Gruppe an, die aus dem Land fliehen will.

Ihr schafft es tatsächlich, bei Nacht über die ägyptische Grenze zu kommen, und flieht nach Osten ins Land Midian. Dort findest du Arbeit als Schafhirte und ziehst mit deinen Herden wie die anderen Nomaden durchs Land, um gute Weideplätze zu finden.

Manchmal erinnerst du dich daran, dass du ja eigentlich aus einer anderen Zeit kommst, wo es Autos, Telefone und Pommes frites gab. Aber das ist lange her.

ENDE

→ *Wenn dich interessiert, wie einige dieser Begebenheiten in der Bibel erzählt werden, dann lies* 123

72

Du tauchst unter und schwimmst mit kräftigen Zügen auf das andere Ufer zu. Das Wasser ist so trüb, dass du nicht hindurchsehen kannst. Plötzlich spürst du, wie sich von hinten ein Krokodil an dich heranmacht. Blitzschnell drehst du dich um, siehst genau vor dir das weit geöffnete Maul und weißt: „Dies ist das

ENDE."

→ *Lies doch mal nach, welche dieser Ereignisse in der Bibel aufgeschrieben sind.* 123

73

Wie ein Stück Holz lässt du dich auf dem Rücken weiter treiben, ganz nah an den beiden Krokodilen vorbei. Scheinbar haben sie gerade gut gefressen, denn sie zeigen keinerlei Interesse an dir. Als sie außer Sicht sind, schwimmst du in schnellen Zügen ans andere Ufer.

„Das ist ja noch einmal gut gegangen!"

Am Ufer schaust du dich erst einmal um, doch du siehst nirgends Menschen und auch keinen Bus.

„Da hat mir wohl doch eine Fata Morgana einen Streich gespielt. Oder bin ich zu weit abgetrieben worden?", geht es dir durch den Kopf.

Ziellos irrst du umher. Plötzlich entdeckst du Reifenspuren im Wüstensand.

„Das kann nur der Reisebus gewesen sein, den ich gesehen habe", denkst du dir. „Also war das doch keine Einbildung."

Aber mitten in der Wüste enden die Spuren abrupt vor einem dunklen, großen Fleck im Sand. Du gehst noch einen Schritt weiter, da fällst du in ein tiefes Loch. Laut schreist du um Hilfe. Du hörst das Echo deiner eigenen Stimme und fällst immer tiefer. Du hast das Gefühl, kilometerweit zu fallen. Du schließt die Augen und rechnest mit dem Schlimmsten …

Als du wieder aufwachst, liegst du in deinem Hotelzimmer im Bett und hörst draußen Schritte. Deine Eltern kommen zur Tür herein.

„Hier steckst du!", sagt dein Vater verärgert.

„Wir haben dich stundenlang gesucht! Wo warst du denn die ganze Zeit?"

Müde und verschlafen reibst du dir die Augen und schaust deinen Vater verdutzt an.

„Ich habe eine lange Reise hinter mir. Aber jetzt will ich schlafen. Später erzähle ich euch alles ganz genau."

ENDE

→ *Willst du wissen, wie einige dieser Ereignisse in der Bibel erzählt werden?* 123

74

Noch am selben Abend machst du dich auf den Weg zu den Dörfern der Hebräer. Die Menschen blicken dich verwundert an, als du nach Mose fragst.
Endlich triffst du ihn in einer der halb verfallenen Lehmhütten, in denen die hebräischen Sklaven hausen müssen.
„Kein Wunder, dass diese Menschen nichts sehnlicher erwarten als ihre Freiheit", denkst du leise bei dir. Und laut sagst du zu Mose: „Ich war im Dienste des Pharao, doch eigentlich komme ich aus einem fernen Land. Ich möchte euch helfen. Vielleicht kann ich euch ja nützlich sein."
Mose mustert dich mit durchdringendem Blick. Er zögert eine Weile.
„Das könnte eine Falle des Pharao sein. Vielleicht ein Spion in seinen Diensten?", raunt Aaron Mose zu.
„Das wäre doch wohl etwas zu einfach. Das glaube ich nicht", entgegnet Mose und wendet sich an dich: „Gerne kannst du uns helfen. Sei herzlich willkommen!"
Und dann erzählt Mose allen im Haus, dass schlimme Plagen über das Land Ägypten kommen werden. „Das Herz des Pharao ist verstockt. Er will uns nicht ziehen lassen. Aber damit wird er schreckliches Leid über sein Land bringen!"
Und wirklich, in der folgenden Zeit überrollen einige gewaltige Katastrophen das Land. So färbt sich das Wasser des Nils blutrot und wird ungenießbar. Darauf folgen Insekten- und Ungezieferplagen sowie schreckliche Krankheiten.
Du triffst dich eines Nachts heimlich mit Tutmosis, der immer noch dem Pharao dient. Er erzählt dir die neuesten Nachrichten aus dem Palast und flüstert dir zu: „Der Pharao meint, dass die Wasserverschmutzung mit der Katastrophe in den Bergen zusammenhängt, in denen der Fluss entspringt. Er ist überzeugt, dass es gar nichts mit dem Gott der Hebräer zu tun hat."
Nachdenklich blickst du Tutmosis an: „Und was denkst du?"
Tutmosis runzelt die Stirn. „Ich glaube, dass es eine Strafe des hebräischen Gottes ist, aber der Pharao lässt sich nichts sagen. Er ist wie von Sinnen und stürzt das ganze Land ins Unglück."
Noch in derselben Nacht schließt sich auch Tutmosis den Sklaven und ihrem Anführer Mose an.

Immer wieder musst du daran denken, wie alles begonnen hat. Ganz deutlich siehst du noch die Szene im Audienzsaal des Pharao vor dir.

→ *Du erinnerst dich daran, was Mose vom Pharao forderte. (49)*
→ *Sie wollten die Gräber ihrer Vorfahren besuchen.* = 12
→ *Sie wollten ein Fest in der Wüste feiern.* = 26
→ *Sie wollten einen freien Tag pro Woche.* = 36

Nun weißt du, wo es weitergeht.

75

„Erklärst du mir diese Wege genauer?", fragst du ihn.
„Den einen Weg nenne ich den ‚Weg der starken Hand', denn bei dieser Reise tust du selbst etwas dazu", antwortet der Einsiedler.
„Und der zweite Weg?", willst du nun wissen.
„Den nenne ich den ‚Weg der geschlossenen Augen', denn hier kannst du nichts dazu tun. Du musst dich ganz auf mich verlassen", spricht der Alte.
Dann stellt er ein schweres Tongefäß mit einem dunklen Saft auf den Tisch und ein schwarzes Tuch.
„Wenn du dich entschieden hast", sagt der Alte feierlich, „dann trinke daraus oder lass dir die Augen verbinden."
Lange betrachtest du den Becher und das Tuch.
„Mehr kann ich über die beiden Wege nicht erfahren?", fragst du, obwohl du eigentlich schon die Antwort ahnst.
„Nein", antwortet der Alte, „du musst dich vorher entscheiden."

→ *Wählst du den „Weg der starken Hand"?* 89

→ *Oder wählst du den „Weg der geschlossenen Augen"?* 90

76

„Verletzt ist der Berglöwe eine noch größere Gefahr für uns und die Herde“, denkst du dir und nimmst die Verfolgung auf. Bald entdeckst du Blutspuren. Sie führen dich zu einer Schlucht. Als du vorsichtig in die Tiefe schaust, siehst du den Berglöwen regungslos am Boden liegen. Offenbar ist er hinuntergestürzt.

Beruhigt drehst du dich um und willst dich auf den Rückweg machen, da siehst du, wie aus der Richtung eures Lagers dunkler Rauch aufsteigt.

„Das Lagerfeuer, unsere Zelte brennen!“, schießt es dir durch den Kopf. Sofort rennst du zurück. Doch nichts ist passiert.

Endlich kommt Mose wieder, aber er geht wortlos an dir vorbei ins Zelt. Er hat dich nicht einmal bemerkt.

Du folgst ihm. Aufgeregt sprudelt es aus dir heraus: „Hör mal, Mose! Gerade habe ich einen Berglöwen verfolgt, er wollte auf mich …“

Du stockst, denn Mose sieht dich nicht einmal an. Er hört dir überhaupt nicht zu und starrt nur auf den Boden. Während du nachts im Zelt liegst und nicht einschlafen kannst, fragst du dich, was nur mit Mose los ist.

Wortlos packt ihr am nächsten Morgen eure Sachen zusammen und macht euch auf den Heimweg. Du kannst einfach nicht verstehen, warum Mose so schweigsam ist, darum machst du unterwegs nochmals einen Versuch und sprichst ihn an. Doch Mose antwortet nicht und wirkt total abwesend.

Stattdessen murmelt er dauernd unverständliches Zeug. Du verstehst nur immer wieder: „Ich muss zurück!“ Aber du kannst dir keinen Reim darauf machen.

77

Die Zeit scheint stillzustehen. Du wartest und wartest, aber Mose kommt einfach nicht zurück.
„Soll ich vielleicht doch der Spur des Berglöwen folgen?", fragst du dich.
Doch du zögerst. „Ich kann doch die Herde nicht allein zurücklassen."
Da siehst du in der Ferne einige Männer auf Kamelen heranreiten. Sie halten an. Du begrüßt sie freundlich, denn du weißt, wie wichtig den Midianitern die Gastfreundschaft ist. Aber die Fremden springen eilig von ihren Kamelen.
„Die können wir gut gebrauchen", hörst du einen von ihnen murmeln.
Du willst wegrennen, doch die Männer nehmen dich gefangen. Mit allen Kräften wehrst du dich.
„Mose! Mose!", schreist du und streckst dich nach deinem Hirtenstab. Aber es nützt alles nichts. Sie bringen dich weg und führen dich tief in eine Höhle.
Dort, an einem Eisenring in der Wand gefesselt, beobachtest du, wie ein alter weißhaariger Mann Getränke braut. Er hat einen Topf auf dem Feuer, viele Kräuter und Dosen mit Pulver stehen in den Regalen. Er erinnert dich an den Druiden Miraculix bei den Galliern.
„Erst habe ich den Berglöwen verjagt, und nun erwischen mich diese Kerle. Wenn ich nur wüsste, was das Ganze bedeuten soll. Wozu brauchen die mich?"
Dann kommen die Männer und halten dich fest. Der Alte flößt dir einen Trank ein. Du spuckst und prustest, aber sie halten dir die Nase zu – und, obwohl du es nicht willst, schluckst du das Zeug.
„Die wollen irgendetwas an mir ausprobieren. Ich soll hier Versuchskaninchen spielen!", denkst du noch, aber da verlierst du schon das Bewusstsein.
Als du wieder aufwachst, liegst du auf dem glatten, harten Marmorboden in der Halle eures Hotels. Menschen stehen herum und gaffen dich an.
Es dauert eine Weile, bis du begreifst, was los ist. Benommen stehst du auf und schwankst in dein Hotelzimmer. Völlig erschöpft lässt du dich aufs Sofa sinken.
„So ein Mist! Gerade jetzt könnte Mose mich brauchen. Die Herde

ist ja ganz allein. Und was ist, wenn der Löwe zurückkommt?", schimpfst du leise vor dich hin.

„Was murmelst du da?", fragt deine Mutter, die schon eine Weile in der Tür steht. „Wo hast du überhaupt gesteckt? Wir haben dich überall gesucht."

„Na ja, wenigstens hat dieser komische Zaubertrank mich wieder zurückgebracht. Ich muss mich erst daran gewöhnen."

„Jetzt verstehe ich überhaupt nichts mehr." Deine Mutter ist völlig verwirrt.

„Ach, das ist eine lange Geschichte", antwortest du.

ENDE

78

Der Fremde sagt: „Du hast mir das Leben gerettet. Ich danke dir! Mein Name ist Tutmosis, ich bin Magier und stand im Dienste des Pharao."

Aber jetzt ist keine Zeit für lange Erklärungen.

„Sieh mal da vorne!" Tutmosis deutet in die Dunkelheit, und du erkennst ein gutes Dutzend kleiner Lichter. Es sind weitere Soldaten des Pharao mit Fackeln.

„Was soll ich machen?", fragst du. „Ich stecke ja jetzt auch mit drin."

„Komm mit!", antwortet Tutmosis nur, und so folgst du ihm durch die Dunkelheit.

Nach einer Weile erreicht ihr das Ufer des Nils. Dort liegt ein kleines Boot bereit. Ihr steigt ein und rudert die ganze Nacht stromabwärts. Tutmosis erzählt dir vom Leben am Hofe des Pharao. Du berichtest von deinen Erlebnissen. Am Tag versteckt ihr euch, und in der folgenden Nacht flieht ihr zu Fuß weiter in Richtung Osten.

„Wenn wir die Grenze überschritten haben, sind wir in Sicherheit", meint Tutmosis.

Kurz bevor die Sonne aufgeht, erreicht ihr eine kleine Oase. Dort ruht ihr euch aus. Ihr habt großen Hunger, aber in der Oase wächst nur eine Sorte Früchte. Es sind blaue, kirschenähnliche Trauben, die ihr noch nie vorher gesehen habt.

→ *Lässt du lieber die Finger von diesen unbekannten Früchten?* 64

→ *Wenn du von den Trauben essen willst, lies weiter bei* 94

79

Wieder stimmt der Alte seinen Gesang an. Nun fallen dir die kleinen Schüsseln auf, die auf dem Tisch verteilt sind. Dann spricht einer der Männer, wohl der Familienvater: „Ich tauche diese bitteren Kräuter in das Salzwasser. Es soll ein Zeichen sein für die bitteren Zeiten hier als Sklaven in Ägypten und für die vielen Tränen der Angst und der Not, die wir täglich vergossen haben."
Schweigend nehmen alle etwas aus den Schüsselchen. Auch du isst etwas davon. Es schmeckt dir abscheulich.
Wieder hörst du die Stimme des Vaters: „Esst diesen Brei aus Äpfeln und Nüssen. Er soll ein Zeichen sein für den braunen Lehm, aus dem wir jahrhundertelang Ziegel formen mussten."
Alle nehmen etwas davon und essen schweigend.
Dann gibt es das knusprige Brot und gebratenes Lammfleisch dazu. Es ist unheimlich still, die Spannung wird immer größer. Wieder beginnt der Alte mit seinem monotonen Singsang. Draußen hörst du Schritte.
„Sind es vielleicht ägyptische Soldaten?", denkst du dir.

→ *Willst du trotzdem in der Hütte bleiben?* 22

→ *Wäre es nicht besser, schnell die Flucht zu ergreifen?* 95

80

Der Weg ist doch weiter, als du gedacht hast. Es wird Abend, bevor du endlich das Ufer des Nils erreichst. „Hm, was nun?“, überlegst du. „Am besten werfe ich eine Münze.“

Du wirfst eine Zahl und gehst flussaufwärts. Du weißt nicht so recht, wie es nun weitergehen soll. Auf der rechten Seite, wo der Nil majästetisch dahinfließt, geht die Sonne langsam unter. Der Schein der Abendsonne taucht das Wasser in ein tiefes Rot. In der Mitte des Flusses entdeckst du ein kleines Ruderboot. Einer der letzten Sonnenstrahlen trifft noch den Mann, der im Boot steht und dir zuwinkt.

„Soll das ein Zeichen sein?“, fragst du dich.

Der Mann winkt dir noch immer zu. Du winkst zurück, deutest an, dass doch er zu dir rudern soll. Aber nichts geschieht.

Da hörst du plötzlich ein Stück flussaufwärts die Stimmen von Frauen. Aufgeregt reden sie miteinander und fuchteln mit den Armen. Die goldbestickte Kleidung einer der Frauen glitzert im Abendlicht. Angestrengt versucht du, mehr zu erkennen.

„Die Frau erinnert mich an mein Ägyptenbuch. So sind Prinzessinnen gekleidet“, denkst du dir. Jetzt entdeckst du auch ein kleines Körbchen, das im Nil treibt.

„Täusche ich mich, oder höre ich da wirklich einen Säugling schreien?“

Der Mann in dem Boot winkt nun wieder. Diesmal macht er einen aufgeregten Eindruck. Es scheint, als habe er es sehr eilig. Dir kommt das alles ziemlich komisch vor und du überlegst, was du nun tun sollst.

→ *Willst du leise zu den Frauen schleichen?* 23

→ *Aber was ist mit dem Ruderboot? Willst du hinschwimmen?* 109

81

Nach einem etwa halbstündigen Fußmarsch erreichst du die Oase. Immer wieder hältst du Ausschau nach den Priestern.
„Die werden wohl immer noch in der Pyramide herumrennen", denkst du dir.
Das kalte Wasser aus der Quelle erfrischt dich, und du pflückst einige unbekannte Früchte, die sehr süß schmecken. Du setzt dich hin und schläfst vor Erschöpfung sofort ein.
Plötzlich wirst du vom Blöken vieler Schafe geweckt. Eine große Nomadenfamilie macht am Brunnen Rast. Der Anführer der Sippe spricht dich an und fragt, ob du ihnen helfen willst.
„Wir haben bei einem Sandsturm vor einigen Tagen drei junge Schafhirten verloren", erklärt er dir.
„Nicht ungefährlich, dieser Job", denkst du dir. Aber du weißt nicht, was du sonst machen sollst, und so willigst du in das Angebot ein.
Als Schafhirte treibst du nun deine Tiere mit der ganzen Sippe in Richtung Osten, wo ihr neues Weideland suchen wollt.

82

Der silberne Kelch funkelt in deiner Hand. Unsicher blickst du hinein und siehst einen dunkelroten Saft. Einen Moment zögerst du, aber dann denkst du an die unterdrückten Hebräer und nimmst einen großen Schluck.
Dir wird schwarz vor Augen. Du fällst zu Boden. Regungslos liegst du da, hörst und siehst nichts. Aber du kannst klar denken.
„Was ist mit mir los?", fragst du dich und verlierst jegliches Gefühl für Raum und Zeit.
Da spürst du plötzlich, wie dich jemand an den Schultern rüttelt. Es

ist, als würdest du aus einem unendlich langen Schlaf erwachen. Du öffnest die Augen und bist geblendet von einer Taschenlampe. Vertraute Stimmen dringen an dein Ohr. Du blickst dich um und siehst in den Gang einer Pyramide. Jetzt erkennst du die Gesichter deiner Eltern. „Sind wir froh, dass wir dich endlich gefunden haben!", hörst du deinen Vater erleichtert aufseufzen.
Deine Eltern nehmen dich mit, und glücklich lässt du diese riesige Pyramide mit ihren vielen Gängen hinter dir. Aber immer wieder fragst du dich, was wohl aus diesen versklavten Hebräern und ihrem Plan geworden ist.

ENDE

→ *Möchtest du wissen, welche Begebenheiten aus dieser Geschichte auch in der Bibel stehen? Dann lies einfach* 122

83

Du nimmst den goldenen Becher und trinkst den süßen Saft, der nach roten Trauben schmeckt, in wenigen Zügen aus. Danach passiert erst einmal gar nichts, doch dann treten die Priester näher, fühlen deinen Puls und leuchten mit einer Öllampe in deine Augen.
„Er hat die Probe bestanden! Die Götter haben ihr Ja gegeben!", verkünden sie einstimmig.
Von nun an zählst du zu den wichtigsten Beratern des jungen Pharao und gewinnst sein Vertrauen. Der Plan der Hebräer hat geklappt. Immer wieder triffst du dich heimlich mit Gad, um ihm wichtige Mitteilungen zukommen zu lassen.
„Die Einschätzung, dass der neue Pharao noch umstritten ist, war falsch", erklärst du ihm. „Obwohl er noch sehr jung ist, hat er alle Fäden in der Hand. Dieser Ramses II. ist ein machthungriger und gefährlicher Mensch. Eine Flucht scheint momentan ungünstig."
Gad kann es erst nicht fassen. „Und wir dachten, dass nun endlich eine günstige Gelegenheit wäre, der Sklaverei zu entkommen!"
Du schüttelst den Kopf. „Sag deinen Leuten, sie sollen noch warten.

Ich werde Augen und Ohren offen halten. Vielleicht bietet sich einmal eine bessere Gelegenheit."

84

Du gehst noch einmal in die Pyramide zurück und suchst nach Hinweisen, wie du wieder in deine Zeit zurückkommen könntest. An einer Wand entdeckst du Schriftzeichen und Bilder.

„Das sieht ja aus wie ein Reisebus! Und hier, das könnten Menschen mit Fotoapparaten sein!", denkst du dir voller Erstaunen. Die Ähnlichkeiten sind verblüffend. Sind das vielleicht die lang ersehnten Zeichen?

Du folgst einem Pfeil, der nach links zeigt, und kommst in einen neuen Gang. Eine Zeit lang führen die geheimnisvollen Pfeile dich durch das Innere der Pyramide, doch dann kannst du plötzlich keinen mehr entdecken. Du gehst zurück, aber du findest den Weg nicht

mehr. Panik steigt in dir auf. Du irrst ziellos durch die langen Gänge, doch du findest keinen Ausweg. Dann wird dir klar: „Dies ist das

ENDE."

85

Sobald die Sonne untergegangen ist, macht ihr euch auf den Weg. Die Sklaven versichern dir: „Wenn wir die Grenze überquert haben, sind wir in Sicherheit." Der Gedanke, Ägypten zu verlassen, behagt dir eigentlich nicht.
„Was will ich denn in einem anderen Land? So werde ich meinem Zuhause wohl keinen Schritt näher kommen", denkst du dir. Trotzdem schließt du dich den anderen Sklaven an.
Einige Wochen dauert eure Flucht. Mehrere Male könnt ihr den ägyptischen Soldaten nur knapp entkommen. Eines Nachts schleicht ihr euch über die Grenze, doch im Schein des Vollmondes bemerken Wachposten eure Gestalten in der Dunkelheit. Ihr klettert über die Absperrungen und rennt, so schnell ihr könnt. Doch auf der anderen Seite sind ebenfalls ägyptische Wachmannschaften stationiert, denen ihr direkt in die Arme lauft.
Die hebräischen Sklaven wehren sich verzweifelt, aber es ist alles umsonst. Mit Eisenketten an Händen und Füßen gefesselt werdet ihr zurückgebracht. Ihr werdet zu vielen anderen Sklaven ins Gefängnis geworfen.

→ *Hier im Gefängnis hast du genügend Zeit, dich mit ein paar kniffligen Fragen zu beschäftigen:*

1. Welcher Edelstein hat euch gerettet? ______________ (37)

2. Dieser Edelstein hatte die Form einer ______________ (37)

3. In welche Richtung seid ihr geflohen? ______________ (65)

→ *Zähle die Buchstaben der Lösungsworte zusammen: ______ Vervierfache diese Zahl: ______ Jetzt musst du noch 1 abziehen, dann weißt du, wo es weitergeht.*

86

Du rennst zurück zum Marktplatz und kannst im Gewühl der Leute untertauchen.

Bei einem bekannten Händler erfährst du, dass die Dörfer der Hebräer von Soldaten umstellt wurden. Es gibt also keine Möglichkeit, die Kinder wiederzusehen.

Der Händler fragt dich, ob du bei ihm bleiben und für ihn arbeiten willst. Du sagst Ja und er nimmt dich in seine Familie auf. Von nun an lebst du wie ein Ägypter, und nur manchmal denkst du daran, dass deine Heimat eigentlich anderswo und in einer anderen Zeit liegt.

ENDE

→ *Wenn dich der Bibeltext interessiert, der in diesen Geschichten vorkommt, dann lies* 125.

87

Atemlos erreichst du die Siedlung der Hebräer, doch sie ist von Soldaten umstellt.

„Halt! Sofort stehen bleiben!“, befiehlt eine laute Stimme.

Schnell drehst du dich um und willst losrennen, doch da hat schon ein anderer Soldat seinen Bogen gespannt und hält ihn genau auf dich gerichtet. Wie erstarrt bleibst du stehen.

„Los, fesseln und abführen!“, hörst du dieselbe Stimme.

Zwei Wachposten zerren dich auf ein Pferdegespann, auf dem schon einige andere Hebräer sitzen. Sie bringen euch in ein Gefängnis außerhalb der Stadt, in einer unbewohnten Gegend, mitten in der Wüste. Dort trefft ihr noch viele andere hebräische Sklaven.

Ihr werdet schlecht behandelt und hockt Tag und Nacht in einem feuchten und kalten Verlies. Dann streiken die Gefängniswärter mehrere Wochen lang, und niemand bringt euch etwas zum Essen. Das ist dein

ENDE

Kein schönes Ende – oder? Du sollst noch eine Chance bekommen. „Bevor ich hier verhungere, werde ich ausbrechen!", beschließt du. Doch um das Schloss der Gefängnistür zu öffnen, brauchst du eine ganz bestimmte Zahlenkombination. Du probierst und probierst, aber es klappt nicht. Vor lauter Hunger kannst du kaum mehr klar denken, und deine Kräfte schwinden langsam dahin.
Im letzten Moment fällt dir doch noch eine Zahl ein: die Summe der Silbermünzen, die du beim Verkaufen verdient hast. (68)

➔ *Wirklich, das Schloss geht auf, und nun weißt du auch gleich, wo du weiterlesen musst.*

88

Unterwegs flüstert dir Miriam ins Ohr: „Was soll das? Du stürzt uns ins Unglück." Nun erklärst du Miriam deinen Plan. Sie sieht dich bewundernd an und sagt: „Eine tolle Idee! Gemeinsam werden wir es schaffen!"
Der Hauptmann bringt euch in den Palast des Pharao. Vor seinem Audienzraum müsst ihr warten, und du kannst in Ruhe mit deiner Lupe die farbigen Wandmalereien studieren. Ein vornehm gekleideter Schreiber kommt näher heran und erschrickt, als er mit in die Lupe blickt.
Sofort eilt er in den Audienzraum, und kurz danach werdet ihr hineingeholt. Ihr verneigt euch leicht vor dem Pharao, wie Botschafter eines gewaltigen Nachbarkönigs. Dann verkündest du dem mächtigen Herrscher Ägyptens: „Ich komme aus einem Land der aufgehenden Sonne, dem fernen Babylonien. Dieses Sklavenmädchen steht mir hilfreich zur Seite." Du deutest auf Miriam, die ja wie alle Hebräer gekleidet ist. „Ich bringe dir eine Botschaft vom großen und erhabenen Herrscher an Euphrat und Tigris. Ihm gefällt es, wie du

mit mächtiger und kluger Hand das Land regierst. Ich soll dir seine Macht zeigen."
Ihr geht hinaus auf den Balkon. Unbarmherzig brennt die Mittagssonne. Du hältst die Lupe über einen Holztisch. Bald darauf qualmt es und der Tisch brennt. Der Pharao ist sichtlich beeindruckt.
„Ich werde dir zeigen, welche Botschaft ich dir bringen soll. Dies hat mir der König von Babylon mitgegeben", sagst du, streckst die Lupe aus und schaust geheimnisvoll hinein. Aus dieser Entfernung wird alles verkehrt herum abgebildet, das weißt du aus Erfahrung. Auch den Pharao lässt du kurz hindurchblicken.
„Es steht ja alles auf dem Kopf", stellt er verwundert fest.
„Dies deutet auf einen Fehler hin, den du machst", antwortest du.
Der Pharao greift nach der Lupe und will sie nehmen.

→ *Willst du dem Pharao die Lupe geben?* 113

→ *„Nein, ich gebe sie nicht aus der Hand!", entscheidest du.* 114

89

Gerade willst du den großen Becher in die Hand nehmen, da stürzt Rahel herein. Aufgeregt ruft sie: „Schnell, du musst verschwinden, Soldaten kommen, sie suchen Ruderskiaven für Transportschiffe!"
Ohne lange zu überlegen, springst du aus dem Fenster, willst davonrennen und dich verstecken. Doch du läufst genau den Soldaten in die Arme.
„Ich Dummkopf!", machst du dir Vorwürfe. „Hätte ich doch einfach schnell aus dem Becher getrunken!" Aber dein Jammern nützt nun auch nichts mehr.
Mit einigen anderen Dorfbewohnern bringen die Soldaten dich auf ein großes Frachtschiff, das im nächsten Hafen liegt. An den Ruderstangen werdet ihr festgekettet. Ihr rudert flussaufwärts, beladen mit großen Sandsteinquadern für neue Tempelanlagen in Theben.
Doch auf dem Schiff bricht eine unerklärliche Krankheit aus, der schon einige von euch zum Opfer gefallen sind.
Gerade zuckt ein Wachposten neben dir zusammen und windet sich

vor Schmerzen am Boden. Du überlegst nicht lange, streckst dich aus und nimmst ihm den Schlüssel für die Ketten ab.
Im Nu sind alle Sklaven frei, überwältigen die restlichen Wachen und übernehmen das Kommando auf dem Schiff. Nun liegen die Wachsoldaten selbst in Ketten und müssen mitrudern.

→ *Jetzt musst du dich erst einmal orientieren, wo ihr überhaupt seid. Nimm die Landkarte zu Hilfe!*

→ *B4* = 76

→ *A4* = 98

→ *B1* = 99

Aha! Nun aber weiter!

90

Zitternd nimmst du das schwarze Tuch und hältst es dem alten Mann hin. Er sieht es schweigend an. Diese Sekunden kommen dir wie eine Ewigkeit vor. Endlich greift der Alte das Tuch und bindet dir damit die Augen zu.
Du spürst, wie sich alles um dich herum dreht, und fällst ohnmächtig auf eine Matte.
Plötzlich fährst du hoch, weil es irgendwo klingelt. Du blickst dich um, denn du liegst in einem sauberen, weißen Bett, neben dir ein elektronischer Wecker und ein Telefon.
Jetzt dämmert es dir langsam: „Mein Hotelzimmer in Kairo!"
Es klopft an die Tür, ein Zimmerkellner bringt das Frühstück und die Zeitung ans Bett. Du frühstückst in aller Ruhe und suchst dir die leckersten Sachen aus. Dann lehnst du dich zurück und denkst: „Der ‚Weg der geschlossene Augen' war genau die richtige Entscheidung."
Nun läutest du dem Zimmerservice und sagst: „Geben Sie meinen Eltern Bescheid, dass ich wieder da bin."

ENDE

→ *Einige dieser Begebenheiten kommen auch in der Bibel vor. Möchtest du wissen, welche?* 122

91

Alle Leute um dich herum laufen genau auf das Wasser zu.
„Es ist verrückt, was ich da mache", denkst du und rennst trotzdem mit. Ihr erreicht das Ufer, aber der Weg geht weiter. Zu deiner Überraschung ist der Boden an den meisten Stellen fast ausgetrocknet. Nur da und dort ist es noch sumpfig und nass.
Mit den Hebräern kommst du bis ans andere Ufer. Völlig erschöpft lässt du dich auf den Boden sinken.
„Wo ist eigentlich Tutmosis?", fragst du dich.
Der heiße Sandsturm legt sich, und du erkennst in der Ferne die schweren ägyptischen Pferdegespanne. Sie bleiben im Sumpf stecken und können nicht weiter. Da kommt eine große Flutwelle und reißt alle Ägypter mit sich in die Tiefe.
Die Hebräer starren wie gebannt auf dieses unglaubliche Geschehen. Der Schrecken sitzt tief in ihren Gliedern, doch nach einer Weile kommt Bewegung in die erstarrte Menge. Erst singen einige, dann stimmen immer mehr mit ein. Deutlich hörst du ihre Worte: „Ich will Gott singen, denn er hat uns wunderbar geholfen. Pferde und Soldaten sind im Meer verschwunden!"
Die Menschen fallen sich in die Arme, tanzen, klatschen und singen. Instrumente werden ausgepackt, Musik erklingt. Sie feiern ihre Freiheit und loben ihren unsichtbaren Gott.
„Was ist mit Tutmosis?", denkst du dir und suchst ihn zwischen all den jubelnden Menschen. Da entdeckst du, wie er auf dem Sandboden sitzt und mit einigen Hebräern aufgeregt diskutiert.
„Was ist los mir ihm?", fragst du dich. Gleich wirst du es wissen.

→ *Sieh auf der Landkarte nach, wo sich diese Rettung abgespielt hat.*

→ *A2* = 56

→ *B2* = 99

→ *C3* = 114

92

Verzweifelt versuchst du, gegen die Menge anzukämpfen und läufst in die entgegengesetzte Richtung zwischen all den vielen Leuten hindurch.
„Seid ihr verrückt geworden?", schreist du sie an. „Ihr rennt geradewegs in euer Verderben! Da vorne liegt das Meer! Kehrt doch um!"
Doch die Leute laufen weiter.
„So ein Wahnsinn!", denkst du dir. „Irgendeiner hat angefangen und nun rennen alle hinterher."
Immer wieder versuchst du, Einzelne zur Vernunft zu bringen, aber vergeblich. Gerade laufen die Letzten an dir vorbei.
Du drehst dich noch einmal um, doch du kannst nicht viel sehen – der Sandsturm macht es unmöglich. Plötzlich hörst du wieder das Donnern der Pferdehufe. Es wird immer lauter. Vor dir tauchen ägyptische Streitwagen auf. Sie reiten genau auf dich zu. Du schreist um Hilfe, aber deine Stimme hört niemand mehr. Du willst zur Seite springen – es ist zu spät.

ENDE

➔ *Wenn dich die biblischen Begebenheiten trotzdem noch interessieren, die in dieser Geschichter vorkommen, dann lies* 126 *und* 128

93

Ihr erreicht das Lager. Jitro begrüßt euch herzlich, aber Mose geht einfach vorbei. Erst beim Abendessen im Zelt beginnt Mose stockend zu reden. Seine Frau und die beiden Söhne hören ihm auch zu.
Mose erzählt von einem brennenden Dornbusch, den er beobachtet hat.
„Na und?", denkst du dir. „Das passiert in der Wüste immer wieder einmal, aber ich habe etwas viel Gefährlicheres erlebt."
Du willst den anderen davon erzählen, doch Mose bringt dich zum Schweigen.
„Dort an diesem Dornbusch hat der Gott meiner Väter zu mir gere-

det", sagt er nachdenklich. Jetzt wirst auch du ganz still und lauschst mit den anderen seinen Worten.
„Gott hat mir einen Auftrag gegeben", fährt Mose fort. „Ich soll das versklavte Volk der Hebräer in die Freiheit führen!"
„Aber Mose", sagt seine Frau Zippora, „du wirst in Ägypten doch als Mörder gesucht!"
„Ich weiß", antwortet Mose, „doch das ist lange her. Ich habe auch noch andere Einwände vorgebracht, aber Gott ließ nicht locker. Jetzt weiß ich: Ich muss gehen!"
„Wir werden mit dir gehen", antwortet Zippora entschlossen.
„Zurück nach Ägypten. Das wäre eine Gelegenheit für mich", denkst du dir und erinnerst dich, dass deine Heimat ja in einer anderen Zeit liegt.

→ *Willst du mit Mose zurück nach Ägypten gehen?* 100

→ *Oder willst du lieber als Nomade in Midian bleiben?* 101

94

Ihr esst beide von den blauen Trauben. Sie schmecken süß und fruchtig, aber schon nach einer Weile wird euch übel. Es dreht sich alles, und ihr fallt in Ohnmacht.
Als du kaltes Wasser in deinem Gesicht spürst, wachst du endlich auf. Du liegst im Schatten der großen Pyramide von Giseh. Neben dir kommt auch Tutmosis zur Besinnung. Dein Vater hat auch ihm einen Eimer Wasser über den Kopf geschüttet.
„Was ist los?", fragst du verwirrt.
„Tja", sagt deine Mutter, „wir haben gehofft, das von dir zu erfahren."
Bevor du zu erzählen beginnst, grinst du Tutmosis an und sagst: „Jetzt geht es dir plötzlich so, wie es mir ging. Andere Zeit, andere Leute, alles anders. Bin mal gespannt, wie du das verkraftest."

ENDE

→ *Möchtest du wissen, welche dieser Ereignisse auch in der Bibel beschrieben werden? Hier ein Tipp: Lies nach bei* 126

95

Dir wird das Ganze zu unheimlich. Du bedankst dich für die Gastfreundschaft und eilst zur Tür.
Als du gerade aufmachen und nach draußen gehen willst, kommen zwei Männer angehetzt, die dich fast umrennen. Schnell weichst du ihnen aus und trittst vor die Hütte.
Es ist eine sternklare Nacht. Wie eine leuchtende Goldmünze scheint der Vollmond am Firmament. Du verlässt das Dorf und wanderst in die Wüste hinaus.
Du denkst an dein Zuhause, siehst die unzähligen Sterne am Himmel und spürst den weichen Wüstensand unter deinen Füßen. Du rennst und rennst, immer schneller, in die Wüste hinein. Dann lässt du dich erschöpft zu Boden fallen. Der Sand ist noch warm und angenehm weich. Über dir erstreckt sich die Unendlichkeit des Universums. Der Anblick ist überwältigend. Dein Atem wird ruhiger, die Stille der Nacht hüllt dich angenehm ein. Bald bist du eingeschlafen.
Als du wieder aufwachst, ist die Sonne gerade aufgegangen. Ein Jeep der ägyptischen Polizei hält neben dir. Die Beamten steigen aus und sprechen dich in englischer Sprache an. Langsam richtest du dich auf und reibst dir die Augen.
„Träume ich jetzt … oder habe ich die ganze Zeit vorher geträumt?"
Du bist noch etwas verwirrt und benommen, aber dann kannst du den Polizisten den Namen eures Hotels nennen. Die Beamten bringen dich zu deinen Eltern nach Kairo. Du sitzt in dem Geländewagen und fragst dich immer wieder: „War das alles nur ein Traum?"

ENDE

➔ *Einige dieser Ereignisse werden auch in der Bibel beschrieben. Schau doch mal bei* 126 *und* 127

96

Nun bist du einige Monate mit den Nomaden unterwegs und hast dich schon ganz gut an das raue Leben gewöhnt. Ihr seid gerade auf dem Weg durch die Wüste Schur, da stoßt ihr auf eine riesige Menschengruppe, die mit Karren, Tieren und Kindern durch die Wüste zieht.

Von einem Mädchen erfährst du, dass sie entflohene Sklaven aus Ägypten sind und in ein neues Land ziehen wollen.

„Aber wie könnt ihr vielen Leute hier in dieser Gegend überleben?", fragst du sie.

„Komm mit!", sagt das Mädchen. Sie führt dich zu einem der Zelte und zeigt dir einen Tonkrug mit kleinen weißen Körnern. Sie schmecken süßlich wie Honig. Etwas verwirrt schaust du das Mädchen an.

„Was ist das?", möchtest du wissen.

„Wir nennen es Manna", antwortet das Mädchen. „Es liegt jeden Morgen auf dem trockenen Wüstenboden, nachdem der Tau im Licht der warmen Sonne verdunstet ist. Wir sollen nur so viel sammeln, wie wir für einen Tag brauchen."

„Wer macht so einen sonderbaren Vorschlag?", wunderst du dich.

„Unser Anführer Mose", sagt sie. „Unser Gott schickt uns jeden Tag neues – darauf können wir uns verlassen. Deshalb brauchen wir keine Vorräte anzulegen. Übrigens heiße ich Lea!"

Du verrätst dem Mädchen deinen Namen und erzählst deine Geschichte. Diese Leute beginnen dich zu interessieren.

→ *Wenn du bei diesem Volk bleiben willst, lies weiter bei* 102

→ *Oder möchtest du zu den Nomaden zurück?* 103

97

Eines Tages versammelt der Pharao alle seine Berater. Er eröffnet die Sitzung mit den Worten: „Das Reich der Assyrer hoch oben im Nordosten wird immer mächtiger. Jetzt sind sie in Moab eingefallen und bald stehen sie vor unserer Grenze. Im Vergleich dazu sind die Hebräer nur ein kleines Problem! Es muss etwas geschehen!“
Ein Murmeln geht durch den Saal, dann werden verschiedene Vorschläge gemacht. Jetzt scheint deine Stunde gekommen. Du trittst vor den Pharao:
„Mächtiger Ramses, du weißt, im Angriff liegt die beste Verteidigung. Du musst ihnen einfach zuvorkommen. In der Überraschung liegt dein Vorteil.“
Deine Worte beeindrucken den jungen und übermütigen Pharao. Laut ruft er allen zu: „Endlich einmal jemand, der sich etwas traut. Eine sehr gute Idee. So etwas gefällt mir!“
Er lässt seine obersten Generäle kommen und gibt die nötigen Befehle.
Da meldet sich noch ein alter erfahrener Priester zu Wort: „Bedenke, mächtiger Ramses, dass dir dann Soldaten fehlen, um die hebräischen Sklaven unter Kontrolle zu halten.“
Auch daran hat Ramses gedacht. Er befiehlt: „Die Truppen sollen nachts aus den Kasernen abgezogen werden, damit die Hebräer nichts davon merken und weiterhin in Angst vor meiner Soldatenmacht leben.“
Du kannst es gar nicht erwarten, alle diese wichtigen Informationen an Gad weiterzugeben, und willst noch am selben Abend den Palast verlassen.
„Halt! Stehen bleiben!“, ruft eine der Wachen.
„Was ist los? Ich muss noch eine wichtige Erledigung machen, die keinen Aufschub duldet. Lasst mich durch!“, erwiderst du scharf.
Mit versteinerter Miene entgegnet er: „Befehl des Pharao! Keiner der Berater darf den Palastbereich verlassen!“
„Es ist dringend!“, versuchst du es noch einmal. „Ich werde dich bei Ramses melden!“
Doch die Speere der Wachen bleiben gekreuzt. Es gibt keine Möglichkeit, den Palast zu verlassen.

Du grübelst, wie du den Hebräern eine Nachricht zukommen lassen kannst.

→ *Willst du ihnen eine schriftliche Nachricht senden?* 104

→ *Oder versuchst du, heimlich den Palast zu verlassen?* 105

98

Als ihr am nächsten Hafen anlegen wollt, entdeckt euch eine Truppe ägyptischer Soldaten und verfolgt euch. Kopflos rennt ihr in Richtung Sandwüste davon.
Du läufst, so schnell du nur kannst. Plötzlich stolperst du, schlägst mit dem Kopf hart auf einen Stein und bleibst ohnmächtig auf dem Boden liegen.
Als du wieder aufwachst, hörst du ein vertrautes Geräusch. Noch immer liegst du im Wüstensand.
„Das klingt eindeutig wie ein Flugzeug!", schießt es dir durch den Kopf. Du drehst dich um, und wirklich: Nicht weit von dir landet eine Maschine der Egypt Airlines.
Langsam richtest du dich auf. Nicht nur das Flugzeug dröhnt, sondern auch dein Kopf brummt gewaltig. Jetzt fällt es dir wieder ein: „Eigentlich bin ich vor den Soldaten geflohen."
Noch etwas benommen gehst du auf den Flughafen zu. In der Ferne siehst du schon den Kontrollturm. Nun ist dir klar: „Ich bin wieder zurück in meine Zeit gekommen."
Erleichtert atmest du auf. Deine Schritte werden schneller.
Auf dem Flughafen sprichst du deutsche Touristen an, die dir ihr Handy leihen. So kannst du in eurem Hotel anrufen. Deine Eltern kommen schon bald.
Als du ihr Taxi heranfahren siehst, fährst du dir noch einmal über den Kopf und spürst die Schmerzen.
„So stressig hatte ich mir den ‚Weg der starken Hand' aber nicht vorgestellt."

ENDE

→ *Wenn dich interessiert, welche dieser Begebenheiten auch in der Bibel vorkommen, lies* 122

99

„Und ich sage dir, es war dieser heiße Ostwind!“, redet Tutmosis aufgeregt auf sein Gegenüber ein.
„Nein, nein und nochmals nein!“, antwortet der Hebräer. „Es war ein großes Wunder Gottes! Unser Anführer Mose hat seinen Stab über dem Meer ausgestreckt und da haben sich die Wasser geteilt!“
Tutmosis hat dich erkannt und kommt auf dich zu.
„Hast du etwas gesehen?“, fragt er dich.
„Nein!“, antwortest du. „Ich lief am Ende des langen Zuges.“
Da schaut dich der Hebräer überrascht an. „Hast du denn nicht das Wasser auf beiden Seiten gesehen, als du durch das Meer unterwegs warst?“
Du versuchst dich zu erinnern. „Da war der Sandsturm. Ich bin so schnell gerannt, ich hatte keine Zeit zum Schauen.“
Plötzlich kommt eine junge Frau auf euch zu gelaufen, mit ihrem Tamburin schlägt sie im Takt. Die anderen singen dazu.
„Was streitet ihr herum?“, wirft sie ein. „Ist es denn so wichtig, wie alles ganz genau geschehen ist? Die Hauptsache ist doch, dass wir von unserem Gott gerettet wurden!“
Sie nimmt dich an der Hand, du singst mit, klatschst im Takt dazu. Es ist ein großes Freudenfest, immer wieder erschallt der Ruf: „Ich will Gott singen, denn er hat uns wunderbar geholfen!“
Ihr feiert die ganze Nacht. Du hast vergessen, wer du bist, was alles war. Du weißt nur noch eins: „Ich gehöre dazu. Ich bin ein befreiter hebräischer Sklave. Eine neue glückliche Zukunft liegt vor uns.“

ENDE

→ *Möchtest du wissen, welche der Begebenheiten auch in der Bibel vorkommen? Lies doch mal nach bei* 126 *und* 128

100

Bald darauf macht ihr euch auf den Weg. Die Kamele werden bepackt, die Herden zusammengetrieben und ihr nehmt Abschied. Du beobachtest, wie Jitro Mose gegenübersteht.
„Hast du es dir auch gut überlegt, Mose?“, fragt er.
„Ja“, antwortet Mose, „es war wirklich keine Einbildung. Gott ist mir begegnet. Ich bin mir ganz sicher.“
Dann legt Jitro seine Hände auf Mose und segnet ihn.
Es ist ein weiter Weg in Richtung Westen, stets der untergehenden Sonne nach. Immer wieder schärft Mose euch ein: „Hier in der Wüste ist Wasser ein kostbares Gut, ihr müsst es euch in kleine Rationen einteilen!“
Zum Glück findet ihr immer wieder einen Brunnen oder eine Oase, wo ihr eure Vorräte auffüllen könnt. Einmal, als ihr fast am Verdursten seid, könnt ihr etwas Wasser von einer syrischen Karawane kaufen. Du hättest nie gedacht, dass ein paar Schluck Wasser so viel Geld einbringen können, und erinnerst dich an dein Zuhause mit Wasserhahn, Dusche und Klospülung.
Eines Tages erreicht ihr endlich die ägyptische Grenze und werdet ohne Schwierigkeiten als fremde Händler durchgelassen. Kein Mensch kann sich nach so langer Zeit noch an Mose erinnern, und ein anderer Pharao regiert das Land.
Nach einigen Tagesreisen erreicht ihr den Nil und schließlich die Siedlungen der hebräischen Sklaven. Die Sonne geht unter. Am Horizont siehst du die Spitzen der Pyramiden leuchten.

→ *Willst du mit Mose in die hebräischen Siedlungen gehen?* 40

→ *Du könntest auch zu den Pyramiden gehen und versuchen, wieder in deine Zeit zu kommen.* 41

101

Seit Mose nach Ägypten zurückgekehrt ist, gibt es bei Jitro noch mehr für dich zu tun. Trotzdem macht es dir Spaß, dieses freie und abenteuerliche Nomadenleben am Rand der Wüste. Nach einigen Monaten, du bist gerade mit deinen Schafen unterwegs, siehst du in der Ferne drei Esel heranreiten.

Als sie näher kommen, erkennst du Zippora und ihre beiden Söhne. Es gibt eine herzliche Begrüßung und Zippora erzählt, dass Mose sie vorausgeschickt hat, weil es in Ägypten wohl bald gefährlich werden könnte. Du bringst die drei zu Jitro und hörst gespannt Zipporas weiteren Bericht an.

„Schreckliche Plagen sind über Ägypten gekommen, weil der Pharao das unterdrückte Sklavenvolk nicht ziehen lassen will", erklärt sie den im Zelt Versammelten. „Aber ich bin mir sicher, dass Mose mit dem Volk bald kommen wird."

Zippora erzählt noch viel von Ägypten und den Plagen, und alle hören gespannt zu. Auch dich haben diese Schilderungen sehr beeindruckt.

➔ *Willst du nach Ägypten ziehen, um Mose zu helfen?* 106

➔ *Oder möchtest du warten, bis das Volk Midian erreicht hat?* 107

102

Ohne lange zu zögern schließt du dich diesen wandernden Hebräern an. Mal bist du beeindruckt von ihrem Vertrauen, denn die weißen Körner reichen wirklich immer. Aber ein andermal bist du enttäuscht, wie sie jammern und klagen, wenn es ihnen schlecht geht. Wieder einmal haben alle Hunger und schimpfen wütend über ihren Anführer Mose.

„Er ist schuld daran! Er hat uns hier in die Wüste geführt! In Ägypten mussten wir wenigstens nicht verhungern!", ruft ein alter Mann.

Doch da geschieht das Unerwartete. Du hörst ein tausendfaches Zwitschern in der Luft und schaust nach oben. Ein Schwarm Vögel zieht über euch hinweg und verschwindet hinter einigen hohen Felsen.
Du holst Lea, und ihr rennt um die Felsbrocken herum.
„Sieh doch!“, ruft Lea außer Atem. „Da liegen unzählige Vögel wie tot im Wüstensand!“
Hier und dort hört ihr noch ein leises Zwitschern. Auch einige Schakale machen sich an die leichte Beute heran.
Nun zeigt sich, was du bei den Nomaden gelernt hast: Du nimmst deine Schleuder, legst einen spitzen Stein hinein und triffst die Schakale mit einigen gezielten Würfen, sodass sie jaulend davonrennen.
„Ich werde auf die Vögel aufpassen“, sagst du zu Lea. „Und du holst Mose und die anderen Frauen und Männer. Sie brauchen die Tiere nur noch vom Wüstenboden aufzusammeln.“
Als Mose und die anderen eintreffen, stellt er sich auf einen der Felsen und verkündet mit lauter Stimme: „Diese Wachteln schickt uns Gott, damit wir nicht verhungern müssen!“
Lea schaut dich an und nickt dir zu. Verblüfft beobachtest du die ganze Szene.
Abends sitzt ihr am Lagerfeuer und lasst euch die gebratenen Wachteln schmecken.

→ *Wie viele Worte aus der Geschichte findest du?*

JSDNOIWEASLKNFKJASBJKSDNLEALNADFVNAÖWIOEHJFIOÜ
NMOSENFASDNFJNFLNNJNBGJFÖSMFFIOSDWACHTELNIJGLKSNJ
GOIEJRIGSJFLKGNKLFNGHUNGERJLASNGKLNLKGNLSK
GLKSNGLKSCHLEUDERSJGGNGNSLJLNGKLFWÜSTEJNKJNVN
VKJNKJNJNFGÖJKFNÖKLJNÖJKFLSLKGNLDFNÖKLSNFGLKDJNF
GKJDFNGÖJKLSNFJKGNÄGYPTENSLNGLNGLKNGLKNGLKNGL
KNGLNGLÖFKNGKÖRNERSLKNFLKSNFGLKNDÖLGNLKNJGL
KJGLKHJGLFJWRZQÄÖPÜÄQWZRYXMNÜÄÖRZFGHJKLÖÄK

→ *Setze die Zahl hier ein* 10 *…*

Nun weißt du auch, wo es weitergeht.

103

„Wartet auf mich!", rufst du den Schafhirten nach. „Ich würde mich euch gerne anschließen." Sie sind einverstanden und nehmen dich mit. Nun lebst du bei den Nomaden und lernst viele wichtige Dinge, die in der Wüste und der Steppe lebensnotwendig sind. Wochen und Monate vergehen. Du gewöhnst dich an dieses raue Leben und findest sogar Gefallen daran.
Eines Nachts träumst du, dass eine alte Frau dich in deinem Nomadenzelt besucht und fragt, ob du in deine Zeit zurück willst.
„Natürlich, sofort!", antwortest du, ebenfalls im Traum.
„Dann höre mir gut zu!", flüstert sie leise. „Nicht weit von hier ist eine Höhle, du kennst sie, denn du bist schon oft daran vorbeigegangen. Die Nomaden hier fürchten sich vor dieser Höhle. Doch du musst sie durchqueren – ohne Fackel, ohne Öllampe, im Stockdunkeln. Am Ende wartet dein Zuhause."
„Am Ende wartet dein Zuhause …", murmelst du, als du aufwachst, und kannst dich an deinen Traum ganz genau erinnern.
Gleich am Morgen machst du dich auf den Weg. Die Nomaden schütteln mit dem Kopf, als sie von deinem Plan erfahren. Sie glauben, in dieser Höhle lebe ein gefährlicher Geist.
Als du die Höhle endlich erreichst und einige Schritte hineingehst, ist dir dann doch ziemlich mulmig. Langsam tastest du dich im Finstern voran.
Du bist schon ziemlich lange unterwegs, da siehst du vor dir ein Feuer brennen. Mehrere Schaffelle sind ausgelegt. Das erinnert dich an dein Nomadenzelt, und du hast das Gefühl, dich in die Felle hineinkuscheln zu müssen. Es ist angenehm warm, und bald schläfst du ein.
Als du plötzlich aufwachst, ist es taghell. Erschrocken richtest du dich auf. Dir fehlt der vertraute Geruch der Schaffelle, die du als Schlafdecke benutzt. Kein Wunder, denn du liegst in einem sauberen Bett deines Kairoer Hotels und fragst dich: „Habe ich das jetzt alles nur geträumt?"

ENDE

➔ *Wenn dich der Bibeltext interessiert, der in diesen Geschichten vorkommt, dann lies* 129

104

Auf eine lange Papyrusrolle schreibst du all die wichtigen Dinge, die du heute erfahren hast, und versiegelst sie vorsichtig mit dem Wachs einer Kerze. Du kennst einen Koch im Palast, dem du vertraust und der die Nachricht zu den Hebräern bringen könnte. Mit einer reichlichen Belohnung steckst du ihm das Papyrus zu.

„Ich wollte sowieso heute noch auf den Markt gehen. Da kann ich deinen Auftrag erfüllen. Keine Angst, es wird mich niemand verfolgen", beruhigt er dich.

Noch in der Nacht wirst du unsanft geweckt. Soldaten des Pharao nehmen dich gefangen und werfen dich ins Gefängnis.

„So ein Mist!", denkst du dir. „Ich hätte dem Koch doch nicht vertrauen sollen!"

➔ *Findest du dein Gefängnis auf der Landkarte?*

➔ *C2* = 53

➔ *A3* = 71

➔ *D4* = 86

Immerhin weißt du nun, wo es weitergeht.

105

Noch in der gleichen Nacht versuchst du, den Palast des Pharao unbemerkt zu verlassen. Aus den Pferdeställen hast du dir Stricke besorgt. Die bindest du aneinander und lässt dich an der äußersten Palastmauer hinuntergleiten.

Als du gerade weglaufen willst, siehst du zwei Wachen kommen. Jetzt sitzt du in der Falle!

Plötzlich hörst du ein leises Geräusch. Hinter dir ruft jemand. Eine Spalte der Mauer öffnet sich und du schlüpfst schnell hinein. Die

Mauer schließt sich geräuschlos wieder, und draußen gehen die Wachen ahnungslos vorüber.
Im Dunkeln dieses geheimnisvollen Ganges erkennst du Gad.
„Das gibt's doch nicht!", staunst du. „Wie kommst du denn hier herein?"
„Nun", sagt Gad, „ich hab auch so meine Beziehungen. Vor einiger Zeit hat mir ein Küchenjunge aus dem Palast dieses Versteck gezeigt."
Dann fragt er dich: „Aber was ist los? Ich warte schon seit Stunden hier auf dich!"
Ihr verlasst euer Versteck und bringt euch in Sicherheit. Am Ufer des Nils setzt ihr euch in den Sand, und du erzählst die Neuigkeiten des vergangenen Tages. Gad bietet dir an, dich ihnen anzuschließen.
„Zum Pharao kannst du nun nicht mehr zurück!", gibt er zu bedenken. Aber du bist noch unschlüssig und lässt ihn zu den Dörfern der Hebräer vorausgehen.
Du wanderst am Flussufer entlang. Das helle Vollmondlicht spiegelt sich in unzähligen kleinen Wellen und glitzert wie tausend flackernde Kerzen. Da erkennst du in der Ferne ein Boot auf dem Wasser. Darin sitzt ein Mann, der dir zuwinkt.

→ *Willst du zu dem Boot schwimmen?* 109

→ *Vielleicht solltest du doch zu Gad zurückkehren?* 110

106

„Es ist schon eine ganze Weile her, seit wir diesen Weg gekommen sind", geht es dir durch den Kopf, als du nun in Richtung Westen unterwegs bist.
Einmal verbringst du die Nacht in einer verlassenen Höhle. „Anscheinend haben hier früher Menschen gehaust", denkst du dir, denn du siehst verstaubte Einrichtungsgegenstände.
Mit ein paar Handgriffen hast du etwas Holz zerkleinert und schon bald flackert ein kleines Feuer, an dem du dich wärmen kannst.

Bevor du dich schlafen legst, wirfst du noch einige Holzscheite in die Glut.

Plötzlich weckt dich ein Geräusch.

„Mist!", denkst du. „Jetzt ist das Feuer ausgegangen."

Du versuchst dich umzusehen. In der Dunkelheit erkennst du mehrere leuchtende Augenpaare. Dann hörst du ein Knurren, und dir wird klar, dass dies Berglöwen sind.

„Offenbar ist diese Höhle eine Behausung der gefährlichen Wüstenbewohner", denkst du dir, springst auf und willst hinausrennen. Doch der Eingang ist versperrt.

Du drehst dich um, kriechst leise auf allen vieren in den hinteren Teil der Höhle. Erleichtert atmest du auf: „Vielleicht haben sie mich nicht bemerkt oder machen sich über meine Vorräte her!"

Sicherheitshalber schleichst du leise weiter. Der Gang wird immer schmaler. Plötzlich spürst du, dass lauter abgenagte Knochen am Boden liegen. Dann endet der Gang.

Vor dir ragt die glatte Felswand auf. Es gibt keine Möglichkeit weiterzugehen. Du hörst, wie die Berglöwen nun doch immer näher kommen.

„Die Kerle haben mich in eine Falle gelockt!", ist das Letzte, was du noch denken kannst.

ENDE

→ *Einige Begebenheiten aus dieser Geschichte sind auch in der Bibel erzählt. Schau nach bei* 125 *und* 126

107

Das Warten wird dir unerträglich, und du fragst dich, ob Mose diesen kühnen Plan auch verwirklichen kann.
Zippora versichert dir: „Der Gott der Hebräer hat ihr Schreien endlich erhört. Er wird den Pharao bezwingen!"
Eines Tages ziehst du mit deiner Herde ziemlich weit hinaus, weil die Trockenzeit dieses Jahr besonders lang dauert. Du findest endlich noch eine grüne Weide am Fuße des Berges Horeb, den die Midianiter „Gottesberg" nennen; wahrscheinlich deswegen, weil er manchmal qualmt und donnert. Dir ist klar, dass der Berg ein Vulkan ist, der hin und wieder aktiv wird.
„Ich kann mich noch gut erinnern, wie Mose hier den brennenden Dornbusch gesehen und einen Auftrag von Gott erhalten hat", geht es dir durch den Kopf.
Plötzlich hörst du eine gewaltige Explosion. Die Erde bebt, Steine fliegen umher, Felsen lösen sich aus dem Gestein und rollen den Abhang hinunter. Du versuchst die Schafe zusammenzuhalten und zu beruhigen, doch sie rennen in alle Richtungen davon. Du siehst, wie ein großer Steinbrocken direkt auf dich zu rollt. „Ich mache es wie die Schafe. Nichts wie weg hier!", denkst du dir.
Im letzten Moment kannst du dich in einer Felsspalte in Sicherheit bringen. Krachend rollt der gewaltige Felsbrocken über dir hinweg. Eine Geröllllawine kommt hinterher und schüttet die Felsspalte zu.
Endlich ist alles ruhig und still. Mühsam kannst du dir mit bloßen Händen einen Weg nach draußen graben.

➔ *Wenn du zurück zu Jitro gehen willst, lies weiter bei* 115

➔ *Möchtest du lieber erst die Schafe suchen?* 116

108

Doch das friedliche Beisammensein am Lagerfeuer wird gestört, denn der junge Josua kommt völlig erschöpft angeritten und berichtet, dass feindliche Stämme der Amalekiter das Volk angreifen und ausrauben wollen.

Viele melden sich, um mit Josua in den Kampf zu ziehen.

Schon vor Sonnenaufgang ertönt das Kampfgeschrei der Amalekiter. Bewaffnete Männer eilen zur Verteidigung voraus. Ihr baut Hindernisse auf, die den Feinden den Weg versperren sollen, doch sie kommen immer näher.

Da stellt sich Mose auf einen Hügel. Mit erhobenen Armen fleht er Gott um Hilfe an. Das gibt den Kämpfern neuen Mut.

Du schaust auch zu Mose hinauf, doch da hörst du das Wiehern eines Pferdes ganz in der Nähe und dann einen dumpfen Schlag.

Hinter einem Felsen siehst du einen deiner Leute verwundet am Boden liegen. Als du ihm helfen willst, trifft dich der Pfeil eines Amalekiters von hinten. Du spürst einen stechenden Schmerz in deinem Rücken, dann verlierst du das Bewusstsein.

Du liegst am Boden, während der Kampf um dich herum tobt.

Am Ende siegen die Hebräer und jagen die Feinde in die Flucht. Aber als Lea über das Schlachtfeld geht und dich entdeckt, kommt jede Hilfe zu spät.

ENDE

→ *Wenn dich interessiert, welche dieser Ereignisse auch in der Bibel vorkommen, dann lies* 129 *und* 130

109

Vorsichtig watest du in das warme Wasser. Als es tiefer wird, schwimmst du mit einigen kräftigen Zügen zu dem Ruderboot. Du ziehst dich hoch und steigst hinein.

„Setz dich nur hin. Ich werde dich heimbringen", sagt der Mann freundlich zu dir.

Ziemlich verwundert siehst du diesen Fremden an, nimmst dann aber doch Platz.

Eine ganze Weile schaust du schweigend zu, wie der Mann mit langsamen Ruderschlägen den Fluss aufwärts fährt. Du wirst müde und lehnst dich an die Bordwand. Die gleichmäßigen Ruderschläge bringen dich vollends zum Einschlafen.

Als du aufwachst, geht gerade die Sonne im Osten auf. Der Ruderer ist verschwunden und das Boot an einem Holzsteg festgemacht. Du steigst aus, und als du dich umdrehst, kannst du es gar nicht fassen: Hinter dir streckt sich der gewaltige Assuanstaudamm über hundert Meter in die Höhe. Oben siehst du Touristen laufen und Reisebusse fahren.

Nun weißt du, was zu tun ist, um zurückzukommen. Du kletterst den seitlichen Abhang hinauf und wirst von einer deutschen Reisegruppe nach Kairo mitgenommen. Bald darauf triffst du deine Eltern wieder.

ENDE

→ Und wie sind einige dieser Begebenheiten in der Bibel beschrieben? 122

110

Deine Schritte werden langsamer, dann drehst du dich plötzlich um und rennst ins Dorf der hebräischen Sklaven zurück. Dort findest du Gad und Miriam.

„Ich habe mich entschieden. Ich werde bei euch bleiben und euch bei eurer Flucht helfen."

Am nächsten Tag treffen sich abends einige der Sklaven, die fliehen wollen, denn nun scheint die Gelegenheit günstig. Andere wollen nicht mitmachen. Sie haben Angst vor den Aufsehern. Und wieder andere sagen: „Wir haben unser Schicksal in Gottes Hand gelegt. Er wird uns den richtigen Zeitpunkt wissen lassen!"

Trotzdem plant ihr die Flucht. Als es so weit ist, rechnet ihr fest damit, dass sich euch kaum ägyptische Soldaten in den Weg stellen werden. Doch ihr habt euch geirrt.

Nachdem der Pharao dein Verschwinden bemerkt hat, änderte er vorläufig seine Pläne. Ihr werdet von einer Übermacht Soldaten aufgehalten. Es gibt einen blutigen Kampf. Viele müssen ihr Leben bei dieser Flucht lassen. Und du wirst von einem ägyptischen Bogenschützen tödlich getroffen.

ENDE

→ *Wenn dich der Bibeltext interessiert, der in diesen Geschichten vorkommt, dann lies* 122

111

Du kannst dich dem Freudentaumel der Menschen nicht so recht anschließen. Wie benommen stehst du da und denkst an dein Zuhause, das wohl Lichtjahre von hier entfernt ist. Doch plötzlich reißt dich Gads Stimme aus deinen trüben Gedanken. Sie kommt vom Schilfmeer her. Sofort läufst du hinunter.
„Meine kleine Schwester Sarah, ich finde sie nirgends!“, ruft Gad dir verzweifelt zu.
Du blickst über das Wasser und schließlich erkennst du in der Ferne ein paar fuchtelnde Arme.
„Da vorne!“, zeigst du Gad. „Das könnte sie sein!“
Ihr springt beide sofort ins Wasser und schwimmt dem kleinen Mädchen entgegen. Mit beiden Armen rudert und fuchtelt Sarah im Wasser herum. Gad packt sie, schwimmt mit ihr los und zieht die Kleine am anderen Ufer heraus.
Du willst ihnen folgen, als dich plötzlich eine starke Strömung erfasst und hinaus ins offene Meer reißt. Das Wasser wirbelt dich umher und drückt deinen Kopf unter die Oberfläche. Wenn du einmal kurz auftauchen kannst, schreist du verzweifelt um Hilfe.
Du erkennst gerade noch, wie Gad sich erneut ins Wasser stürzt. Dann gehst du unter. Dir wird schwarz vor Augen und du verlierst das Bewusstsein.
Als du aufwachst, liegst du in einem weißen Bett im Al-Fayyim-Hospital in Kairo. Am Bett sitzt deine Mutter. Du siehst dich um.
„Was ist passiert?“, fragst du verwirrt.
„Das ist eine lange Geschichte“, antwortet deine Mutter.
„Da hast du recht!“, stimmst du ihr zu und lehnst dich erschöpft zurück.

ENDE

→ *Wenn dich interessiert, welche Ereignisse aus dieser Geschichte auch in der Bibel stehen, lies* 126 *bis* 128

112

„So ein Mist, wann kommt denn endlich die Höhle?“, keuchst du völlig außer Atem. „Bald haben sie mich erwischt!“ Schon seit einer Weile versuchst du, die ägyptischen Soldaten abzuschütteln.

„Sie sind mir immer noch auf den Fersen. Es bleibt mir wohl nichts anderes übrig, als tief in der Höhle zu verschwinden. Vielleicht lassen sie mich laufen“, hoffst du.

Du hetzt immer tiefer in die Höhle hinein. So weit habt ihr euch noch nie vorgewagt. Deutlich hörst du die Stimmen der Soldaten hinter dir. Du läufst schneller und schneller, obwohl es stockdunkel ist.

Plötzlich kommst du ins Rutschen. Vor dir tut sich ein steiler Abhang auf. Immer schneller stolperst du in die Tiefe. Du überschlägst dich mehrmals und bleibst schließlich bewusstlos liegen.

Als du wieder aufwachst, blickst du in ein helles Licht: Das sind die Laternen von französischen Höhlenforschern. Es dauert eine Weile, bis du begreifst, was jetzt los ist.

Die Forscher tragen dich vorsichtig aus der Höhle und bringen dich zu deinen Eltern.

„Das gibt es doch gar nicht!“, geht dir ständig durch den Kopf.

ENDE

→ *Hier erfährst du, welche dieser Ereignisse auch in der Bibel vorkommen:* 125

113

Der Pharao nimmt die Lupe und betrachtet sie von allen Seiten. Dann hält er sie aus Versehen kurz über seinen Arm. Im Nu brennen die gebündelten Sonnenstrahlen eine große Brandwunde auf seine Haut. Der Pharao schreit vor Schmerz.
„Das soll eine Gabe des Königs von Babylon sein??? Ihr Lügner, ihr Betrüger!" Der Pharao klatscht in die Hände. „Wachen! Sofort kommen. Nehmt diese Eindringlinge fest!"
Blitzschnell reißt du ihm die Lupe aus der Hand, und ihr rennt schleunigst davon. An den ersten beiden Wachen könnt ihr vorbeischlüpfen, doch dann umstellen euch vier Soldaten.
Aus der Ferne hört ihr die Stimme des Pharao: „Bringt sie hinaus in die Wüste. Wenn sie wirklich Boten des babylonischen Königs sind, werden sie überleben!"
Die Soldaten fesseln euch und reiten mit einem Pferdegespann mehrere Stunden weit in die Wüste hinein. Dort setzen sie euch einfach aus mit den Worten: „Hier unter der heißen Sonne wird sich zeigen, ob eure Botschaft wahr ist!"
Sie lachen und reiten zurück.

→ *Wenn du eine gute Idee hast, lies weiter bei* 117

→ *Oder kommt Miriam der rettende Gedanke?* 120

114

„Mächtiger Pharao", entgegnest du, „ich kann dir diese Gabe des Königs nicht geben. Es würde dir nichts nützen. Aber ich sehe anderes Unglück auf dich zukommen …", fährst du beschwörend fort und blickst gebannt in die Lupe.
„Welches Unglück? Sag es mir!", fordert der Pharao ungeduldig.
„Es hat mit dem Sklavenvolk der Hebräer zu tun", antwortest du geheimnisvoll.

Der Pharao springt auf: „Soll ich sie alle vernichten?"
Mit einer schnellen Handbewegung deutest du auf Miriam und sagst: „Gerade das wäre dein größtes Unglück. Höre, was du tun sollst."
Miriam tritt vor, nimmt die Lupe und sagt mit fester Stimme: „Nimm diesen Menschen das schwere Joch ihrer Knechtschaft von den Schultern, und der König von Babylon wird dich reich belohnen."
Der Pharao ist sehr nachdenklich geworden. Dies scheint dir eine gute Gelegenheit. „Wir müssen weiter, mächtiger Pharao, aber wir kommen bald wieder."
Der Pharao blickt gedankenversunken hinauf zur Sonne und dreht sich überhaupt nicht um. Ihr verlasst eilig den Thronsaal und kommt unbehelligt nach draußen, die Wache am Eingang schaut euch unsicher an.

➔ *Wenn du mit Miriam ins Dorf gehen willst, lies weiter bei* 118

➔ *Willst du auf eigene Faust bei den Pyramiden nach einem Weg zurück suchen?* 37

115

Als du dich auf den Rückweg machst und endlich das Nomadenlager erreichst, entdeckst du, dass die Schafe bereits ihren Weg nach Hause gefunden haben. Du wunderst dich, weil ihr ja einige Tagesreisen unterwegs ward.
Jitro erklärt dir, dass einige Kundschafter des hebräischen Volkes sie entdeckt und mitgebracht haben. „Kundschafter der Hebräer?", fragst du überrascht.
Da tritt einer von ihnen, sein Name ist Josua, vor und erzählt: „Mose hat das Volk aus Ägypten geführt. Der Pharao hat uns endlich ziehen lassen. Doch bald darauf hat er seine Meinung geändert und uns verfolgt. Am Schilfmeer haben wir die wunderbare Rettung durch Gottes mächtige Hand erlebt! Und nun hat uns Mose beauftragt, als Kundschafter den Weg auszuspähen. Wir sollten in Midian die Zelte

Jitros suchen und es ist uns ja auch gelungen, wie du siehst. Bald wird das Volk kommen."
Jitro will die Kundschafter zum Bleiben einladen, doch sie lehnen freundlich ab.
„Hat es dieser Mose doch geschafft", denkst du und schaust den Hebräern nach, die auf ihren Pferden davonreiten.

116

„Es waren unsere besten Schafe! Ich muss sie unbedingt finden!", denkst du verzweifelt.
Bald entdeckst du ihre Spuren im Sand. Sie weisen in Richtung Norden. Du folgst ihnen und erreichst am Abend eine befestigte Stadt der Amalekiter. In einer Umzäunung findest du deine Schafe wieder.
Als du sie holen willst, stellen sich dir drei Amalekiter in den Weg.
„Die Schafe gehören zu den Herden Jitros, des Midianiters!", erklärst du ihnen fest. „Gebt sie heraus, so wird der Friede unter den Stämmen nicht gefährdet!"
Die drei überhören deine Drohung und ziehen wortlos ihre Messer. Unverrichteter Dinge machst du dich auf den Rückweg, denn mit den Amalekitern willst du dich nicht anlegen. Aus Erzählungen Jitros weißt du, dass sie ein ziemlich kriegerisches und gewalttätiges Volk sind.
„Na ja, so leicht lasse ich mich auch nicht abspeisen", denkst du dir und wartest vor der Stadt bis zum Einbruch der Dunkelheit. Da kommen dir einige Männer auf Pferden entgegen. Einer heißt Josua. Sie erklären dir, dass sie hebräische Kundschafter sind. Ihr Volk war versklavt, doch sie sind aus Ägypten geflohen.

Du berichtest ihnen, dass du Mose kennst und erzählst von deinem Problem mit den Schafen.
„Keine Sorge", sagt ihr Anführer Josua. „Wir werden dir helfen."
Als die drei Amalekiter die Überzahl der fremden Reiter sehen, machen sie sich aus dem Staub, um Verstärkung zu holen. In der Zwischenzeit könnt ihr mit der Schafherde weiterziehen. Gemeinsam mit der Herde und den Kundschaftern erreichst du bei Tagesanbruch die Zelte Jitros.

117

Völlig schutzlos seid ihr der glühenden Wüstensonne ausgeliefert.
„Hat doch nicht geklappt, dein Plan. Aber fast hätten wir es geschafft", seufzt Miriam.
Du schweigst.
„Es wird ein qualvoller Tod. Die Sonne wird uns austrocknen. Wir werden nichts mehr denken können", sagt Miriam und erzählt dir, dass die Ägypter schon manchen Sklaven so bestraft haben.
Plötzlich fällt dir ein, dass du ja die Lupe noch hast. Der Pharao hat in seiner Wut nicht mehr daran gedacht. Mühsam kannst du sie aus deiner Tasche herausziehen, und ganz vorsichtig brennst du die dicken Fesseln Miriams durch. Als sie frei ist, löst sie so auch die Stricke von deinen Handgelenken.
Dank Miriams Orientierungssinn erreicht ihr mit letzter Kraft eine der Sklavensiedlungen. Von dort werdet ihr zum Dorf Miriams gebracht. Seit dieser Zeit lebst du wie Miriams Volk und rechnest gar nicht mehr damit, je wieder in deine Zeit zurückzukommen.

ENDE

→ *Möchtest du wissen, welche dieser Ereignisse auch in der Bibel vorkommen? Dann lies doch mal nach bei* 122 *und* 123

118

Als ihr außer Reichweite des Palastes seid, atmet Miriam erleichtert auf und sagt: „Ich hätte nie gedacht, dass das gut geht. Jetzt haben wir nicht nur unseren Kopf aus der Schlinge gezogen, sondern auch noch etwas für mein Volk getan. Vielleicht ändert der Pharao ja wirklich seine Meinung."

Lange betrachtet Miriam die Lupe. Auf dem Rückweg versuchst du, ihr etwas über deine Zeit, über Glas und Lichtstrahlen zu erklären.

Die Familie Miriams nimmt dich als Gast auf, und du lebst einige Tage bei ihnen. Doch eines Morgens ist die Matte, auf der du geschlafen hast, leer.

Noch oft rätselt Miriam, was eigentlich passiert ist, während du wieder in Ägypten mit deinen Eltern Sehenswürdigkeiten anschaust. Aber viele der Bauwerke siehst du nun mit anderen Augen. „Haben dies vielleicht die versklavten Hebräer gebaut?"

ENDE

→ *Wie die Bibel einige dieser Ereignisse schildert, findest du unter* 122 *und* 123

119

Die Kundschafter kehren zu ihrem Volk zurück und führen es zu Jitro. Als du in der Mittagshitze vor deinem Zelt sitzt, erkennst du eine riesige Staubwolke in der Ferne. Es ist das Volk der Hebräer. Mose geht voran. Zippora eilt ihm freudig entgegen und beide umarmen sich lange. Dann begrüßt Mose seinen Schwiegervater Jitro.

Der Zug lagert einige Wochen in der Nähe. Mose bekommt wertvolle Ratschläge von seinem Schwiegervater, um das große Volk besser zu führen.

Eines Abends sitzt du mit am Lagerfeuer und hörst zu, wie Mose und Jitro beraten. Du fragst Zippora leise: „Wo will Mose mit diesen vielen Leuten überhaupt hin?"

„Wir ziehen in ein Land, in dem Milch und Honig fließen", antwortet sie überzeugt.

Du schaust sie ungläubig an, darum flüstert Zippora weiter: „Wir ziehen nach Kanaan im Norden. Es ist das Land, das Gott unseren Vätern versprochen hat. Abraham ist als Nomade in diesem Land umhergezogen. Wir werden es in Besitz nehmen. Es ist ein fruchtbares und grünes Land – keine Wüste, keine Steppe und kein Pharao!"

Lange blickst du in das lodernde Feuer. Immer wieder legst du etwas Holz nach.

Schließlich fragt Zippora: „Willst du mitkommen?"

Du schaust sie eine Weile an, dann sagst du nachdenklich: „Weißt du, meine Heimat liegt in einer anderen Zeit und in einer anderen Welt. Aber nun habe ich hier ein neues Zuhause gefunden. Ich will es nicht noch einmal verlassen. Mir gefällt dieses Leben als Nomade. Ich bleibe hier bei den Zelten Jitros, Zippora."

Und so ziehst du Tag für Tag mit deinen Schafen hinaus, immer auf der Suche nach frischem Wasser und grünen Weiden.

ENDE

→ *Und wie beschreibt die Bibel einige dieser Begebenheiten?* 125 *und* 126

120

Da sitzt ihr nun unter der glühend heißen Sonne und schweigt. Nach einer Weile sagst du: „Miriam, es tut mir leid. Mein Plan hat nicht funktioniert."

Miriam dreht sich um zu dir und will etwas sagen, doch plötzlich lauscht sie, als höre sie ein Geräusch. „Pst!", zischt sie dir zu.

Da entdeckt ihr einen Skorpion, der auf dem Boden umherkrabbelt. Du bist vor Entsetzen wie gelähmt, aber Miriam hat eine Idee. Mit ihren Füßen versucht sie, den Skorpion zu erschlagen.

„Bist du wahnsinnig!", schreist du auf. „Sei doch froh, wenn das Vieh vorbeiläuft. Die Stacheln dieser Biester sind tödlich, weißt du das nicht?"

Miriam lässt sich von deinem Geschrei überhaupt nicht beeindrucken.

„Besser, als in der Wüste zu verdursten!", gibt sie deutlich zurück.

Verbissen versucht Miriam, das kleine Tier zu erschlagen und bringt sich dabei in Lebensgefahr. Endlich bleibt der Skorpion tot am Boden liegen.

„Weißt du denn nicht, dass diese kleinen Greifzangen unheimlich scharf sind?", erklärt Miriam dir endlich.

„Keine Ahnung, ich hatte ja noch nie das Vergnügen mit diesen Tieren", entgegnest du sichtlich beeindruckt. Miriam robbt an den Skorpion heran, und es gelingt ihr wirklich, die Fesseln zu lösen. Als sie frei ist, schneidet sie auch deine Stricke durch.

Es wird ein weiter Marsch, aber Miriam kennt sich in der Wüste aus und endlich erreicht ihr die Siedlungen der Hebräer. Die Familie Miriams nimmt dich auf. Du lebst nun wie alle Hebräer, immer in der Hoffnung, dass ihr eines Tages eure Freiheit wiederbekommt.

ENDE

➔ *Wenn dich der Bibeltext interessiert, der in diesen Geschichten vorkommt, dann lies* 123

121

Am nächsten Tag erreichst du eine kleine Stadt. Ziellos irrst du durch die schmalen Gassen. Auf einem großen Markt werden die leckersten Dinge angeboten. Dein Magen knurrt, du fühlst dich elend und schwach.

Neben einem Stand mit Melonen gerätst du ins Wanken. Du versuchst, irgendwo Halt zu bekommen, doch da kippt der Holztisch um. Die Melonen kullern auf den Boden. Der Händler fuchtelt wild mit den Armen herum.

Schweißperlen tropfen von deiner Stirn. Du willst sie abwischen und bemerkst, dass du Fieber hast.

Der Händler hat begriffen, wie schlecht es dir geht.

„Ich weiß eine alte Frau, die viele Heilmittel und Kräuter kennt", sagt er und schleppt dich zu einem kleinen Zelt außerhalb der Stadt.

Da liegst du nun auf einer bunt gewebten Matte. Die Frau beugt sich über dich und trocknet dir die Stirn. Du hörst, wie der Händler mit der Frau um den Preis für die Behandlung feilscht. Mit schwacher Stimme mischst du dich ein.

„In meinem Beutel ist ein kostbares Spielbrett. Das gebe ich dir zum Lohn."

Die Alte kramt es heraus und staunt nicht schlecht. Sofort wirft sie einige Kräuter in den Kessel mit kochendem Wasser, der vor dem Zelt über dem Feuer hängt.

Nach einer Weile flößt dir der Händler einen warmen, bitteren Trank ein. Du kannst noch ein schwaches „Danke!" flüstern, dann schläfst du ein.

Als du wieder aufwachst, liegst du im Schatten der Pyramide von Giseh. Gerade kommen deine Eltern um die Ecke.

„Da bist du ja!", ruft deine Mutter aufgeregt.

„Hatte der Nomade doch recht", murmelst du verwundert.

ENDE

➔ *Interessieren dich die Begebenheiten aus dieser Geschichte, die auch in der Bibel vorkommen? Dann lies* 122

Hier nun die wichtigsten Ereignisse, die in den verschiedenen Geschichten vorkommen und in der Bibel aufgeschrieben sind. Wenn du es ganz genau wissen willst, kannst du auch im 2. Buch Mose nachlesen.

122

„Die Sklaverei der Hebräer in Ägypten" 2. Mose 1

Jakob und seine elf Söhne zogen nach Ägypten, denn Josef hatte sie ja eingeladen.
Die Zeit verging, Josef und seine Brüder starben, aber ihre Nachkommen wurden im Lauf der Jahrhunderte zu einem großen Volk.
Da regierte in Ägypten ein neuer Pharao, der wusste nichts mehr von Josef, seinen Brüdern und wie er damals das Land aus der Hungersnot gerettet hatte.
Der Pharao fürchtete sich vor dem großen Volk der Hebräer. Er dachte, es könnte sich vielleicht mit seinen Feinden verbünden und gegen die Ägypter kämpfen.
Er setzte Aufseher über die Hebräer und zwang sie, Städte zu bauen.
Aber je mehr er das Volk unterdrückte, desto zahlreicher wurde es.
Da bekam der Pharao noch mehr Angst. Er zwang die Hebräer zu noch schwererer Sklavenarbeit. Unter erbärmlichen Bedingungen mussten sie zum Beispiel Ziegel herstellen.
Als das Volk trotz der harten Arbeit weiter wuchs, befahl der Pharao den hebräischen Hebammen, neugeborene Jungen zu töten. Doch die Hebammen glaubten an Gott und täuschten den Pharao. Da gab der Pharao seinen Soldaten den grausamen Befehl: „Alle Söhne, die den Hebräern geboren werden, werft in den Nil."

123

„Moses Geburt und seine Rettung" 2. Mose 2, 1-10

In einer hebräischen Familie wurde ein Junge geboren, den die Mutter drei Monate lang versteckte. Als sie ihn nicht länger vor den anderen verbergen konnte, machte sie ein Körbchen aus Schilf und verklebte es mit Harz und Pech. Sie legte das Kind hinein und setzte es am Ufer des Nils aus.
Miriam, die Schwester des Jungen, blieb in der Nähe und beobachtete, was mit dem Kind geschehen würde. Zur gleichen Zeit ging die Tochter des Pharao am Nil baden und sah das Körbchen im Fluss treiben. Sie schickte eine Dienerin, um es zu holen.
Als die Prinzessin das Körbchen öffnete und sah, wie der Junge weinte, bekam sie Mitleid und sagte: „Es ist eins der hebräischen Kinder."
Da kam Miriam aus ihrem Versteck hervor und fragte die Tochter des Pharao: „Soll ich eine der hebräischen Frauen holen, die das Kind stillen kann?"
Die Tochter des Pharao sprach zu ihr: „Tu das."
Und Miriam ging hin und holte ihre Mutter.
Die Tochter des Pharao gab der Mutter den Auftrag, für das Kind zu sorgen, und versprach ihr einen guten Lohn dafür. So wurde das Kind von seiner eigenen Mutter versorgt.
Als der Junge größer wurde, brachte sie ihn zur Tochter des Pharao. Die nahm ihn als ihren Sohn an und nannte ihn Mose, denn sie sagte sich: „Ich habe ihn aus dem Wasser gezogen."

124

„Mose flieht nach Midian" 2. Mose 2, 11-25

Als Mose ein erwachsener Mann war, besuchte er die Baustellen, wo die hebräischen Sklaven arbeiten mussten. Er erkannte, dass er eigentlich zu diesem Volk gehörte.
Einmal erlebte er, wie ein Aufseher einen hebräischen Sklaven auspeitschte. Mose schaute sich nach allen Seiten um. Als er sich unbeobachtet fühlte, erschlug er den ägyptischen Aufseher und verscharrte ihn im Sand.
Am nächsten Tag, als er wieder auf die Baustelle kam, wollte Mose einen Streit zwischen zwei Hebräern schlichten. Einer aber sagte: „Wer hat dich zum Richter über uns gesetzt? Willst du mich auch erschlagen, so wie du es gestern mit dem Ägypter gemacht hast?"
Da bekam Mose große Angst und fragte sich, woher der Mann das wusste.
Auch der Pharao erfuhr von dem Verbrechen und wollte Mose zur Strafe töten. Aber Mose konnte vor dem Pharao in das Land Midian fliehen. Dort ruhte er sich an einem Brunnen aus.
Im Land Midian lebte ein Priester mit Namen Jitro, der hatte sieben Töchter. Die kamen zum Brunnen und wollten ihre Schafe tränken. Doch fremde Hirten stießen sie einfach weg. Mose stand auf und kam den Frauen zu Hilfe. Dann tränkte er gemeinsam mit ihnen die Schafe.
Als die Frauen ihrem Vater von der Begegnung erzählten, schickte er sie zurück, um Mose einzuladen. Mose blieb bei Jitro und heiratete seine Tochter Zippora. Die beiden bekamen zwei Söhne, Gerschom und Elieser.
Es vergingen viele Jahre, und der Pharao in Ägypten starb. Aber die Hebräer seufzten noch immer über ihre harte Arbeit und schrien zu Gott. Und Gott erhörte ihre Gebete und dachte an den Bund, den er mit Abraham, Isaak und Jakob geschlossen hatte. Er nahm sich ihrer großen Not an.

125

„Mose wird von Gott berufen" 2. Mose 3 und 4

Mose versorgte die Schafe seines Schwiegervaters Jitro. Dabei kam er einmal weit hinaus über die Steppe bis an den Gottesberg Horeb. Dort begegnete ihm Gott in einem brennenden Dornbusch. Mose sah, dass der Busch brannte, aber doch nicht vom Feuer verzehrt wurde.

Er sagte sich: „Ich will hingehen und mir diese außergewöhnliche Erscheinung genauer anschauen."

Da rief Gott Mose aus dem Dornbusch mit seinem Namen: „Mose, Mose!"

Er antwortete: „Hier bin ich."

Und Gott sprach: „Komm nicht näher. Ziehe deine Schuhe von deinen Füßen, denn der Boden auf dem du stehst, ist heiliges Land."

Gott redete weiter: „Ich bin der Gott deiner Väter, der Gott Abrahams, Isaaks und Jakobs. Ich habe das Elend meines Volkes gesehen, und ich werde es aus der Hand der Ägypter befreien. Ich werde es in ein Land führen, wo Milch und Honig fließen. So geh nun hin zum Pharao und verlange Freiheit für mein Volk."

Mose war erschrocken. Er konnte sich solch eine Aufgabe nicht vorstellen. Nun brachte er verschiedene Einwände vor.

Schließlich fragte er Gott, wer er sei. Und Gott antwortete ihm: „Ich bin der Immerda! Das ist mein Name – ein Name und zugleich ein Versprechen. Ich werde immer für euch da sein."

Mose hatte noch viele Ausreden, warum er Gottes Auftrag nicht annehmen könnte. Doch Gott überzeugte ihn schließlich mit vielen Zeichen und Wundern. Zum Schluss versprach Gott, Mose seinen Bruder Aaron zur Seite zu stellen. Er sollte mit zum Pharao gehen.

Also machte sich Mose mit seiner Familie auf den Weg und zog nach Ägypten.

126

„Mose und Aaron vor dem Pharao/Die Plagen" 2. Mose 5-11

Als Mose Ägypten erreichte, kam ihm schon sein Bruder Aaron entgegen, um ihm zu helfen. Beide traten vor das Volk.
„Gott will euch aus der Sklaverei befreien", sagte Mose.
Die Israeliten dankten Gott, dass er ihr Elend gesehen hatte und ihnen helfen wollte.
Mose trat gemeinsam mit Aaron vor den Pharao. Sie sagten: „Lass unser Volk in die Wüste ziehen! Unser Gott will es so."
Doch der Pharao lachte über ihren Gott und diesen Auftrag.
Als Zeichen, dass Gott ihn sendet, ließ Aaron seinen Stab auf den Boden fallen. Er verwandelte sich in eine Schlange.
Da ließ der Pharao seine Weisen und Zauberer rufen, und sie verwandelten ebenfalls einen Stab in eine Schlange. Aber Aarons Schlange verschlang ihre Schlangen. Doch der Pharao ließ sich davon nicht beeindrucken und hörte nicht auf das, was Gott ihm durch Mose und Aaron sagen wollte.
Im Gegenteil, er ordnete an, dass die Israeliten noch mehr arbeiten sollten. Sie mussten nun auch noch das Stroh für die Ziegelherstellung selbst sammeln und dennoch die gleiche Menge Ziegel abliefern.
So schickte Gott schreckliche Plagen über das Land, um den Pharao umzustimmen. Das Wasser des Nils verwandelte sich in rotes Blut. Frösche und Stechmücken plagten die Bewohner Ägyptens. Krankheiten, Hagelkatastrophen, eine Heuschreckenplage und eine dreitägige Finsternis folgten, doch der Pharao blieb hart und beharrte auf seiner Meinung.
Die zehnte Plage war die schlimmste: Alle erstgeborenen Söhne sollten in der folgenden Nacht sterben – angefangen vom Sohn des Pharao bis hin zum einfachen Volk. Das kündigte Mose dem Pharao an, doch der zeigte sich unbeeindruckt.

127

„Das Passafest" 2. Mose 12

In dieser Nacht gab Mose den Israeliten den Befehl, alles für das Passafest vorzubereiten. Ein Lamm sollte geschlachtet und das Blut an die Türpfosten gestrichen werden. Denn der Engel des Herrn sollte in dieser Nacht von Haus zu Haus gehen, um die Erstgeborenen zu töten. Doch wo der Türbalken mit Blut bestrichen war, sollte er vorübergehen. In diesen Häusern würde niemand sterben.
Die Israeliten bereiteten alles vor. Sie trieben die Tiere zusammen, packten Kleider, Vorräte und alle Habseligkeiten, die sie für ihre weite Reise brauchen würden. Sie aßen miteinander das Lamm, das sie geschlachtet hatten, wie Gott ihnen befohlen hatte, dazu ungesäuertes Brot und bittere Kräuter.
In dieser Nacht starb auch der erstgeborene Sohn des Pharao. Das brachte den Pharao endlich zur Besinnung, und er änderte seine Meinung. Er ließ Mose und Aaron kommen und befahl ihnen, sofort mit ihrem Volk das Land zu verlassen. Mose kehrte zurück und gab das Zeichen zum Aufbruch.
Es ging alles ganz schnell: Ein langer Zug des Volkes verließ eilig Ägypten, das Land der Sklaverei und der unzähligen Leiden.

128

„Die Rettung am Schilfmeer" 2. Mose 14

Als die Israeliten weggezogen waren, ärgerte es den Pharao, dass er diesen Befehl gegeben hatte.
„Wer soll nun die Arbeit machen?", dachte er. Und er befahl, dass seine Soldaten auf ihren schnellen Pferdewagen dem Volk Israel nachjagen sollten.
Währenddessen lagerten die Israeliten am Ufer eines Meeresarmes und hörten aus der Ferne das Donnern der Hufe. Sie sahen die Kriegswagen des Pharao und bekamen schreckliche Angst. Mose musste sich Vorwürfe gefallen lassen:
„Jetzt müssen wir hier in der Wüste sterben! Warum hast du das getan? Da wäre es besser gewesen, in Ägypten zu bleiben!"
Doch Mose beruhigte das Volk, indem er ihnen Gottes Versprechen verkündete: „Der Herr wird für euch kämpfen und ihr werdet still dabei zuschauen."
Eine Wolkensäule verhinderte, dass die Wagen des Pharao näher kommen konnten. Mose streckte seinen Stab über dem Wasser aus. Da ließ Gott einen starken Ostwind wehen, der das Meer trocknete, und das Wasser teilte sich.
Noch bevor der Morgen anbrach, konnten die Israeliten trockenen Fußes durch das Meer ans andere Ufer gehen. Da stürmten die ägyptischen Streitwagen hinterher und verfolgten sie. Mose streckte seinen Stab nochmals aus, und das Wasser flutete zurück. Die Wagen der Ägypter blieben stecken und wurden von einer Flutwelle weggerissen.
Die Israeliten lobten Gott für diese Wundertat, tanzten und sangen ein Lied, allen voran Miriam, die Schwester Moses. Sie nahm ihr Tamburin und sang: „Singt unserem Gott. Mächtig ist er. Ross und Reiter warf er ins Meer."

129

„Manna und Wachteln in der Wüste“ 2. Mose 16

Mose führte das ganze Volk durch die Wüste. Er wollte mit ihnen zum Gottesberg im Gebirge Sinai. Aber der Weg durch die Wüste war weit. Die Menschen wurden ungeduldig und beschwerten sich.
„Wann kommen wir endlich in das Land, wo Milch und Honig fließen?“, fragten sie.
„Bestimmt werden wir in dieser Gegend umkommen“, sagten andere.
Sie jammerten, weil sie nichts zu essen hatten, und sehnten sich nach Ägypten zurück, wo wenigstens der Tisch immer gedeckt war.
Aber Mose versicherte ihnen: „Gott wird uns hier in der Wüste nicht sterben lassen. Er wird für uns sorgen.“
Als die Israeliten abends ihr Lager aufbauten, kam ein Vogelschwarm angeflogen und setzte sich gleich in der Nähe nieder. Die Menschen mussten nur ihre Hände ausstrecken, um die Vögel zu fangen und hatten so genug zu essen.
Und dann lag jeden Morgen Tau auf dem Boden. Als die Sonne aufging, verdunstete der Tau und zurück blieben weißliche Körner. Die Israeliten hoben die Körner auf und probierten sie.
„Sie schmecken süß wie Honig“, stellten sie fest.
Mose antwortete ihnen: „Das ist das Brot, das Gott euch gibt, damit ihr nicht verhungern müsst. Sammelt nur so viel auf, wie ihr für einen Tag braucht!“
Aber einige hörten nicht auf Mose und legten sich Vorräte an. Doch die Körner schmolzen in der Hitze und am nächsten Tag waren sie verfault und voller Würmer. Das Volk nannte dieses Brot „Manna“.
Mit Wasser versorgte Gott sein Volk, indem er Mose mit seinen Stab an einen Felsen schlagen ließ. Sogleich sprudelte es hervor, und es reichte für alle.

130

„Kampf gegen die Amalekiter" 2. Mose 17, 8-16

Nun hatte das Volk genügend zu essen und zu trinken, doch es drohte eine andere Gefahr: Kämpfer aus dem Volk der Amalekiter stellten sich ihnen in den Weg und wollten sie vertreiben.
Mose ließ Josua und alle kampffähigen Männer zusammenrufen. Sie sollten das Volk verteidigen.
Mose aber stieg mit zwei Begleitern auf einen Felsen, streckte seine Arme aus und betete zu Gott.
Solange Mose die Hände in die Höhe hob, waren die Israeliten stärker als ihre Feinde. Ließ er aber die Arme sinken, so bekamen die Amalekiter die Oberhand. Die Schlacht dauerte lange und Moses Arme wurden müde. Da halfen ihm die zwei Begleiter und stützten ihn. Als die Sonne unterging, hatten die Israeliten mit Gottes Hilfe den Kampf gewonnen.

Danach erzählt die Bibel davon, wie das Volk Israel am Gottesberg die Gebote bekommt und nach einer langen Wüstenwanderung endlich das neue Land erreicht. Viele Kämpfe und Eroberungen gehen voraus, bis sie wirklich in diesem Land Kanaan sesshaft werden können. Alles das kannst du in deiner Bibel nachlesen, und zwar im 2. Buch Mose und im Buch Josua.

ÜBRIGENS: *Deine Meinung zu meinen Geschichten ist mir wichtig. Wie haben sie dir gefallen? Hast du noch andere Ideen? Du kannst mir gerne schreiben. Wenn du deinem Brief noch einen Umschlag mit deiner Adresse und einer Briefmarke beilegst, wäre das prima, und du kannst sicher sein, dass ich dir antworten werde.*

Meine Adresse: Volker Linhard
Am Kindergarten 4
91238 Offenhausen

Du kannst mir auch gern eine E-Mail senden an:
v.linhard@web.de

Und noch mehr spannende Geschichten:

Bettina Poock

Sascha –
Ein fast perfekter Deal

208 Seiten, Taschenbuch
ISBN 978-3-7655-4153-7

Das Mädchen Sascha ist sauer. Ihre Mutter hat sie in einem Internat angemeldet, weit weg von ihrer Heimatstadt Berlin. Und bald stellt sich heraus, dass in dieser Schule etwas nicht stimmt. Was will der unbekannte Mann, der mit einem Fernglas die Schülerinnen beobachtet? Gemeinsam mit ihrem Kumpel Paul macht sie sich daran, das Rätsel zu lösen ...

Sascha –
Ein unglaublicher Verdacht

256 Seiten, Taschenbuch
ISBN 978-3-7655-4174-2

Ein Dieb treibt im Internat sein Unwesen – und versucht, den Verdacht auf Sascha zu lenken. Die Dreizehnjährige ist empört. Wie soll sie ihre Unschuld beweisen? Zum Glück hat sie ihren besten Kumpel Paul. Zusammen versuchen sie, den Täter in eine Falle zu locken. Doch dabei kommen sie einem anderen gefährlichen Geheimnis auf die Spur ...

Volker Linhard

Der Schrei aus der Zisterne

Eine interaktive Reise in die Vergangenheit

BRUNNEN
Verlag Giessen · Basel

***Volker Linhard**, geboren 1963 in Fürth, Bayern, studierte Religionspädagogik und Kirchliche Bildungsarbeit in München.*
Heute lebt er mit seiner Familie in Offenhausen bei Nürnberg und arbeitet als Religionspädagoge an verschiedenen Schulen.
Mit großer Begeisterung erzählt er Schülerinnen und Schülern aller Altersstufen biblische Geschichten.
Die eigentliche Idee zu diesen interaktiven Romanen verdankt er jedoch seiner Ehefrau Andrea, die seine Arbeit mit viel Geduld begleitet hat.
Seine beiden größeren Kinder Anna-Maria und Jakob haben auch dieses Manuskript von Anfang an miterlebt und viele Anregungen beigesteuert.
Und beim Herumtoben mit seinem kleinen Hannes ließ sich der Autor immer wieder zu neuen Ideen inspirieren.

FSC
www.fsc.org
MIX
Papier aus verantwortungsvollen Quellen
FSC® C006701

1. Sammelband 2014
5. Auflage 2014 – In der Grabkammer des Pharao
3. Auflage 2014 – Der Schrei aus der Zisterne

Umschlagmotiv: Ute Scharrer, Hersbruck
Umschlaggestaltung: Ralf Simon
Illustrationen: Ute Scharrer, Hersbruck
Satz: DTP Brunnen
Herstellung: CPI – Ebner & Spiegel, Ulm
ISBN 3-7655-4244-2

VORSICHT!

Bist du dir sicher, dass du dieses Buch lesen willst?
Gut, du hast dich also dazu entschlossen. Aber einiges solltest du vorher noch wissen:
In dem Buch „Der Schrei aus der Zisterne“ liest du nicht nur von Abenteuern, die andere erlebt haben. Hier bist du die Hauptperson.
Warum? Weil du von Anfang an entscheidest, wie es weitergeht.
Immer wieder musst du überlegen, welchen Weg du wählen willst.
Es gibt viele spannende und bedrohliche Situationen, die du meistern musst.
Deine Abenteuer beginnen in einem Berliner Museum. Dort überfallen Gangster eure Abteilung. Jetzt musst du blitzschnell entscheiden: „Krieche ich in das Nomadenzelt, oder verstecke ich mich in dem offenen Sarkophag?“
Ein anderes Mal kenterst du mit einem kleinen Kahn mitten im Meer und siehst ein rettendes Seil. Willst du es ergreifen oder dich weiter an deinem Boot festklammern?
Oder du verfolgst einen Verbrecher durch die nächtlichen Gassen der Stadt Theben und fragst dich: „Ist er nun im Haus des Töpfers oder des Goldschmiedes verschwunden?“
Wie es dann weitergeht, hängt von deinen Entscheidungen ab.
Nicht immer geht alles glatt! Aber zum Glück hast du jedes Mal die Möglichkeit, wieder neu anzufangen.
Auf diesen Wegen durch das Buch begegnest du einem jungen Mann, den seine Brüder als Sklaven verkaufen, und erlebst mit ihm viele Abenteuer in Ägypten.
Jeder Weg, den du gehst, ist wie ein kleiner Puzzlestein. Und je mehr du liest, desto größer und klarer erkennst du das ganze Bild.
Die Geschichte von Josef, seinem Vater Jakob und seinen Brüdern steht in der Bibel. Manche Ereignisse, Personen und viele Einzelheiten habe ich allerdings erfunden und so erzählt, wie es vielleicht gewesen sein könnte.
Wenn du es ganz genau wissen willst, kannst du den gekürzten Bibeltext am Ende des Buches (118-125) oder in der Bibel im 1. Buch Mose nachlesen. Dort erfährst du, wie Josef durch Gottes Führung seinen Weg ging und am Ende seine Familie rettete.

Aber jetzt will ich dich nicht länger aufhalten.
Viel Spaß beim Lesen und Entscheiden in meinem Buch „Der Schrei aus der Zisterne"!

Volker Linhard

DIE HAUPTPERSONEN

Am wichtigsten bist natürlich du, denn ohne dich und deine Entscheidungen läuft gar nichts.

(Hier kannst du dein Foto einkleben)

Mit diesen Leuten wirst du häufiger zu tun haben:

Ich heiße Josef und lebte mit meinen elf Brüdern als Nomade im Land Kanaan. Ich bin der Zweitjüngste. Du kannst dir vorstellen, dass das nicht immer leicht war. Natürlich habe ich auch einiges falsch gemacht. Der Hass und die Rache meiner Brüder führten dazu, dass ich in einer tiefen dunklen Zisterne landete.

Was eine Zisterne ist, fragst du dich. Wir Nomaden sammeln in diesen großen Gesteinshöhlen das Regenwasser.

Ich wurde in Ägypten als Sklave verkauft. Dort ging es auf und ab in meinem Leben. Immer wieder spielten Träume eine wichtige Rolle. Und am Ende erfüllten sich die Träume meiner Jugend auf sonderbare Weise.

So habe ich ganz Ägypten und meine Sippe am Leben erhalten. Oder besser: Gott hat uns durch meinen Weg geholfen.

Ich bin Ruben, der älteste von Jakobs zwölf Söhnen. Darum trage ich Verantwortung für alle meine Brüder. Josef zu verkaufen war nicht in Ordnung. Ein Denkzettel hätte ihm genügt. Aber es ließ sich nicht mehr ändern.
Viele Jahre später herrschte eine schreckliche Hungersnot bei uns in Kanaan. Wir machten uns mit einer kleinen Eselskarawane auf den Weg in das fremde Ägypten. Dort begegnete uns der mächtige Zafenat-Paneach und stellte uns auf eine schwere Probe …

Ich bin Juda und ich habe Josef gehasst wie kein anderer. Ihn zu verkaufen war meine Idee … und die Sache mit dem blutigen Gewand auch. Erst viel später habe ich es bereut, aber ich konnte ja nichts mehr gutmachen. Dann trug ich Verantwortung für den kleinen Benjamin. Und ich war bereit, mit meinem Leben dafür zu bezahlen…

Ich heiße Benjamin und bin der jüngste der zwölf Brüder. Josef und mich mochte Vater Jakob am liebsten, weil wir die Söhne von Rahel waren. Auch ich habe manchmal damit angegeben, aber Josef war älter als ich und hat es manchmal ganz schön übertrieben.
Als wir dann nach Ägypten zogen

und die Soldaten den silbernen Kelch des Zafenat-Paneach in meinem Kornsack fanden, hatte ich wirklich Todesangst.
Ich kann nur staunen, wie Gott meine Brüder verändert hat. Aber auch Josef und ich haben viel dadurch gelernt.

Ich heiße Pithom und wurde aus Phönizien nach Ägypten verschleppt. Dort hat mich der reiche Potifar als Sklavin gekauft. Aber ich konnte fliehen und habe dabei viele Abenteuer erlebt. Gut kann ich mich noch erinnern, wie wir den Mann verfolgten, der den Streitwagen des Pharao heimlich beschädigt hatte.
Später habe ich dann im Haus des mächtigen Zafenat-Paneach in der Küche gearbeitet, der ja eigentlich gar kein Ägypter war ...

Und hier noch eine ganz wichtige Information, die du für deine Abenteuerreise brauchst:

OASE

Auf der nächsten Doppelseite findest du das Bild von einer Oase, mit einem Brunnen, vielen verschiedenen Pflanzen und anderen „rätselhaften Dingen".
Immer wieder einmal musst du eine Aufgabe lösen und brauchst dazu das Oasen-Bild.
Wie du siehst, haben die verschiedenen Bäume und Pflanzen jeweils eine Nummer. An manchen Stellen helfen sie dir, damit du deine Reise fortsetzen kannst. Du musst an den entsprechenden Stellen Bild und Zahl nur richtig zuordnen.

6
9
7
4
5
61
0

8
2
3
16
1

1

Während du schläfrig deine Nase an das Busfenster drückst, rasen Häuser, Zäune und Straßenschilder an dir vorüber. Du bist mit deiner Schulklasse unterwegs auf der Landstraße und freust dich über die fünf Tage, die ihr in Berlin verbringt.

Doch plötzlich verdunkelt sich der Himmel. Feiner hellbrauner Sand weht an die große Fensterscheibe und wird immer dichter. Die Sicht wird so schlecht, dass der Busfahrer bremsen muss. Alle sind aufgestanden und schauen hinaus. Du drängelst dich nach vorne und bekommst mit, wie der Busfahrer verzweifelt über Funk Kontakt zur Zentrale aufnehmen will.

„Das gibt es doch einfach nicht!", denkst du kopfschüttelnd und blickst hinaus. Deine Lehrerin versucht vergeblich, mit dem Handy jemand zu erreichen. Nichts passiert.

Nach einer Stunde legt sich der Sturm. Draußen brennt die Sonne unbarmherzig. Überall ist nun Wüste. Vor euch taucht eine Herde Kamelreiter am Horizont auf. Schüsse knallen in der Luft …

„He! Wach auf!", ruft eine Mitschülerin und wedelt mit einer Nadel herum. Gerade hat sie einen Luftballon platzen lassen. Müde rappelst du dich auf und schaust dich um.

„Ach so, es war ja alles nur ein Traum."

Etwas außerhalb von Berlin liegt eure Jugendherberge. In den fünf Tagen habt ihr euch einiges vorgenommen. Ihr fahrt zum Brandenburger Tor und besucht den Bundestag.

Heute seid ihr unterwegs zu einem großen Museum. Das interessiert dich besonders, denn Geschichte ist dein Lieblingsfach.

Von der S-Bahn-Station ist es nicht weit bis zum Eingang. Im ersten Stock des Museums teilt sich die Klasse auf. Es gibt eine Abteilung „Ägypten" und „Alter Orient". Du betrachtest die Plakate und überlegst, wo du hingehen willst.

→ *Interessiert dich die Abteilung „Ägypten"? Dann lies weiter bei* 2

→ *Oder willst du in die Abteilung „Alter Orient" gehen? Dann lies weiter bei* 3

Berlin bei Nacht

2

Es gibt so viel zu sehen! Gerade läufst du an einem echten Nomadenzelt vorbei. Große gewebte Decken aus Ziegenhaar sind so miteinander vernäht, dass sie ein weites Dach bilden.

Als du dich bückst und hineinblickst, bemerkst du im dämmrigen Innern eine ganz eigene Welt: An den Zeltstangen hängen Trinkgefäße aus Leder und getrocknete Feigen.

Ein paar Schritte weiter beginnt die Ausstellung „Altes Ägypten".

Zwei deiner Mitschüler sehen sich einen vergoldeten Sarkophag an, der hinter einer Absperrung steht und dessen Tür weit geöffnet ist. Er ist ziemlich klein, nicht viel höher als du.

Plötzlich hörst du einen ohrenbetäubenden Knall. Dann stürmen maskierte Männer in den Raum.

„Keiner bewegt sich!", schreit einer und fuchtelt mit der Pistole herum.

„Los! Alle hinlegen!", herrscht euch ein anderer an.

Wie alle anderen liegst du auf dem Boden, mit dem Gesicht nach unten. Da hörst du einen der Verbrecher, offenbar ist es ihr Anführer.

„Los, schnell da rüber! Dort im Sicherungskasten ist der Alarm."

Langsam drehst du deinen Kopf zur Seite und beobachtest, wie sich neben dem Nomadenzelt einer der Gangster am Sicherungskasten zu schaffen macht.

„Und du holst die Sachen aus dieser Glasvitrine!", befiehlt der Anführer.

Dort stehen mehrere vergoldete Kelche.

Alles geht blitzschnell. Doch plötzlich funkt es im Sicherungskasten und die Lichter gehen aus. Im gleichen Moment klingeln Alarmglocken. Dann hörst du die Sirenen von Polizeiautos.

„So ein Mist!", schreit der Anführer.

„Los, wir nehmen die Leute als Geiseln und verschanzen uns dort drüben!" Er deutet auf einen Raum, aus dem etwas Licht in die Halle fällt. Neben dir erkennst du das Nomadenzelt und ein paar Schritte weiter den offenen Sarkophag. Jetzt bleibt dir wenig Zeit zum Überlegen.

→ *Willst du schnell in das Nomadenzelt kriechen?* 4

→ *Du könntest dich auch im Sarkophag verstecken.* 5

3

Durch eine große Tür erreicht ihr die Abteilung „Syrien". In einem weitläufigen Raum sind verschiedene Götterstatuen ausgestellt. Vor einem vergoldeten Stier bleibst du stehen und betrachtest den Kopf genauer. Die Statue ist fast so groß wie ein lebender Stier.

„Toll, wie echt das aussieht", denkst du dir, als du die Augen betrachtest.

Plötzlich bemerkst du ein metallenes Pochen. Überrascht drehst du dich um und lauschst nach allen Seiten. Wieder hörst du das Geräusch.

„Das kommt doch eindeutig aus diesem Standbild heraus!"

Du trittst näher und beugst dich über die Absperrung.

„Kein Zweifel, da klopft jemand von innen."
Ein kalter Schauder läuft dir über den Rücken. Schnell drehst du dich um und blickst nach allen Seiten. Deine Schulklasse ist schon weitergegangen. Nirgends ist ein Museumswärter zu sehen.

→ *Willst du schnell Hilfe holen?* 6

→ *„Ich werde diesem Geräusch selbst nachforschen!", beschließt du.* 7

4

Im Schutz der Dunkelheit robbst du in das Nomadenzelt und versteckst dich in der hintersten Ecke. Das war keine Sekunde zu früh, denn nun geht das Licht wieder an. Du hörst, wie die Gangster die anderen in einen Nebenraum drängen. Auch deine Mitschüler sind dabei.

„Was soll ich jetzt bloß machen?", fragst du dich. „Ich müsste denen doch irgendwie helfen."

Gerade fällt die Tür des Nebenraums ins Schloss. Jetzt ist alles ganz still. Nur das laute Pochen deines Herzens kannst du spüren.

Da stößt du an ein kleines, goldverziertes Kästchen. Überrascht nimmst du die Schatulle in die Hand. Überall ist sie mit funkelnden Juwelen besetzt.

„Die war doch vorhin nicht hier, oder?", versuchst du dich zu erinnern. „So etwas Kostbares hatte ich ja noch nie in der Hand."

Für einige Sekunden vergisst du alles um dich herum. Doch da schreckt dich ein Poltern aus deinen Gedanken. Es kommt aus dem Nebenraum. Plötzlich schreit jemand. Vorsichtig stellst du die Schatulle auf den Teppich zurück.

„Was soll ich jetzt tun?", fragst du dich.

➔ *„Ich muss unbedingt den anderen helfen!", denkst du dir.* 8

➔ *„Ich warte besser, bis die Polizei kommt!", entscheidest du.* 9

5

In dem Durcheinander bemerkt niemand, wie du zu dem Sarkophag schleichst. Leise stellst du dich hinein und schließt den Deckel. Plötzlich schnappt ein Schloss zu. Erschrocken willst du am Deckel rütteln, doch dann reißt du dich zusammen.

„Jetzt darf mich niemand bemerken", geht es dir durch den Kopf.

Die aufgeregten Stimmen der Gangster werden leiser. Offenbar sind sie mit ihren Geiseln in den Nebenraum gegangen. Du hörst, wie eine Tür zugeschlagen wird.

Als es wieder ganz still ist und du dich in Sicherheit fühlst, rüttelst du an dem Schloss. Aber es lässt sich nicht öffnen. Immer kräftiger drückst du an den Deckel – vergeblich. Panik steigt in dir hoch.
„Jetzt ist mir alles egal!", denkst du. Laut klopfst du an die Innenhülle des Sarkophags. Es dröhnt in deinen Ohren. Dein Herz schlägt wild vor Angst.
„Hilfe! Hilfe!", schreist du. „Hört mich denn niemand?!"
Mit aller Kraft trommelst du gegen die Hülle. Da kommt der Sarkophag ins Wanken und rutscht nach vorne weg. Krachend schlägt er auf dem Marmorboden des Museums auf.
„Aua, mein Kopf!", jammerst du.
Bevor du dich besinnen kannst, spürst du eine kalte Flüssigkeit auf deiner Stirn.
„Was ist jetzt los?", fragst du dich. Mit den Händen tastest du die Innenseite des Sarkophags ab und fühlst eine kleine Öffnung. „Irgendwie muss sich durch die Erschütterung ein Gefäß geöffnet haben", geht dir durch den Kopf. Währenddessen tropft die Flüssigkeit weiter auf deine Stirn und rinnt über dein Gesicht. Du versuchst, den Kopf wegzudrehen, aber es ist zu eng.

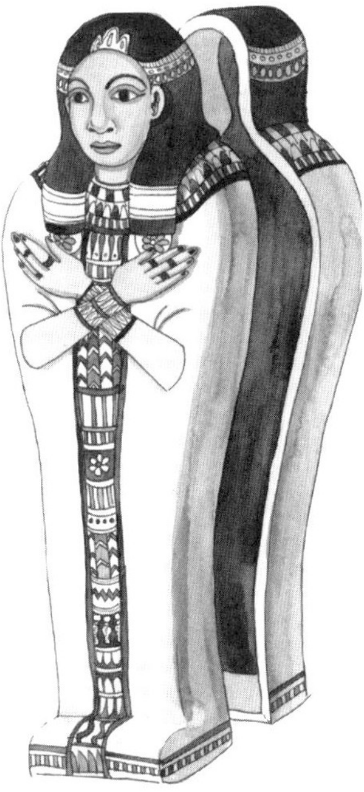

➔ *Willst du versuchen, dich mitsamt dem Sarkophag umzudrehen?* 10

➔ *Oder willst du das Loch mit einem Taschentuch zustopfen?* 11

6

Du willst losrennen, um Hilfe zu holen, da bemerkst du, wie aus dem Bauch des Stieres Flüssigkeit ausläuft. Schon breitet sich eine große Lache aus. Neugierig bückst du dich hinunter. Es riecht widerlich. Die Brühe ergießt sich um deine Schuhe herum. Als du weglaufen willst, sind sie festgeklebt.

„So ein Mist!“, denkst du dir und blickst dich Hilfe suchend um. „Gerade jetzt ist niemand in der Nähe.“

Schnell löst du deine Schnürsenkel.

„Hilfe! Hilfe!“

Dein Schreien verhallt in dem großen Raum. Da springt ein kleiner Funke von den Hörnern des Standbildes in die Flüssigkeit. Im Nu quillt dunkler Rauch auf und verbreitet sich blitzartig. Mit den Händen schützt du die Augen und musst husten.

„Jetzt ist mir alles egal!“

Du steigst aus den Schuhen und rennst nur mit Strümpfen über den qualmenden Boden. Zu deiner Überraschung ist es überhaupt nicht heiß.

„Wenn nur dieser Rauch nicht so dicht wäre!“, denkst du dir. Plötzlich wird der Boden immer weicher. Du sinkst ein, in den feinen Sand einer Düne.

„Hilfe!“, schreist du nochmals.

Jetzt steckst du schon bis zur Hüfte in dem hellbraunen Sand. Es ist kein Boden unter deinen Füßen, immer weiter sinkst du in die Tiefe. Dann fällst du in Ohnmacht.

Als du wieder aufwachst, hörst du Glöckchen klingen. Unter dir spürst du noch immer feinen Wüstensand.

Du bemerkst, dass ganz in deiner Nähe Zelte aufgebaut sind. Und nun erkennst du Kinder, die zwischen vertrockneten Büschen spielen.

„Was soll das Ganze?“, fragst du dich und stehst auf.

→ *Du möchtest wissen, wo es weitergeht? Auf der nächsten Seite musst du die richtigen Wortpaare bilden. Multipliziere die Zahlen miteinander. Zähle die vier Ergebnisse zusammen. Alles klar?*

Museums (3)	*-sand (4)*	____ X ____ =	________
Götter (3)	*-bild (3)*	____ X ____ =	________
Wüsten (3)	*-wärter (3)*	____ X ____ =	________
Stand (4)	*-statue (2)*	____ X ____ =	________

➔ *Lies weiter bei:* ________

7

Vorsichtig steigst du über die Absperrung und folgst dem Geräusch. Am Bauch des Stieres entdeckst du einen kleinen Riss. Du bückst dich. Zitternd folgen deine Finger dem kleinen Spalt. Plötzlich spürst du ein Beben in der Statue. Es dröhnt immer lauter. Noch bevor du zurückweichen kannst, bricht das ganze Standbild in zwei Teile auseinander. Der vordere Teil kippt zur Seite. Der hintere kommt genau auf dich zu. Du willst wegrennen, aber deine Füße sind wie angewurzelt. Es kommt dir wie ein Albtraum vor. Der hintere Teil des Stieres kippt auf dich zu. Dein Schrei um Hilfe geht im Krachen des Metalls unter, das am Boden in tausend kleine Stücke zerspringt.
Es dröhnt in deinen Ohren. Du wirst zu Boden geworfen und verlierst das Bewusstsein.
Wie aus einem langen Schlaf wachst du auf, weil Wassertropfen auf dein Gesicht fallen. Unter dir spürst du den kalten, feuchten Steinboden. An den Wänden brennen Fackeln. Langsam richtest du dich auf. Nirgends ist ein Fenster zu entdecken.
„Was ist los? Wo bin ich?", fragst du dich ratlos. Am Boden in einigen Metern Entfernung glitzert ein kleiner Gegenstand. Er sieht aus wie ein silberner Schlüssel. Schon machst du einen Schritt darauf zu, da hörst du Geräusche hinter der Biegung des Ganges.

➔ *Willst du schnell hingehen und den Schlüssel aufheben?* 14

➔ *„Ich werde mich besser dahinten in der Nische verstecken", beschließt du.* 15

8

Leise schleichst du dich an die Tür heran und bleibst unschlüssig stehen. Dann bückst du dich und spähst durch das Schlüsselloch.
Deine Mitschüler und die anderen Museumsbesucher liegen auf dem Boden. Die Gangster stehen alle um das einzige Fenster im Raum herum. Offenbar suchen sie nach einem Fluchtweg.
Du drehst dich um, dein Blick schweift suchend durch den Raum.
„Was könnte mir denn nun eine Hilfe sein?", überlegst du. Gleich neben der Tür steht ein Feuerlöscher. Darüber an der Wand hängt ein Haustelefon.

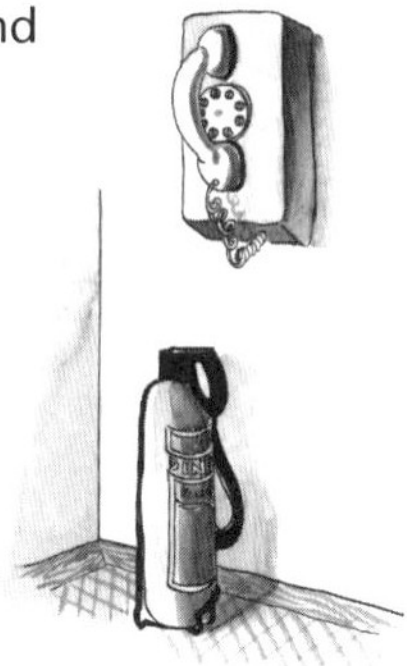

→ *Willst du den Feuerlöscher nehmen?* 16

→ *Du könntest auch mit dem Telefon Hilfe holen.* 17

9

Leise kauerst du auf dem Boden des Zeltes. Immer wieder hörst du Stimmen aus dem Nebenraum, dann den Lautsprecher der Polizei.
„Was mache ich jetzt bloß?", denkst du. „Soll ich hier abhauen oder weiter warten?"
Gerade willst du dich aufrichten, da fällt dir ein ungewöhnliches Muster in dem handgewebten Teppich auf.
„Sind das lauter Kreise?", überlegst du. Dein Blick wandert den Linien entlang.
„Nein, es ist eine Spirale", stellst du fest.
Immer weiter verfolgst du die Windungen. Es scheint, als drehe sich die Spirale plötzlich. Du reibst dir die Augen, denn das Hinschauen strengt dich an. Aber du kannst nicht anders. Wie gebannt starrst du auf diese Spirale. Du hast das Gefühl, dass sich auch in dir alles dreht.

„Oh Mann, mir wird ja ganz schlecht."
Alles bewegt sich zur Mitte hin. Es ist, als würde ein wilder Sog dich förmlich einsaugen.
„Hilfe, ich falle in die Tiefe!", hallt es durch das Museum.

➔ *Wie oft kannst du das ägyptische Schriftzeichen für Auge*  *finden?*

Nimm das mal zwei und zähle eins dazu. Dort geht's weiter.

10

Durch dein Hin- und Herschaukeln gerät der Sarkophag wirklich etwas ins Wanken. Aber immer noch tropft dir diese seltsame Flüssigkeit ins Gesicht. Mit aller Kraft bewegst du dich, aber es nützt nichts, du bist festgeklemmt. Plötzlich hört das Tropfen auf. Im gleichen Moment verlierst du das Bewusstsein.

Das Rauschen des Windes weckt dich auf. Als du die Augen öffnest, blendet dich die strahlende Mittagssonne.

„Wo bin ich hier?", fragst du dich. „Wo ist das Museum?"

Benommen reibst du dir die Augen und blickst dich um: Überall Sand, Steine, da und dort vertrocknete Büsche. Fernab siehst du eine Schafherde – eine richtig öde Steppenlandschaft.

Du fasst dir an die Stirn und spürst eine klebrige Flüssigkeit.

„Der verschlossene Sarkophag, die Flüssigkeit …" Jetzt fällt dir alles wieder ein. „Ob das ein unentdecktes Geheimnis des Pharao war?", fragst du dich.

Langsam stehst du auf und suchst die Gegend ab. Nirgends eine Straße mit einem Schild oder Häuser, nirgends ein Hinweis auf Menschen.

„Wo bin ich hier bloß gelandet?"

Einige Stunden irrst du umher. Da begegnet dir ein junger Mann. Er hat ein schönes, braun gebranntes Gesicht, trägt Ledersandalen und ein kostbares Gewand. Aus leuchtenden Augen mustert er dich neugierig.

„Hast du meine Brüder mit ihrer Schafherde gesehen?", fragt er dich. „Zehn Männer … solche Kerle!" Er macht eine ausladende Handbewegung. „Und eine große Schafherde, die kann man doch nicht so leicht übersehen!" Verständnislos schaust du ihn an.

„Ich muss sie unbedingt finden!", redet er weiter.

Immer noch verwirrt betrachtest du den Fremden.

„Ich habe keine Menschenseele gesehen! Aber wer bist du überhaupt? Und wo bin ich?"

„Ich heiße Josef", sagt dein Gegenüber. „Ich komme aus Hebron." Er deutet mit der Hand nach Süden. „Und ich suche meine Brüder. Jakob, unser Vater, schickt mich zu ihnen."

„Josef, Jakob …", langsam dämmert es dir. Um sicherzugehen, fragst du: „Habt ihr hier keine Straßen und Autos?"

Nun sieht Josef dich verständnislos an.
„Wovon redest du?", fragt er.
„Schon gut, mehr will ich gar nicht wissen", antwortest du.
„Ich muss in der Vergangenheit sein", murmelst du vor dich hin.

→ *Willst du mit Josef gehen?* 20

→ *Du könntest auch die nächste Stadt suchen.* 21

11

Aus deiner Hose versuchst du ein Taschentuch herauszukramen. Währenddessen tropft die Flüssigkeit immer weiter, von der Stirn über die Ohren. Plötzlich fühlt sie sich nicht mehr kalt an, sondern angenehm warm. Die Wärme breitet sich von deinem Gesicht über den ganzen Körper aus. Du wirst müde und musst gähnen. Schließlich sinkst du in einen Dämmerzustand und schläfst ein.
Als du aufwachst, hörst du Wasser plätschern und Vögel zwitschern.
Du öffnest die Augen. Verwundert blickst du dich um.
Mitten in einem wunderschönen Garten liegst du, Blumen in herrlichen Farben duften neben dir.
„Träume ich?", fragst du dich und willst dich ins Bein zwicken. Aber da spürst du das Taschentuch in deiner Hand. Jetzt fällt dir alles wieder ein.
„Wo bin ich hier bloß?", überlegst du.
Langsam stehst du auf. Der Garten ist von einer hohen Steinmauer umgeben. Ein kleines offenes Tor führt nach draußen.
Auf der anderen Seite schneidet ein junger Mann Rosen ab. Er hat dich scheinbar noch gar nicht bemerkt.

→ *„Soll ich zum Tor hinausgehen und den Garten verlassen?", fragst du dich.* 22

→ *„Ich könnte auch diesen jungen Mann ansprechen", überlegst du.* 23

12

Einige Wochen später flüstert dir Pithom zu: „Ich habe erfahren, dass einer der Soldaten heute Nacht die Tür zur Straße offen lässt. Der erwartet irgendeinen Besuch …"

Dein Herz schlägt schneller.

„Wenn wir den Sklavenbereich unbemerkt verlassen können, haben wir es fast geschafft!", entgegnest du.

„Also gut, heute Nacht probieren wir es, abgemacht!", sagt Pithom.

Als der Vollmond hoch am Sternenhimmel steht, schleicht ihr aus euren Zimmern. Die Wachsoldaten sind eingeschlafen. Deine Hände zittern, als ihr die schwere Holztür langsam öffnet.

Im Garten ist alles ruhig. Wirklich, die Tür ist offen. Ein paar Schritte noch, und ihr seid auf der Straße. Doch da kommen zwei dunkle Gestalten auf euch zu.

„Schnell, auf die andere Straßenseite!", flüsterst du und stupst Pithom in die Seite.

Die beiden Männer gehen durch die Tür in Potifars Garten. Ihr hört, wie das Schloss wieder zugesperrt wird.

„Das war ja wirklich in letzter Sekunde." Pithom atmet erleichert auf.

Ihr flieht in Richtung Süden, immer am Nil entlang. Manchmal nimmt euch ein Fischerboot ein Stück mit.

Eines Tages erreicht ihr eine gewaltige Tempelanlage. Riesige Götterstatuen und Steinsäulen sind in den Fels gehauen. Auf der anderen Seite des Flusses erstreckt sich eine weitläufige Stadt, in deren Mitte ein mächtiger Palast zu erkennen ist.

„Das kann nur Theben sein!", sagt Pithom.

Staunend geht ihr durch die Straßen und beschließt hierzubleiben.

Ihr findet Arbeit bei den königlichen Pferdeställen. Dem Stallmeister habt ihr eure ganze Geschichte erzählt. Er ist ein freundlicher Mann, doch er kann sich wenig um euch kümmern.

Eure Arbeit ist anstrengend, und Essen gibt es auch nicht gerade viel. Aber ihr seid froh, wenigstens ein Dach über dem Kopf zu haben.

Eines Tages brechen zwei wertvolle Pferde eines hohen Beamten des Pharao aus. Ohne zu zögern rennt ihr hinterher und könnt die beiden Tiere zurückbringen. Der Stallmeister ist von eurem Mut beeindruckt. Darum werdet ihr zu dem vornehmen Zafenat-Paneach gebracht, dem die Pferde gehören.

„Vielen Dank für euren tapferen Einsatz!“ Freundlich legt er seine Hände auf eure Schultern. „Wollt ihr meine Gäste zum Essen sein?“

➔ *Lies weiter bei:*

13

Der Beamte des Pharao zieht einen kleinen Beutel mit Münzen heraus und gibt sie dem Händler. Dann wirst du losgebunden. Der Mann nimmt dich mit.
Ihr geht durch viele enge Gassen. Überall drängen sich Menschen an Verkaufsständen. Wie benommen folgst du dem Beamten.
Schließlich wird die Straße immer breiter. Hohe Steinsäulen ragen auf beiden Seiten in die Höhe. Sie sind mit Hieroglyphen und Bildern verziert.
Ihr erreicht einen großen Palast und gelangt durch einen schmalen Seiteneingang zu den Pferdeställen. Die Tür fällt hinter euch ins Schloss. Der Beamte lässt dich stehen und verschwindet kurz hinter einem Vorhang.
Dein Blick wandert umher.
„Alles fing in diesem Museum an … und jetzt bin ich in Ägypten in der Vergangenheit. Das gibt's doch einfach nicht!“
Der Stallmeister begrüßt dich, zeigt dir dein Zimmer und weist dich in deine Arbeiten ein. Von nun an versorgst du die Pferde des Pharao. Das bedeutet: Den Stall ausmisten, die Pferde striegeln und Futter heranschleppen. Tag für Tag die gleiche Arbeit.
Im Laufe der Zeit freundest du dich mit den anderen Sklaven an. Öfter arbeitest du mit Pithom zusammen. Sie ist nett und erklärt dir vieles über Pferde und Ägypten.
Eines Tages, ihr sitzt gerade im Schatten einer Steinmauer, erzählst du Pithom, wo du eigentlich herkommst. Staunend hört sie dir zu. Plötzlich springt sie auf. „Pst! Sieh doch. Der Pharao!“

Durch das Fenster erkennst auch du den mächtigen Herrscher Ägyptens. Er trägt ein weißes Gewand mit glitzernden Edelsteinen. Er steigt auf einen Streitwagen, mehrere Soldaten folgen ihm. Die vergoldeten Räder des Wagens funklen im hellen Sonnenlicht. Pithom rückt näher heran. „Da staunst du, was?", bemerkt sie stolz.
Mit großem Gefolge reitet der Pharao aus dem Innenhof heraus.
Ihr setzt euch wieder in den Schatten.
„Wie ist das eigentlich bei euch?", fragt Phitom neugierig. „Welcher Pharao regiert in deinem Land?"
Du erzählst ihr von der Bundeskanzlerin, von Wahlen und einem Parlament, aber Pithom schüttelt nur ungläubig den Kopf.

Am Abend liegst du noch lange in deinem Bett wach. Plötzlich hörst du draußen Geräusche und läufst hinaus in die sternklare Vollmondnacht. Du folgst den Geräuschen und erreichst die Streitwagen. Jetzt hörst du es ganz deutlich. Es klingt, als würde Metall angesägt.
Du blickst dich um. Nirgends sind Wachen zu sehen.
„Was mache ich jetzt bloß?", fragst du dich.

→ *Vielleicht solltest du den Stallmeister suchen?* 26

→ *Du kannst auch hingehen und selbst nachsehen, was da los ist!* 27

14

Mit drei großen Sprüngen hast du den Gegenstand erreicht. Es ist wirklich ein Schlüssel. Schnell steckst du ihn ein. Die Geräusche kommen immer näher.
„Schritte von mehreren Leuten!", durchfährt es dich. „Und das Klirren von Waffen!"
Du stehst auf und siehst dich um.
„Was soll das Ganze eigentlich? Wo bin ich hier?", fragst du dich.
Als du gerade wegrennen willst, biegen zwei Soldaten um die Ecke. Sofort packt dich einer der beiden am Arm.
„He, sieh doch, ein Gefangener ist ausgebrochen!", ruft er dem anderen zu. Aufgeregt schreit er: „Los! Schau, ob irgendeine der Türen aufgebrochen ist!"
Der Soldat will schon losrennen, doch dann blickt er sich noch einmal unsicher um.
„Das ist ja noch ein Kind! Bist du sicher, dass es ein Gefangener ist?", fragt er.
Der andere Soldat hält noch immer deinen Arm fest und antwortet: „Red kein dummes Zeug. Los! Geh schon!"
Bisher hast du vor lauter Schrecken kein Wort herausgebracht. Du schluckst und sagst zu dem Soldaten: „Was soll das? Ich hab doch gar nichts getan!"

Doch er reagiert überhaupt nicht. Er zerrt dich zu einer Tür, schiebt den Riegel beiseite und stößt dich brutal in das dunkle Verlies hinein. Bevor du etwas sagen kannst, fällt die schwere Tür krachend hinter dir zu.
Langsam gewöhnen sich deine Augen an die Dunkelheit. An den Steinwänden bemerkst du ein paar ausgemergelte Gestalten. Es ist kalt und feucht. Der Boden ist spärlich mit Stroh bedeckt. Durch ein kleines vergittertes Fenster fällt ein schwacher Lichtstrahl in den Raum. In einer Ecke stöhnt ein Mann vor Schmerzen.
Viele Fragen gehen dir durch den Kopf: „Bin ich in einem Gefängnis gelandet? Aber wo gibt es so etwas noch? Bin ich vielleicht in einer anderen Zeit?"
Dein Blick fällt auf die schwere Eisentür.
„Auf jeden Fall handelt es sich um eine Verwechslung", sprichst du dir Mut zu. Gleich neben dir döst ein Gefangener auf dem Boden vor sich hin.

→ *Willst du diesen Gefangenen ansprechen?* 28

→ *Du kannst auch zur Tür gehen und nach der Wache schreien.* 29

15

Schnell versteckst du dich in der kleinen Nische. Zwei Soldaten mit Fackeln marschieren ahnungslos an dir vorüber. Ein paar Schritte weiter öffnen sie eine große Holztür. „Wer von euch ist Josef?“, brüllt einer der Soldaten in den Raum.

Als du aus deiner Nische hinausspähst, entdeckst du im Schein der Fackel hinter der Tür ein dunkles Verlies, in dem abgemagerte Gestalten am Boden kauern. Ein junger Mann steht auf und wankt auf die Wachen zu. Krachend fällt der Riegel wieder ins Schloss, und die beiden Soldaten führen den Mann weg.

„Das muss hier ein Gefängnis sein!“, schießt es dir durch den Kopf. „Wie komme ich hier bloß wieder raus?“

Du siehst den Soldaten nach, dann fällt dein Blick auf die verschlossene Tür.

→ *Du könntest den Soldaten heimlich folgen.* 30

→ *Oder willst du zur Tür dieses Verlieses gehen?* 31

16

Entschlossen greifst du nach dem Feuerlöscher und entsicherst ihn. Du hältst den Schlauch in der Hand und drückst auf einen Hebel. Da sprüht ein wenig weißer Schaum aus der Öffnung.

„O.k., das Gerät funktioniert“, denkst du.

Wieder schaust du durch das Schlüsselloch. Zwei der Gangster haben die Gardinen zerrissen und knoten sie zu einem Strick zusammen. Sie öffnen das Fenster, werfen ihn hinaus und binden das andere Ende am Heizkörper fest.

Anscheinend hat die Polizei dieses Fenster noch gar nicht bemerkt. Gerade als sich der dritte Gangster abseilen will, stürmst du ins Zimmer. Ein voller Strahl aus dem Feuerlöscher trifft ihn, er verliert das Gleichgewicht und er kippt nach hinten auf den Teppich. Die Pisto-

le fliegt davon, während sich der Gangster benommen den Schaum aus den Augen wischt.
Blitzschnell schnappt einer der Museumsbesucher den Revolver und rennt zum Fenster. Drei Mal schießt er in die Luft.
Die beiden Komplizen haben bemerkt, dass etwas schiefgegangen ist und rennen davon. Doch sie laufen geradewegs in die Arme der Polizisten, die durch die Schüsse aufmerksam geworden sind.
Mittlerweile hast du mit deinen Klassenkameraden den dritten Verbrecher überwältigt und mit den Gardinen gefesselt.
Die bewaffnete Polizei stürmt in den Raum.
„Keine Sorge, alle Gangster sind überwältigt", sagt ein älterer Herr.
Die Polizisten sehen sich überrascht um, nehmen den gefesselten Banditen mit und bitten euch, nach draußen zu kommen. Dort sollt ihr eure Aussagen zu Protokoll geben.

→ *„Natürlich", sagst du und gehst mit.* 32

→ *„Einen Moment", antwortest du, „ich muss mir erst noch etwas in dem Nomadenzelt genauer anschauen."* 33

17

Sofort rennst du zu dem Telefon, doch du stolperst über den Teppich vor dem Nomadenzelt. Vorsichtig richtest du dich auf und lauschst zur Tür hin.
„Hat mich jemand gehört?", überlegst du.
Neben dem Telefon hängt eine Liste mit Nummern. „Zentrale 214", steht da. Mit zitternden Händen wählst du die Zahlen.
„Hallo! Hallo! Ich bin hier in der Abteilung Altes Ägypten. Da sind Gangster eingedrungen und haben Geiseln genommen. Hören Sie!"
Eine Frauenstimme antwortet: „Ja, ich habe alles gehört. Der Alarm wurde bereits ausgelöst. Die Polizei ist schon da!"
Die Frau versucht dich zu beruhigen. „Bring dich in Sicherheit!", sagt sie. „Geh den Weg zum Eingang zurück."

Gerade als du den Hörer auflegst, öffnet sich die Tür. Mit einem Satz bist du hinter dem Nomadenzelt.
„War da was, Charly?", ruft eine Stimme.
„Ich schau mal nach!"
„Wann kommt denn endlich die Polizei?", fragst du dich.
Der Weg zum Eingang ist jetzt versperrt. Also schleichst du in das Nomadenzelt und wickelst dich leise in einen der bunt gewebten Teppiche.
Der Gangster schaut tatsächlich in das Zelt, geht aber zurück, ohne dich zu bemerken.
„Ich kann nichts finden!", ruft er den anderen zu.
Ganz still kauerst du in dem Teppich. Plötzlich wird dir immer wärmer.
„Was ist denn jetzt los?"
Dir wird richtig heiß. Am liebsten möchtest du raus. Der Schweiß steht dir auf der Stirn. Du versuchst den Teppich zu lockern, aber es geht nicht mehr.
Die Hitze wird unerträglich.
„Jetzt ist mir alles egal, nichts wie raus hier!", ist das Letzte, was du noch denken kannst. Dann fällst du in eine tiefe Bewußtlosigkeit.

➔ *Was wird passieren? Finde alle Wörter aus der Geschichte in dem Buchstabensalat:*

A S D H D Z E H D R U I U G T E P -
P I C H H T N F J D K F J Y U T I R J F U V I T R I N E -
R U E Z E T D F S R W E S D X C S D W E Q W A -
S Y X T L G L H J Z U I T O G L G K
A L A R M H M B J G U T H F N V H F U T E L E -
F O N R Z R T D G C B D G E T S -
R E F D V C H F Z R U T J G N V H H J K Z Z E L T K U -
O H T Ü R J L P T O T O I R O I E U I E -
W U W T D B C G D R E F S V E T R C B C G H D G E T E T
Z D H I T Z E H V N D J D H J E N Z J H M B J G I T J G M V

Wie viele Wörter beginnen mit „T"? Trage die Zahl in das erste Kästchen ein. Wie viele andere Wörter hast du gefunden? Trage diese Zahl in das zweite Kästchen ein.

➔ *Lies weiter bei:*

18

Ihr setzt euch in den Schatten, und Benjamin erklärt dir, dass es ständig Streit zwischen den Söhnen Jakobs gibt.
„Du musst wissen", sagt er, „Dan und Asser sind nur die Söhne von Vaters Nebenfrauen. Aber ich und Josef, wir sind die Söhne der Rahel. Und die liebt Jakob am meisten!"
„Hat Jakob denn mehrere Frauen?", fragst du überrascht.
„Ja, natürlich!", antwortet Benjamin. „Vier Frauen und genau zwölf Söhne! Ich und Josef, wir sind die Jüngsten."
Irgendwie kommt dir die Geschichte bekannt vor.
„Aha, dann war das vorhin Josef?", fragst du neugierig.
„Na klar!", gibt Benjamin zurück.

Plötzlich hört ihr die Schafe aufgeregt blöken. Zwei Kinder kommen angerannt.
„Schnell!", schreit ein kleines Mädchen. „Ein Schakal fällt unsere Schafe an! Wir müssen die Männer holen!"

➔ *„Also gut! Holt schnell Hilfe!", rufst du dem Mädchen zu. „Wir gehen schon mal voraus zu den Schafen."* 36

➔ *„Wir kommen mit und holen die Männer!", entscheidest du.* 37

19

Als du aufwachst, liegst du noch immer in dem Nomadenzelt. Völlig verschlafen drehst du dich um und blinzelst in die leuchtende Morgensonne. Jetzt bist du hellwach und springst auf. Du schaust dich um.
„Was soll das? Wo bin ich jetzt?", fragst du dich.
Draußen vor dem Zelt erstreckt sich eine trockene Steppenlandschaft. Da und dort stehen kahle Bäume. Büsche werden vom Wüstenwind umhergewirbelt.
„Das Museum, die Einbrecher, meine Schulklasse ..." Die Gedanken tanzen wie wild in deinem Kopf herum. Als du dich genauer umblickst, bemerkst du Kinder, die Schafe vor sich her treiben. Frauen tragen große Wasserkrüge auf den Köpfen.
„Ich bin wohl bei den echten Nomaden gelandet", vermutest du.
Im Nachbarzelt hörst du Männerstimmen, und ein Stück weiter spielen ältere Kinder mit Steinchen.

➔ *Willst du zu den Männern gehen?* 38

➔ *Oder möchtest du lieber bei den Kindern sein?* 39

20

Gemeinsam wandert ihr weiter. Josef erzählt dir von seiner Familie und davon, wie neidisch seine Brüder auf ihn sind.

„Die sollen sich bloß nicht so aufregen", sagt er und kickt einen Stein vor sich hin. „Schließlich sind Benjamin und ich die Söhne von Jakobs Lieblingsfrau! Da haben wir einfach mehr Rechte als die anderen!"

In der Ferne entdeckt ihr einen alten Mann auf einem Esel. Josef eilt voraus und fragt nach seinen Brüdern. Du siehst, wie der Alte nach Osten deutet. Josef kommt zurück.

„Sie müssen irgendwo in Richtung Dotan gewandert sein."

Ihr lauft weiter. Das Gelände wird nun steiniger und steiler.

„Das kann doch nicht sein, dass die mit den Schafen hier vorbeigezogen sind. Die bringen ja die Tiere in Gefahr", entsetzt sich Josef. „Wenn ich das unserem Vater erzähle!"

Es wird schon dunkel, da entdeckt ihr in der Ferne eine große Schafherde und ein Lagerfeuer.

„Das sind sie!", ruft Josef und rennt voraus.

Du willst ihm nachlaufen, doch du stolperst und trittst in eine kleine Felsspalte. Dein Fuß hängt fest.

„Aua!", schreist du. „Ich stecke fest!"

Josef dreht sich um, kommt zurück und will dir helfen. Doch es gelingt ihm nicht, dich zu befreien.

„Warte hier", sagt er. „Ich hole meine Brüder. Die helfen dir bestimmt!"

„Was anderes bleibt mir ja nicht übrig."

Josef rennt los und verschwindet hinter einem Felsen. Dann hörst du laute Schreie und grölende Männerstimmen.

„Was ist los? Ich will doch hier raus!", denkst du. Immer noch hörst du das Schreien. „Das ist doch Josefs Stimme!"

Mit aller Kraft versuchst du, deinen Fuß zu befreien. Aber an den scharfen Steinkanten schürfst du dir nur die Haut blutig.

„Ich muss sehen, was da los ist!"

Doch du sitzt fest.

→ *Willst du abwarten und noch einmal versuchen, dich selbst zu befreien?* 40

→ *„Vielleicht sollte ich die Brüder um Hilfe rufen?“, überlegst du.* 41

21

Du läufst also in Richtung Süden nach Hebron, wo Josef herkam.
„Eine Stadt ist das ja nicht gerade“, stellst du fest, als am nächsten Tag eine kleine Siedlung in einem Tal vor dir auftaucht: kleine, windschiefe Häuser aus Lehm und Stroh, überall Ziegen und Schafe. Frauen laufen mit Krügen zu einer Wasserstelle, an der Dattelpalmen wachsen. Eine Weile betrachtest du dir das geschäftige Treiben.
„Und alles begann in dem ägyptischen Sarkophag. Vielleicht kann ich ja irgendwie nach Ägypten kommen?“, fragst du dich.
Etwas hoffnungsvoller gehst du in das Dorf hinein. Vor einem Haus sitzt ein Töpfer, der seine Drehscheibe mit den Füßen in Schwung bringt und mit seinen Händen geschickt einen hohen Krug formt. Eine Weile beobachtest du staunend die Kunstfertigkeit des Mannes. Dann erzählst du ihm, dass du nach Ägypten möchtest.
Der Töpfer blickt überrascht von seinem Krug auf und pfeift durch die Zähne. „Dann musst du dich aber beeilen!“, antwortet er und deutet mit seiner lehmverschmierten Hand zum Dorfende. „Dort machen sich gerade welche auf, um in Ägypten Korn zu kaufen. Vielleicht nehmen sie dich mit.“
Du siehst, wie eine Gruppe Männer mit Maultieren losmarschiert.
„Irgendwie geht mir das alles ein bisschen zu schnell“, denkst du und fragst dich, was du jetzt machen sollst.

→ *Willst du hinlaufen und mit nach Ägypten wandern?* 42

→ *Du kannst auch erst einmal in dem Dorf bleiben.* 43

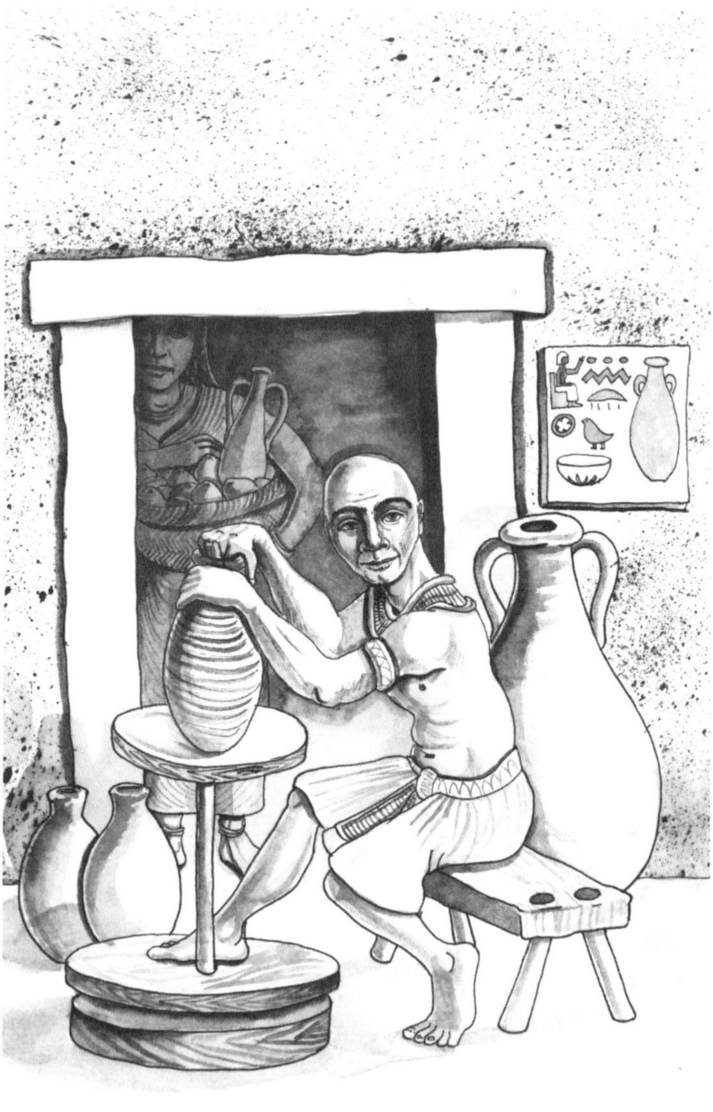

22

„Das Ganze ist mir nicht geheuer", denkst du dir und schleichst zum Tor hinaus. Erst jetzt bemerkst du, wie heiß es ist, und wischst dir den Schweiß von der Stirn. Draußen auf der Straße laufen braun gebrannte Menschen im Lendenschurz oder in weißen Gewändern eilig hin und her.

Während du noch unschlüssig das Treiben auf der Straße beobachtest, hörst du plötzlich Schreie aus dem Haus hinter dir. Eine Frau ruft laut um Hilfe. Einen Moment zögerst du, doch dann läufst du durch den Garten in das Haus zurück. Dort siehst du zwei bewaffnete Männer den jungen Mann festhalten, der vorhin die Rosen schnitt. Mit nacktem Oberkörper steht er da und atmet schwer. Er wehrt sich überhaupt nicht. Daneben siehst du eine vornehm gekleidete Frau, die mit einem zerrissenen Gewand herumfuchtelt.

„So eine Unverschämtheit!", schreit sie den Wachen entgegen.

Plötzlich wird es ganz still, denn ein groß gewachsener Mann mit einem goldglänzenden Umhang tritt eilig ein. Du duckst dich ein wenig hinter den Leuten, die dazugekommen sind.

„Was ist hier los?", ruft der Mann.

Die Frau holt tief Luft, dann kreischt sie wild: „Potifar! Dieser Kerl", sie deutet auf den jungen Mann, „hat sich in mein Schlafgemach geschlichen und wollte mich vergewaltigen!"

Der Beschuldigte steht mit hängendem Kopf da. Er zittert am ganzen Körper, aber er sagt kein Wort.

„Ich schrie laut um Hilfe", fährt die Frau fort. „Da wollte dieser nichtsnutzige Sklave davonrennen. Aber sein Gewand konnte ich noch festhalten!" Triumphierend hält sie den Stoff hoch.

Ein Raunen geht durch die Menge. Potifar schaut den Sklaven gar nicht an. Er nickt den Soldaten kurz zu. Die packen den jungen Mann und bringen ihn hinaus.

„Das glaub ich einfach nicht!", denkst du dir. „Der hat doch vorhin noch so friedlich die Blumen geschnitten."

Plötzlich zupft dich ein Mädchen am Ärmel.

„Du bist bestimmt schon länger hier, stimmt's?", flüstert sie.

Du drehst dich um und siehst sie verblüfft an.

„Das ... das muss ein Missverständnis sein", stotterst du.

„Ich heiße Pithom. Potifar hat mich vom Markt mitgebracht", ant-

wortet sie. „Kannst du mir den Sklaventrakt zeigen?"

→ *Willst du mit dem Mädchen den Sklaventrakt suchen?* 44

→ *Oder möchtest du lieber den Soldaten mit dem jungen Sklaven folgen?* 45

23

Etwas zaghaft trittst du an den Fremden heran, der völlig in seine Arbeit vertieft ist. Als du dich laut räusperst, zuckt er zusammen. Er springt auf.
„Wer bist du? Wie kommst du hier herein?", fragt er überrascht. Er dreht sich um und erblickt das offene Tor. „Wache!", ruft er schnell.
Zwei bewaffnete Männer eilen herbei.
„Verriegelt sofort das Tor! Wie konnte das überhaupt passieren?", fährt er sie an.
Du stehst dabei und kannst dir auf das Ganze keinen Reim machen.
„Und du, sag schon, wer du bist und was du hier willst!", wendet sich der Fremde an dich.
Ausführlich erklärst du ihm, dass du gerade noch im Museum warst und keine Ahnung hast, wie du hierher kommst. Ungläubig blickt der junge Mann dich an.
Als du dann von deinem Zuhause, von Berlin, von U-Bahnen, Mc Donald's und dem Internet erzählst, schüttelt er immer wieder den Kopf.
„Bist du ein Zauberer?", fragt er schließlich. „Beim Pharao gibt es Magier, die behaupten, sie könnten Reisen in ferne Zeiten machen."
Jetzt ist dir endgültig klar, dass du in der Vergangenheit in Ägypten bist.
„Josef! Komm einmal her!"
Ein vornehm gekleideter Mann steht plötzlich hinter euch. Die beiden reden miteinander. Der vornehme Herr deutet auf dich. Nach einer Weile tritt Josef auf dich zu und sagt: „Ich habe Potifar vorgeschlagen, dass du bei uns bleibst." Er blickt dich fragend an. „Was hältst du davon?"

→ *„Nein, ich will lieber gehen", sagst du.* 46

→ *„Also gut, ich bleibe erst einmal hier!", ist deine Antwort.* 47

24

Wirklich, es ist Josef. Als du ihn ansprichst, erkennt er dich wieder.
„Du bist es?", sagt er überrascht. Doch dann fährt er fort: „Diese kurze Begegnung mit dir hat mir wieder neue Hoffnung gegeben. Ich hab mich daran erinnert, dass Gott mich nicht verlassen hat."
„Warum bist du nun ein freier Mann?", fragst du neugierig.
„Ich bin immer noch Gefangener", antwortet Josef. „Aber der oberste Gefängnisverwalter hat mich aus dem Kerker herausgeholt. Jetzt arbeite ich als Gefangenenaufseher für ihn."
Josef blickt in die Liste und hakt einige Besorgungen ab. Leise sagt er: „Hier in der Küche verschwinden wertvolle Speisen. Halt deine Augen offen!"
Während deiner Arbeit beobachtest du, wie ein Diener dem Küchenchef heimlich Goldmünzen in die Hand zählt.

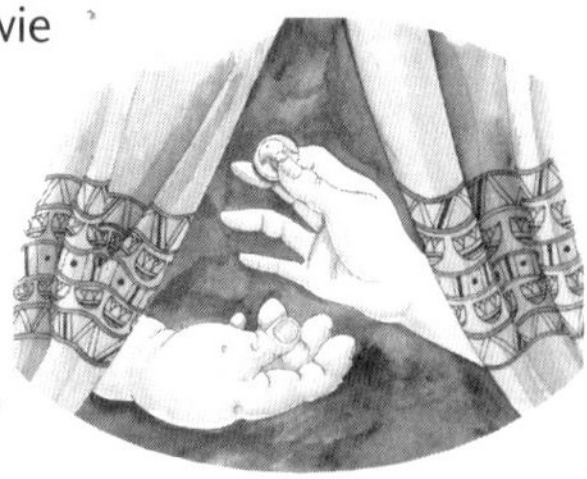

„Jetzt ist mir alles klar", denkst du dir. Du hegst den Verdacht, dass der Küchenchef die teuren Lebensmittel verschwinden lässt. Wie ertappt blickt er zu dir herüber.
„Los! Beeil dich!", fährt er dich an. „Heute Abend soll es ein edles Bankett für die Offiziere geben. Sieh zu, dass du endlich fertig wirst!"
Kurz darauf ist er in einem Nebenraum verschwunden. Stumpfsinnig schälst du weiter unzählige Gurken.
Jetzt bemerkst du, dass die Küche menschenleer ist.
„Was ist denn da los?", fragst du dich. „Niemand steht an der großen Feuerstelle!"
Plötzlich kippt ein großer Ölkrug von einem Regal in das offene Feuer. Im Nu lodern die Flammen auf. Das brennende Öl verteilt sich in der ganzen Küche. Erschrocken springst du von deinem Hocker auf und blickst dich um.

➔ *Willst du den Brand mit Wasser löschen?* 48

➔ *„Vielleicht ist es besser, das Feuer mit einer Decke zu ersticken", überlegst du.* 49

25

„Was ist los mit euch?", fragt Josef freundlich, während du in dem Zimmer sauber machst.
„Wir haben heute Nacht beide geträumt und wissen nicht, was unsere eindrucksvollen Träume bedeuten sollen", sagt der Mundschenk des Pharao.
Der Bäcker starrt auf den Boden und fügt hinzu: „Ich hab noch immer eine Gänsehaut, wenn ich nur daran denke. Irgendwie ist das sehr unheimlich!" Und dann wendet er sich an Josef: „Kannst du uns die Träume vielleicht erklären?"
„Träume erklären kann nur Gott allein", gibt Josef zurück und zieht einen Stuhl heran. „Aber erzählt einmal, vielleicht kann ich euch doch helfen", fährt er fort.
Du fuchtelst inzwischen möglichst unauffällig mit einem Staubwedel herum und lauschst gespannt.
Der Mundschenk erzählt: „In meinem Traum stand ich vor einem Weinstock mit drei saftigen Reben. Ich habe sie ausgepresst. Der klare Saft lief in den goldenen Becher des Pharao. Er nahm den Becher und trank den frischen Traubensaft."
Josef sitzt schweigend da. Es sieht aus, als würde er zum Fenster hinaus in die Ferne blicken. Du trittst ein Stück näher und siehst, wie sich seine Lippen bewegen.
„Vielleicht betet er?", denkst du dir.
Endlich antwortet Josef mit gedämpfter Stimme: „Die drei Reben sind drei Tage. Dann wirst du das Gefängnis verlassen und deine Stelle beim Pharao zurückbekommen."
Du siehst, wie sich das Gesicht des Mundschenks erhellt und er erleichtert aufatmet.
Josef sagt: „Aber wenn du zum Pharao zurückkommst, dann denk an mich. Ich bin nämlich unschuldig hier im Gefängnis."
Gerade steht der Bäcker auf und will anfangen zu erzählen, da hörst du von draußen jemanden rufen: „Josef! Schick doch mal deinen Helfer raus! Wir brauchen jetzt alle, um die neue Lieferung abzuladen!"
Josef schaut dich unmissverständlich an. Also läufst du nach draußen.
„Mist!", denkst du dir. „Der zweite Traum hätte mich auch noch in-

teressiert." Aber schon drückt dir jemand einen schweren Tonkrug in die Hand. Du schleppst ihn schnell ins Lager.

→ *Du könntest versuchen, dich heimlich zurückzuschleichen.* 50

→ *Willst du weiter helfen, den ganzen Wagen abzuladen?* 51

26

Schnell rennst du zurück und klopfst an der Tür des Stallmeisters.
„Hallo! Hallo!", rufst du. Doch niemand öffnet.
„Ach, der ist ja mit den anderen bei dem Festmahl des reichen Zafenat-Paneach", fällt dir ein. Nirgends siehst du Wachsoldaten.
„Das gibt's doch nicht!" Du spurtest die Treppe hoch.
„Pithom!", rufst du aufgeregt. Da öffnet sich eine Tür.
„Was ist denn los?", hörst du Pithoms verschlafene Stimme.
„Da macht sich ein Fremder an dem Streitwagen des Pharao zu schaffen!"
Pithom greift sich eine Fackel und ihr rennt beide nach unten. Durch einen Fensterspalt erkennt ihr den Fremden. Noch immer sägt er an den Speichen des Wagens.
„Wir werden ihm eine Falle stellen", flüstert Pithom und erklärt dir ihren Plan.
Im Schatten der Steinmauer schleichst du auf die andere Seite des Hofes. Laut schreiend alarmierst du die Wachen und fuchtelst mit zwei Fackeln wild herum.
„Ja, dort ist jemand!", rufst du. „Kommt her, da drüben!"
Mit den Füßen trampelst du gegen das Eingangstor und wirfst einige Tonkrüge um. Der Fremde schreckt auf und versucht, sich auf der anderen Seite der Ställe zu verstecken. Er rennt in eine offene Tür, die auch gleich krachend in ihr Schloss fällt. Schnell hat Pithom den schweren Riegel vorgeschoben.
„Uff! Das wäre geschafft!", keucht sie.

Durch ein kleines vergittertes Fenster seht ihr, wie der eingesperrte Fremde herumtobt.
„Da kommt er nicht raus!", zwinkerst du Pithom zu.
Ihr lauft durch die nächtlichen Straßen zum Haus von Zafenat-Paneach und gebt dem Stallmeister Bescheid.
„Der Kerl wusste offenbar, dass wir heute Abend alle eingeladen waren", stellt er fest und eilt mit den Wachen zurück. Ihr wollt auch losrennen, da hält dich Zafenat-Paneach auf.
„Keine Sorge, die werden schon mit diesem Saboteur fertig", sagt er. „Ich habe von eurer mutigen Tat gehört. Bleibt doch hier. Es ist noch genug zu essen da", lädt er euch freundlich ein.

➔ *Bevor du weiterlesen kannst, musst du erst mal einige Begriffe aus dem Text in Ordung bringen:*

1. Orahap	2. Nestefr	3. Mihopt
______________	______________	______________

➔ *Welche drei Anfangsbuchstaben stimmen?*

➔ HTH = 33
➔ PSO = 42
➔ PFP = 52
➔ AFM = 81

27

Vorsichtig pirschst du dich an die Wagen heran und entdeckst im fahlen Mondlicht, wie sich ein Fremder mit einer kleinen Säge an den Speichen zu schaffen macht.
„Ein Anschlag auf den Pharao!", durchzuckt es dich, als du die goldenen Räder funkeln siehst. Du schleichst zu einem der anderen Streitwagen, der mit einem Keil gesichert ist.

„Wenn ich den Keil löse, dann rollt er genau auf diesen Schuft zu“, denkst du dir.
Du kauerst unter dem Wagen und ziehst mit aller Kraft den Holzkeil weg. Leise knarrend setzt sich das schwere Gefährt in Bewegung.
Als der Fremde es bemerkt, ist es schon zu spät. Er wirft die Säge hin und will zur Seite springen. Der rollende Wagen versetzt ihm einen Stoß. Der Mann fällt zu Boden, und der Streitwagen stößt krachend gegen eine Mauer.
Das Gewand des Fremden ist unter einem Rad eingeklemmt. Fluchend reißt er an dem Stoff herum und vesucht sich herauszuwinden.
„Jetzt sitzt er fest!“, atmest du erleichtert auf. Nun rennst du zum Haupttor und schlägst Alarm. Im Nu marschiert die Palastwache auf. Du zeigst ihnen den Eindringling.
Der Stallmeister kommt gelaufen und lässt sich berichten, was geschehen ist.
Als die Soldaten mit dem gefesselten Fremden an euch vorüberlaufen, klopft dir der Stallmeister anerkennend auf die Schulter.
„Sehr gut gemacht!“, sagt er. „Das gibt eine Woche Sonderurlaub!“
Dann fügt er hinzu: „Und mit dem Küchenchef werde ich auch reden.“
Du strahlst über das ganze Gesicht. Der Stallmeister weiß wohl von deiner großen Vorliebe für Süßes.
Doch am nächsten Abend sucht er dich nochmals auf.
„Komm mit!“, sagt er. „Ich habe ein Bad vorbereiten lassen und neue Kleider!“
„Was ist los?“, fragst du.
„Morgen in aller Frühe will dich der Pharao sehen!“, erwidert er und nimmt dich mit.

➔ *Lies weiter bei:*

28

Der Mann auf dem Strohhaufen reagiert erst überhaupt nicht. Behutsam schüttelst du ihn ein wenig an seiner Schulter.

„Wo bin ich hier? Was ist hier los?“, fragst du mit gedämpfter Stimme.

Er schlägt die Augen auf und stößt ein gequältes Lachen hervor.

„Mach dir keine Gedanken. Hier kommst du eh nie wieder heraus.“ Mehr sagt er nicht.

Da kommt ein junger Mann auf dich zu und mustert dich neugierig.

„Wie heißt du?“, fragt er. Du nennst ihm deinen Namen.

„Ich heiße Simeon!“, antwortet er. „Ich bin noch nicht lange hier, und ich hoffe, dass ich bald wieder rauskomme. Wir sind hier in Ägypten.“

Plötzlich kommt dir eine Idee und du greifst in deine Tasche.

„Vielleicht nützt uns dieser Schlüssel etwas“, sagst du.

Nun ist der andere Gefangene am Boden hellwach und springt auf.

„Los! Zeig her!“ Schon hat er den Schlüssel in der Hand.

„Das könnte vielleicht klappen.“

Er geht zu der großen Eisentür, die oben ein kleines vergittertes Sichtfenster hat. Das Gitter ist mit einem Schloss befestigt.

„He, Leute“, flüstert er, „der Schlüssel passt. Kommt schnell her.“

Aus allen Ecken springen die Gefangenen heran.

„Wir nutzen den Überraschungseffekt und überwältigen die Wachen“, sagt einer.

„Was haben wir schon zu verlieren?“, ergänzt ein anderer.

Durch das kleine Fenster lässt sich der Riegel von außen öffnen. Sofort drängen alle nach draußen. Du gehst gerade durch die Tür, als du Simeon noch in der Zelle siehst.

„Was ist los mit dir?“, fragst du. „Komm doch mit!“

Aber Simeon bleibt stehen. „Nein, ich kann nicht“, sagt er. „Sonst glaubt uns der Pharao nicht.“

Kopfschüttelnd läufst du schnell den anderen nach.

Im Nu sind die Wachen überwältigt. Ihr nehmt ihnen die Schlüssel weg. Leise könnt ihr euch nach draußen schleichen. Der Vollmond leuchtet nur matt durch die dichten Wolken, so dass es fast dunkel ist. Die meisten der Gefangenen sind Syrer und wollen in ihre Heimat zurück.

➔ *Willst du mit ihnen nach Syrien fliehen?* **55**

➔ *Du könntest auch in Ägypten bleiben.* **56**

29

Langsam gehst du auf die schwere Tür zu und überlegst, was du tun sollst.
„Ich muss in der Vergangenheit gelandet sein!", geht es dir durch den Kopf.
Plötzlich hast du eine Idee, wühlst in deiner Hosentasche und ziehst ein Taschenmesser heraus. Mit aller Kraft rüttelst du nun an dem Gitter.
„Wache! Wache!"
Es kommt wirklich jemand.
„Pst!", flüstert der Wachsoldat. „Bist du es, den wir vorhin hier reingesteckt haben?"
„Ja!", antwortest du schnell. „Ich will hier raus!"
Der Wächter blickt sich nach allen Seiten um.
„Der andere ist weg", sagt er. „Aber wie kommst du überhaupt hierher?"

Du erzählst dem Soldaten, dass du aus der Zukunft kommst, beschreibst ihm Flugzeuge, Hochhäuser und Handys. Sprachlos hört er dir zu.
Und nun zeigst du ihm dein tolles Taschenmesser. Die Augen des Wachsoldaten beginnen zu funkeln.
„Wenn du mich rauslässt, bekommst du das Messer!", bietest du ihm an.
Leise öffnet er die Tür. Du schlüpfst schnell hinaus.
„Pst", flüstert der Soldat, „hier entlang."
Durch unzählige Gänge und Treppen erreicht ihr eine kleine Seitentür.
„Hier geht's hinaus auf die Straße", sagt er, und schon stehst du draußen. Hinter dir fällt die Tür zu. Das Licht der Sonne blendet dich. Vor dir liegt eine belebte Straße. Leute in ungwöhnlichen Gewändern eilen vorbei. Sänften werden von Dienern getragen, überall sitzen Händler und bieten ihre Waren an.
„Ich bin echt im alten Ägypten!", wird dir klar. Wie benommen schaust du dich um.
Gerade ziehen mehrere Männer mit schwer beladenen Eseln an dir vorüber. Das letzte Tier macht Probleme, und so bleibt sein Begleiter etwas zurück.
Du beobachtest, wie zwei sonderbare Gestalten sich an den Letzten der Gruppe heranschleichen. Blitzschnell packen und knebeln sie ihn und wickeln ihn in einen Teppich. Die anderen sind schon weitergegangen und haben es in dem Gewühl gar nicht bemerkt. Schnell rennst du zu ihnen hin.
„He, ihr! Einer von euch wurde da hinten überfallen! Seht doch!", rufst du ihnen nach.
Sie drehen sich nach dir um. Du deutest auf die zwei Räuber mit dem Esel und dem Teppich. Sofort lassen einige der Männer ihre Tiere stehen und rennen hinterher.

➔ *Lies weiter bei:*

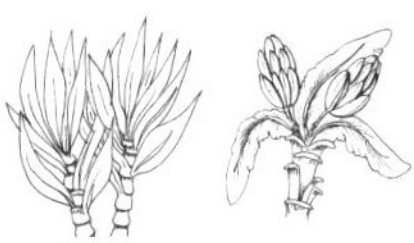

30

Heimlich schleichst du den dreien nach. Das helle Sonnenlicht blendet dich, als du vorsichtig in einen großen Hof hinaustrittst. Die Männer verschwinden in einem mehrstöckigen Gebäude. Unbemerkt erreichst du eines der Fenster.
„Ich weiß, dass du Hofmeister bei Potifar gewesen bist!", hörst du eine laute Stimme. „Und ich weiß auch, dass du deine Aufgabe sehr gut gemacht hast."
Ganz leise drückst du dich näher an die Fensterbank, um auch etwas zu sehen.
„Josef, Potifar, irgendwie kommt mir das Ganze bekannt vor", denkst du dir.
Vor Josef steht ein vornehm gekleideter Mann. Nun spricht er weiter. Aufmerksam hört Josef ihm zu: „Na ja, bis auf die Geschichte mit der Frau des Potifar … aber lassen wir das."
„Was ist nun?", fragt er. „Willst du diese Arbeit tun oder wieder zurück in das dunkle Loch?"
Du kannst erkennen, wie sich Josef tief vor dem dicken Mann verneigt, der nun wieder auf einem kleinen Podest sitzt.
„Das muss der Gefängnisverwalter sein!", denkst du dir.
Jetzt dreht er sich zu seinen Dienern um, die im Hintergrund stehen. Aber du kannst sie nicht erkennen.
„Zeigt ihm sein Zimmer!", herrscht er sie an.
Die Diener gehen mit Josef und den Soldaten nach draußen.
Du duckst dich schnell, aber sie haben dich schon bemerkt. Einer der Soldaten packt dich am Arm und zieht dich hoch.
„Was spionierst du hier herum? Wo kommst du überhaupt her?", fährt er dich an.
„Lasst ihn los!", sagt Josef sehr bestimmt zu den Soldaten. „Der Gefängnisverwalter hat ihn geschickt. Er soll mir zur Hand gehen!"
Der Soldat mustert Josef mit herausforderndem Blick.
„Du nimmst dir ganz schön was raus!", entgegnet er.
Doch schon hat Josef seinen Arm um deine Schulter gelegt und geht zielstrebig mit den Dienern weiter. Die Soldaten sind überrascht und bleiben unschlüssig stehen.
„Was wird nun geschehen?", fragst du dich.

→ *Wenn du das Oasenbild genau betrachtest, findest du den weiteren Weg. Wie viele Gitterstäbe hat das lange Fenster des Gefängnisses? Wie viele Zinnen siehst du? Multipliziere beide Zahlen miteinander und ziehe 1 ab. Nichts wie hin!*

31

Zögernd näherst du dich der großen Holztür. Durch ein kleines Gitterfenster blickst du in einen dunklen Raum. Undeutlich kannst du menschliche Gestalten auf dem Boden erkennen.

„Pst", machst du leise, „wo bin ich hier überhaupt gelandet und wer seid ihr?"

Auf dem Boden bewegt sich etwas. Stroh raschelt. Plötzlich fährt eine Hand durch das Gitter und packt dich an der Kehle. Du würgst und hustest, bekommst fast keine Luft mehr. Du willst schreien, aber es geht nicht.

„Ich ersticke!", denkst du verzweifelt. Doch dann lockert sich der Griff etwas.

„Los! Mach den Riegel auf!", befiehlt ein Gefangener aus dem Inneren der Zelle.

Deine Hände tasten die Holztür ab. Du findest den Riegel und schiebst ihn zur Seite. Im gleichen Moment reißt der Gefangene die Tür auf. Du wirst zur Seite geschleudert.

Da klirren Schwerter, und zwei Soldaten stehen im Weg. Der Gefangene weicht zurück.

„Entweder du gehst rein oder es ist aus mit dir!", sagt der Soldat mit fester Stimme. Zähneknirschend geht er weiter zurück.

„Los! Steh auf! Hier hinein!", fährt der Soldat dich an.

„Aber …, aber …, ich habe doch nichts gemacht!", stotterst du aufgeregt.

Die zwei packen dich, und schon bist du in der Zelle. Die schwere Tür kracht zu. Nur undeutlich hörst du noch die Stimmen draußen:

„Meinst du wirklich, das war ein Gefangener? Sieht noch so jung aus."
„Ach, halt die Klappe und komm mit."
Wie betäubt liegst du eine ganze Weile auf dem kalten Steinboden.
„Was jetzt?", fragst du dich.
Dein Blick fällt auf Striche an der Wand. Du zählst sie. „Ob das Tage oder Jahre waren, die der arme Kerl hier verbringen musste?", fragst du dich.

→ *Auf jeden Fall führen dich diese Striche weiter!*

32

Die Polizeibeamten gehen euch voraus. Ihr nehmt den Aufzug nach unten.
„Na, du hast wohl Erfahrung im Überwältigen von Verbrechern", sagt einer der Beamten und lacht.
Als die Lifttür sich öffnet, kommen alle heraus. Nur du bleibst noch stehen, weil du einen Knopf von deiner Hose verloren hast. Mit den Augen suchst du den Boden ab.
„Was ist denn?", fragt der Beamte.
„Ich komme gleich!", antwortest du.
Da schließt sich die Tür. Das Licht geht plötzlich aus, und der Aufzug sackt nach unten ab. Panik steigt in dir hoch. Leises Rufen und Klopfen dringen von außen an dein Ohr. Dann schlägt die Kabine laut krachend im Keller auf. Die Erschütterung reißt dich zu Boden. Dir wird schwarz vor Augen und du verlierst das Bewusstsein.
Als du wieder zu dir kommst, ist es noch immer dunkel. Aber der Boden ist nun kalt und feucht. Du reibst an deinem schmerzenden Knöchel. Da fällt dir alles wieder ein.
„Der Aufzug, die Polizisten ... Wo bin ich hier?"
Langsam gewöhnen sich deine Augen an die Dunkelheit. Vor dir liegt ein langer Gang. In einiger Entfernung glitzert etwas in der Dunkelheit.
„Mein Knopf ist das nicht, sieht eher wie ein Schlüssel aus", denkst du dir.
Am anderen Ende des Ganges hörst du Geräusche. „Ob das vielleicht die Polizisten sind?"

→ *Willst du dir schnell den glitzernden Gegenstand schnappen?* 14

→ *Oder ist dir das alles zu unheimlich und du versteckst dich lieber in einer Nische hinter dir?* 15

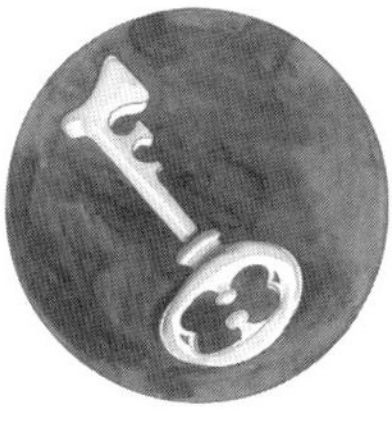

33

Im Nomadenzelt suchst du nach der geheimnisvollen Schatulle. Endlich findest du sie, aber nun ist der Deckel geöffnet.

„Seltsam", wunderst du dich, „vorhin ließ sie sich nicht öffnen."

Plötzlich hörst du ein Zischen neben dir. Schnell springst du hoch, aber es ist zu spät. Eine kleine schwarz-gelb gemusterte Schlange hat sich an deiner Hand festgebissen. Wie wild versuchst du sie abzuschütteln.

„Hilfe! Eine Giftschlange!", schreist du aus dem Zelt heraus. Leute kommen angerannt. Ein stechender Schmerz geht von dem Schlangenbiss aus.

„Ich muss ihr irgendwie den Kiefer auseinanderdrücken ...", denkst du noch, aber da fällst du schon ohnmächtig zu Boden.

→ *Lies weiter bei:*

34

Als du aufwachst, liegst du noch immer in dem Teppich. Über dir erkennst du das Dach des Nomadenzeltes. Da hörst du das Blöken von Schafen und laute Kinderstimmen. Überrascht drehst du dich um und blickst zwischen den Zeltdecken hinaus. Eine karge Steppenlandschaft breitet sich vor deinen Augen aus. In der Ferne siehst du ein hohes Gebirge.
„Was soll das?", überlegst du noch ganz benommen und wickelst dich aus dem Stoff heraus. „Na ja, wenigstens ist diese komische Hitze weg."
Eine laute Männerstimme schreckt dich aus deinen Gedanken.
„Seht doch! Das ist die Gelegenheit!"
Vorsichtig spähst du am Zelt vorbei. Mehrere Männer stehen im Kreis. Einer deutet in die Ferne.
„Seht doch! Es ist wirklich unser Bruder Josef! Der Träumer! Der Angeber!"
Einer der Männer zieht einen Dolch aus seinem Umhang.
„Sag ich doch, dass er es ist! Jetzt können wir es ihm heimzahlen!"
Er hält den Dolch fest umklammert.
„Ich stech ihn nieder und schmeiß ihn in die Zisterne!", hörst du seine hasserfüllte Stimme.
„Wir sagen einfach, ein wildes Tier hat ihn getötet", stößt ein anderer erregt hervor.
Der junge Mann kommt langsam näher.
„Ist das nun alles Wirklichkeit oder wird hier ein Film gedreht?", fragst du dich. „Aber es sieht alles so echt aus." Doch jetzt ist keine Zeit, lange zu überlegen.
„Ich muss diesen Jungen warnen!", schießt es dir durch den Kopf.
Dein Blick wandert umher. Hinter den Zelten grasen Schafe in einer Umzäunung, daneben steht ein einzelnes Pferd.

→ *„Ich werde die Schafe losbinden!", entscheidest du.* 114

→ *„Vielleicht sollte ich besser mit dem Pferd diesem Jungen entgegenreiten?", überlegst du.* 115

35

Bevor du weiterüberlegen kannst, haben dich die feindlichen Räuber entdeckt. Einigen Männern der Karawane ist es jedoch gelungen, über einen Hügel zu fliehen.

Für dich ist es zu spät. Mit den übrigen Kameltreibern wirst du gefesselt.

Nach einigen Tagesmärschen durch die Wüste werdet ihr auf dem Sklavenmarkt eines kleinen Dorfes verkauft. Ein alter Mann mit vom Wind gegerbter Haut, aber freundlichem Gesicht, bietet zehn Silbermünzen für dich. Wortlos folgst du ihm über die sandigen Hügel. Der Wind weht nun stärker und ein ungewöhnlicher Duft kitzelt dich in der Nase.

Als ihr über einen weiteren Hügel wandert, bist du von der Aussicht völlig überwältigt. Vor euch breitet sich unendlich weit das tiefblaue Meer aus. Von ferne dringt das Rauschen der Wellen an dein Ohr.

„Das muss das Mittelmeer sein!“, schießt es dir durch den Kopf.

Dein neuer Besitzer ist Fischer. Er heißt Meschech. Schon bald erklärt er dir deine Arbeit. Tag für Tag sitzt du nun am Strand, wäschst die Netze aus, flickst Löcher und sortierst Fische nach ihrer Größe.

Eines Morgens lässt dich der Fischer allein, weil er mit seiner Frau Waren ins benachbarte Dorf bringen muss. Scheinbar rechnet er nicht mehr mit deiner Flucht.

Als du sicher bist, dass er weit genug fort ist, ergreifst du die Gelegenheit und beschließt: „Nichts wie weg hier!“

➔ *Willst du mit dem Fischerboot fliehen?* 65

➔ *Oder willst du an der Küste entlangwandern?* 66

36

Benjamin läuft schon voraus. Du greifst dir schnell eine der Zeltstangen vom Vordach. Leise schleicht ihr um die Schafe herum. Jetzt entdeckt ihr auch den Schakal.

Benjamin hat einige Steine aufgesammelt. Gezielt wirft er sie mit der Schleuder, um das Tier zu verjagen. Der getroffene Schakal heult vor Schmerzen auf.

„Keine Sorge", sagt Benjamin, „da hab ich Erfahrung."

Etwas skeptisch blickst du zu ihm hinüber. Doch plötzlich kommt der Schakal genau auf euch zugelaufen.

„Was ist denn jetzt los?", schreit Benjamin und versteckt sich hinter dir.

Mit zitternden Händen streckst du die Zeltstange aus. Am unteren Ende ist sie ziemlich spitz. Der Schakal springt auf einen Felsen und knurrt gefährlich. Er setzt zum Sprung an. Erstarrt vor Angst bleibt ihr stehen. Der Schakal springt. Benjamin stößt einen entsetzlichen Schrei aus. Mit aller Kraft hältst du die Stange fest nach oben, genau auf den Schakal gerichtet. Ein grässliches Gejaule ertönt, und das Tier ist auf der Zeltstange aufgespießt.

Du zitterst am ganzen Körper und stößt die Stange weg. Mit Benjamin rennst du zum Zelt der Männer. Als sie an den Ort des Geschehens kommen, loben sie euren Mut.

„Aber das nächste Mal sagt ihr gleich Bescheid! Mit so ausgehungerten Schakalen ist nicht zu spaßen!", geben sie euch als Warnung mit.

→ *Vier Söhne Jakobs kennst du schon! Weißt du noch ihre Namen? (18)*

D _ _ , A _ _ _ _ _, B _ _ _ _ _ _ _ _ J _ _ _ _

→ *Für jedes A gibt es 5 Punkte, für jedes E 10, für jedes S 6 und für jedes M 4 Punkte. Zähle alles zusammen. Dort geht's weiter!*

37

„Schnell! Kommt doch!“, schreit Benjamin, während ihr eilig zum Zelt der Männer lauft. „Schnell! Ein Schakal ist bei den Schafen!“
Drei der Söhne Jakobs stürzen aus dem Zelt. Einer ist mit Pfeil und Bogen bewaffnet, zwei andere tragen lange Hirtenstäbe und Steinschleudern. Dann geht alles ganz schnell. Die Männer legen Steine in ihre Schleudern und treiben den Schakal mit gezielten Würfen in die Enge. Gerade als er in seiner letzten Verzweiflung auf die Angreifer losspringen will, spannt der Schütze seinen Bogen und erwischt das Tier an der Brust. Regungslos liegt es am Boden.
„Sehr gut, Levi!“, sagt einer der Männer. „Genau ins Herz.“
Und an euch gewandt: „Danke, dass ihr so schnell reagiert habt!“

➔ *Lies weiter bei:*  

38

Langsam und etwas unsicher gehst zu den Männern. Sie sitzen vor dem Nomadenzelt, reden angeregt miteinander und rauchen aus einer Wasserpfeife. Von hinten trittst du an sie heran.
„Äh, wo bin ich hier eigentlich ...?“, machst du dich bemerkbar.
Zwei der Männer springen auf und drehen sich um. Sie stehen vor dir und mustern dich überrascht von oben bis unten.
„Ob sie das ist?“, fragt einer der beiden.
„Woher soll ich das wissen?“, antwortet der andere .
Noch einmal fragst du: „Wo bin ich hier, und wer sind Sie?“
Einer der Männer packt dich am Arm, als hätte er deine Frage überhaupt nicht gehört.

„Das muss sie sein! Ich frage mich nur, wo Nargileh bleibt. Er wollte doch persönlich vorbeikommen."
Du versuchst dich aus dem Griff des Fremden zu befreien.
„Was ist hier los?"
Der Mann zerrt dich vom Zelt weg.
„He! Loslassen!", schreist du jetzt verzweifelt.
Sie fesseln dich an Händen und Füßen und legen dich über ein Maultier. Aber all dein Schreien und deine Beteuerungen nützen überhaupt nichts.
Nach einigen Stunden erreicht ihr eine Oase. Im Schatten der Palmen haben es sich ägyptische Händler gemütlich gemacht. Deine Bewacher einigen sich mit dem Händler auf einen Preis. Mit einem Beutel Münzen verschwinden sie wieder.
Jetzt ist dir alles klar. „Die Kerle haben mich verkauft!"
Du wirst auf ein Kamel gesetzt und festgebunden.
Tagelang geht es nun weiter in Richtung Westen. Als du in der Ferne Pyramiden erkennst, weißt du auch, wo ihr nun seid.
„Was wird aus mir werden?", fragst du dich.
Die Händler bringen dich auf den Sklavenmarkt einer großen Stadt. Dort interessieren sich bald einige Leute für dich.

→ *Wirst du an den Verwalter des Pharao verkauft?* 13

→ *Es interessiert sich auch ein reicher Kornhändler für dich. Wirst du an ihn verkauft?* 72

39

Zögernd gehst du zu den Kindern. Sie scheinen dich gar nicht zu bemerken.
„Immer bestimmst du, was wir spielen, Benjamin!", ruft ein Mädchen.
„Ja, ich finde das gemein!", sagt ein anderer Junge.
„Was gibst du eigentlich immer so an, wo du doch genauso alt bist wie wir?", fragt das Mädchen.
Alle Blicke richten sich auf den Jungen. Auch du stehst gespannt da.
„Weil ich ein Sohn der Rahel bin!", ruft Benjamin, streckt die Zunge heraus und will weglaufen. Er wendet sich um und rennt dich fast über den Haufen. Jetzt erst bemerken dich die Kinder und erschrecken.
„Wer seid ihr? Wo sind wir hier?", fragst du verwirrt.
Doch bevor sie etwas sagen können, kommt ein alter Mann mit einem langen, grauen Bart aus dem Männerzelt.
„Ihr sollt doch nicht immer streiten!", ermahnt er die Kinder streng. Dann blickt er dich forschend an. „Und wer bist du? Dich hab ich hier noch nie gesehen?"
Dir wird das alles unheimlich.

→ *Willst du dem alten Mann antworten?* 73

→ *Oder willst du schnell wegrennen?* 74

40

„Diesen Brüdern traue ich nicht!", denkst du dir und verhältst dich still. Du atmest langsam und gleichmäßig und überlegst, wie du dich aus dieser Lage befreien könntest.

„Mein Taschenmesser!", fällt dir da ein. Schnell ziehst du es aus deiner Hosentasche und öffnest die Klinge. Du kratzt und hackst mühsam an den Steinen herum, und endlich kommt dein Fuß frei.

Mittlerweile ist es Nacht geworden. Die Sterne funkeln am klaren Himmel, aber es wird auch immer kälter.

Vorsichtig schleichst du an das Lager der Brüder heran. Alle schlafen im Freien. Da fällt dein Blick auf eine sitzende Gestalt, und sofort gehst du in Deckung. Nun hörst du ein lautes Schnarchen.

„Der soll wohl Wache halten und ist auch eingepennt."

Auf einmal ertönt ein leises Stöhnen und Wimmern ganz in deiner Nähe. Du stehst auf und lauschst.

„Das muss irgendwo aus der Tiefe kommen", denkst du und suchst das Gelände ab.

Der Halbmond taucht die ganze Gegend in ein fahles, fast unheimliches Licht. Plötzlich stolperst du und stürzt beinahe in eine große Öffnung. Vor dir tut sich im Felsgestein ein Abgrund auf.

„Hallo! Bist du es, Ruben?", klingt eine leise, dir vertraute Stimme aus der Tiefe.

„Nein, ich bin es!", antwortest du und nennst deinen Namen. „Bist du es, Josef? Was ist passiert?"

Eine Weile ist es ganz still. Du blickst in den schwarzen Abgrund und hörst Wasser tropfen.

„Josef! Was ist mit dir?", fragst du nochmals. Wieder hörst du ein Schluchzen.

„Sie haben mich gefesselt und in diese leere Zisterne geworfen! Diese gemeinen Kerle! Zehn gegen einen. Wenn ich das unserem Vater Jakob erzähle!"

„Beruhige dich! Ich werde dir raushelfen!", flüsterst du hinunter. Überall suchst du nach einem langen Seil. Aber du kannst keins finden.

Dein Blick schweift in die Ferne.

„Irgendwo müsste es doch Siedlungen geben", denkst du dir. „Aber

die sind vielleicht weit weg." Du überlegst, wie die zwei Orte heißen, die du bereits kennst.

➔ *Weißt du noch, woher dieser Josef kam? (10)*

➔ *In Richtung welchen Ortes vermutete er die Brüder? (20)*

➔ *In welcher Himmelsrichtung liegt dieser Ort? (20)*

➔ *Wie viele Buchstaben sind das insgesamt? Nimm die Zahl mal fünf und ziehe 4 davon ab. Und nun: Nichts wie hin!*

41

Jetzt schreist auch du. „Hilfe! Hilfe! Ich kann hier nicht raus!"
Plötzlich ist es ganz still. Dann hörst du wieder aufgeregte Männerstimmen, nun ganz in deiner Nähe.
„Hier bin ich!", rufst du.
Zwei der Brüder stehen erstaunt vor dir und fragen: „Wer bist du?"
Du sagst ihnen deinen Namen. „Ich habe Josef getroffen und bin mit ihm hierher gewandert. Er ist vorausgegangen und wollte euch zu Hilfe holen", antwortest du den beiden.
Argwöhnisch blicken sie dich an.
„Hast du etwas gesehen?", fragen sie.
„Ich habe keine Ahnung, wovon ihr sprecht. Helft ihr mir jetzt endlich raus?"
Die beiden gehen einige Schritte zurück und flüstern miteinander. Dann besorgt einer aus dem Lager eine Eisenstange, und mit vereinten Kräften befreien sie dich aus der Spalte.
„So, und jetzt verschwinde!"

Einer der Brüder packt dich und schiebt dich vom Lager weg. Du reißt dich los und siehst die beiden entgeistert an.
„Los! Hau ab!", brüllt der andere. „Sonst bekommst du großen Ärger!"
„Aber … was ist mit Josef?", stotterst du.
Die beiden blicken dich finster an.
„Wenn du nicht sofort verschwindest, geht's dir schlecht … so wie dem Josef!"
So schnell du kannst, rennst du nun davon, ein Stück des Weges zurück, hinein in diese unwirtliche Steppenlandschaft.
Im Schutz einiger ausgedörrter Sträucher verbringst du die Nacht. Es wird immer kälter. Du bist hungrig und durstig, aber irgendwann schläfst du endlich ein.
Als du am nächsten Morgen aufstehst, spürst du jeden einzelnen Knochen. Dein Blick wandert über den Horizont. Ganz in deiner Nähe siehst du Qualm aufsteigen, als würde ein Lagerfeuer gelöscht.
„Das ist doch genau die entgegengesetzte Richtung vom Lager, in dem Josefs Brüder übernachtet haben", stellst du überrascht fest.

→ *Willst du diesem Qualm folgen?* 77

→ *Gehst du zurück zum Lager der Brüder?* 78

42

Schnell bedankst du dich bei dem Töpfer und läufst zu der kleinen Karawane hinüber. Die Männer haben nichts dagegen und nehmen dich mit. Einige Wochen seid ihr unterwegs nach Westen durch Wüste und Steppe.

Endlich erreicht ihr Ägypten und überquert mit Booten einen Meeresarm bei der Grenzstadt Zilu.

Bald darauf habt ihr das Nildelta erreicht. Erstaunst blickst du über die weiten, grünen und üppigen Felder. Überall stehen Kornspeicher mit runden Dächern. Während in den umliegenden Ländern eine große Hungersnot herrscht, gibt es in Ägypten reichlich Korn. Darum reisen die verzweifelten Menschen von weit her, um sich hier mit neuer Nahrung zu versorgen. Überall drängen sich die Leute mit ihren Lasttieren.

Du verlässt die Gruppe und wanderst flussaufwärts weiter. Dort vermutest du die großen Pyramiden.

„Vielleicht komme ich ja meinem Rückweg hier auf die Spur."

Es wird schon dunkel, als mehrere Männer mit schwer bepackten Eseln an dir vorübereilen. Von einem der Tiere fällt ein kleiner Lederbeutel herunter. Schnell hebst du ihn auf und rufst den Leuten nach. Doch sie hasten weiter und bemerken dich gar nicht.

Unschlüssig stehst du da. Dann hörst du das Klirren von Schwertern. Soldaten mit Fackeln kommen aus der Ferne angeritten. Immer noch hältst du den Beutel in der Hand.

„Was mache ich jetzt bloß?", fragst du dich.

➔ *Willst du den Leuten mit den bepackten Eseln nachrennen?* 79

➔ *Du könntest auch auf die Soldaten warten.* 86

43

Unschlüssig bleibst du stehen und beobachtest noch eine Weile den Töpfer bei seiner Arbeit. In der Ferne siehst du die Männer mit ihren Tieren losziehen.
„Willst du bei mir bleiben?", fragt der Töpfer.
„Also gut", antwortest du. „Ich weiß sowieso nicht, wohin ich gehen könnte."
Insgeheim hoffst du, dadurch Zeit zum Nachdenken zu gewinnen.
Der Töpfer zeigt dir eine Schlafmatte in einem abgetrennten Raum. Dann lädt er dich zum Essen ein.
Gemeinsam mit seiner Frau isst du am Abend auf dem Boden der kleinen Hütte.
„Morgen werden wir neuen Lehm holen", sagt der Töpfer. „Da kann ich dich gut gebrauchen."
Lange liegst du auf deiner Matte, bevor du einschläfst. „Ich weiß ja nicht einmal, wie er heißt", denkst du dir. Unruhig wälzt du dich hin und her. Du träumst vom Fischfang auf dem Meer … Eine riesige Flutwelle kommt auf dich zu. Das kleine Boot wird herumgeschleudert. Da schreckst du hoch.
Das laute Brüllen von Maultieren weckt dich auf. Mit Entsetzen bemerkst du, dass du an Händen und Füßen gefesselt bist.
„Was soll das?", schreist du den Töpfer an, der gerade hereinkommt. Doch er sagt kein Wort. Mit einer kleinen Tonflasche flößt er dir einen Trank ein. Du spuckst und hustest, aber ziemlich viel von dem Zeug schluckst du doch herunter. Dann schläfst du ein.
Wieder wachst du auf. Dein Magen knurrt schrecklich.
„Wie lange habe ich wohl geschlafen?", fragst du dich.
Völlig entgeistert richtest du dich auf. Die Fesseln sind weg. Du liegst am Strand und hörst die Wellen rauschen. Ein fremder Mann mit einem Fischernetz kommt auf dich zu.
„Was soll das? Wo bin ich hier?", fragst du sofort.
„Ich habe dich auf dem Sklavenmarkt in Raphia von einem Töpfer gekauft. Du wirst jetzt für mich arbeiten", antwortet der Fremde trocken. Und dann sagt er noch: „Abhauen ist zwecklos. Hier ist das Meer." Er deutet in die Ferne. „Und da hinten erstreckt sich die unendliche Wüste!"

Wochenlang arbeitest du nun schon bei diesem Fischer. Es scheint ihm, als hättest du dich in dein Schicksal ergeben. Er wird auch immer freundlicher.
Eines Tages lässt er dich allein, weil er mit seiner Frau im entfernten Raphia Fische verkaufen will.
„Das ist die Gelegenheit!", denkst du dir.

➔ *Willst du mit dem Fischerboot fliehen?* 65

➔ *Vielleicht ist es sicherer, an der Küste entlangzuwandern?* 66

44

Ihr geht hinaus in den Garten.
„Ich bin kein Sklave!", sagst du zu Pithom und verrätst ihr deinen Namen.
„Aber was machst du dann hier? Woher kommst du?", fragt sie neugierig.
„Wenn ich das wüsste ...", ist deine verlegene Antwort. „Und woher ich komme, das würdest du eh nicht verstehen!"
Pithom blickt dich enttäuscht an. „Warum nicht?", fragt sie.
Und dann erzählst du ihr doch die ganze Geschichte. Von dem Museum, dem Sarkophag und dem 21. Jahrhundert. Du beschreibst ihr gerade eure Schule, da hört ihr die Stimme eines Aufsehers.
„Du bist doch Pithom, die Neue?", fragt der kleine untersetzte Mann mit glatt rasiertem Kopf. Dann dreht er sich zu dir um. „Und wer bist du?"
„Potifar hat mich auch gekauft!", antwortest du schnell.
„Hm, komisch", murmelt der Dicke in seinen Bart. „Na ja, auch recht. Nachdem Josef nun weg ist, kann ich dich gut im Garten gebrauchen!"
Nun seid ihr beide Sklaven des reichen Potifar.
Öfter triffst du dich heimlich mit Pithom. Sie erzählt dir, wie sie gewaltsam aus ihrem Dorf in Phönizien verschleppt wurde.
Immer wieder schmiedet ihr Fluchtpläne, doch alle Türen sind gut

bewacht. Trotzdem hoffst du auf eine Gelegenheit, aus diesem Haus zu fliehen. An eine Rückkehr in dein Zuhause denkst du schon gar nicht mehr.
Die Zeit vergeht. Neben dem Haus ist auch ein Gemüsegarten. Während der Erntezeit bist du vorwiegend hier beschäftigt. Aus Wochen werden Monate.
„Ich werde mich wohl an den Gedanken gewöhnen müssen, bis an mein Lebendsende ein Sklave hier in Ägypten zu sein!", denkst du entmutigt.

ENDE

Keine schöne Aussicht, oder? Vielleicht bietet sich ja doch noch eine Gelegenheit zur Flucht?

→ *Immer wieder musst du an Josef denken und an seine Reaktion, als Potifars Frau ihn beschuldigte. (22)*

→ *Er hat der Frau sofort widersprochen, doch Potifar glaubte ihm nicht! =* 37

→ *Er hat kein Wort zu den Vorwürden gesagt. =* 12

→ *Er hat zwei Zeugen genannt, die ihn entlasten sollten! =* 56

→ *Was stimmt? Dort geht's weiter!*

45

„Ich habe jetzt keine Zeit. Vielleicht ein anderes Mal", sagst du schnell und schleichst aus dem Haus. Unauffällig folgst du den beiden Bewaffneten mit ihrem Gefangenen.

Nach dieser Szene ist dir endgültig klar, dass du in der Vergangenheit gelandet bist.

Der junge Sklave wird in einen großen Palast geführt, doch dich lassen die Wachen nicht durch das Tor. Unschlüssig stehst du herum. Plötzlich spricht dich ein Soldat an: „He, du! Komm mal mit!" Er packt dich recht unsanft am Arm und zerrt dich in ein kleines Wachhäuschen. „Wie heißt du? Und wo wohnen deine Eltern?", fragt er dich.

Eine Weile blickst du ihn sprachlos an.

„Komm! Rede schon! Der Pharao hat befohlen, dass wir alle herumlungernden Kinder und Bettler in der ganzen Stadt einsammeln sollen. Morgen erwarten wir hohe Abgesandte des hethitischen Königs in der Stadt."

Nun erzählst du dem Soldaten deine ganze Geschichte. Er kommt aus dem Staunen nicht mehr heraus.

„Verrückt, aber gerade deshalb glaube ich dir", sagt er schließlich.

„Ich könnte im Gefängnis arbeiten", gibst du zurück. „Ich weiß ja sowieso nicht, wohin ich gehen soll".

Insgeheim hoffst du, dass du dadurch den unschuldigen Sklaven wiederfindest.

„Also gut", antwortet der Soldat. „Im Lager oder in der Küche können sie dich bestimmt gebrauchen."

→ *Willst du in der Küche arbeiten?* 84

→ *Oder möchtest du doch lieber im Lager mithelfen?* 85

46

Also verlässt du den Garten und trittst auf die Straße hinaus. Die Leute drängen sich. Händler mit Maultieren und Kamelen bahnen sich ihren Weg. Soldaten reiten auf Pferden an dir vorüber. Wie benommen stehst du da.

Du irrst ziellos durch die Stadt und weißt am Abend immer noch nicht, was du jetzt tun könntest. Wie durch Zufall entdeckst du plötzlich wieder Potifars Haus.

„Vielleicht soll ich doch bei ihm bleiben?", fragst du dich.

Als du näher kommst, bemerkst du, dass die Tür zum Garten offen steht. Alles ist still. Leise schlüpfst du hinein und gehst durch den Innenhof.

Da steht plötzlich eine dunkle Gestalt vor dir, einen großen Sack auf dem Rücken.

„Bei Anubis!", keucht der Fremde. „Was machst du denn hier?"

Völlig verwirrt antwortest du: „Ich … ich wollte Potifar fragen, ob …"

Weiter kommst du nicht. Der Mann packt eine bronzene Götterstatue, die neben der Tür steht, und will auf dich einschlagen. Jetzt ist dir klar, was das alles bedeutet.

„Hilfe! Hilfe!", schreist du. „Ein Einbrecher!"

Du weichst zurück. Der Räuber blickt sich schnell um.

„Du wirst hier niemanden um Hilfe rufen!", hörst du seine raue Stimme. Er hebt die Statue hoch und holt aus.

→ *Lies weiter bei:*

47

Nun arbeitest du bei dem reichen Potifar. Er besitzt viele Sklaven – auch Josef gehört dazu. Aber der hat eine besondere Verantwortung im Haus und ist bei allen sehr beliebt. Oft hilfst du ihm bei der Lagerverwaltung. Es gibt lange Listen, in welche die eingekauften Sachen eingetragen werden.
Josef blickt von dem Papyrus auf und sieht dich nachdenklich an. „Weißt du, meine Heimat ist eigentlich auch ganz woanders", sagt er.
Neugierig setzt du dich zu ihm. Und dann erzählt Josef von seiner Nomadensippe in Kanaan.
„Ich war damals ein ziemlicher Angeber." Er hat den Kopf auf die Hände gestützt und blickt zum Fenster hinaus. „Meine Brüder haben sich an mir gerächt und mich als Sklaven verkauft. Aber hier im Hause des Potifar hat Gott mir Glück gegeben. Ich habe hier eine wichtige Aufgabe."
Schnell steht er auf. „Jetzt aber weiter!", befiehlt er.
Du schleppst nun wieder Holzkisten in die Lagerräume. Als Josef eine der Kisten öffnet, stockt dir der Atem. Kostbare Schmuckstücke funkeln dir entgegen: Ein mit Edelsteinen besetztes Armband, eine vergoldete Kette und kleine glänzende Statuen.
„Potifar ist ein reicher Mann", sagt Josef. „Und seine Frau liebt es, bei anderen Leuten mit diesen kostbaren Stücken Eindruck zu machen."
Endlich ist die Arbeit getan. Als du abends auf deiner Matte liegst, kannst du lange nicht einschlafen. Immer wieder musst du an dein Zuhause denken.
Plötzlich bemerkst du ein Geräusch. Erschrocken fährst du hoch. Draußen aus dem Garten hörst du leise Schritte und dann ein metallisches Krachen an einer Tür.
„Die Lagerräume!", schießt es dir durch den Kopf. Sofort bist du am Fenster, doch du kannst in der Dunkelheit nichts erkennen.

→ *Willst du selbst hingehen und nachschauen?* 89

→ *Vielleicht ist es doch besser, Josef zu wecken?* 90

48

Blitzschnell greifst du nach dem gefüllten Putzeimer, der auf dem Boden steht. Aus sicherer Entfernung kippst du das Wasser in die Flammen. Es knistert und spritzt, dunkler Qualm steigt auf. Du weichst zwei Schritte zurück, doch das Feuer brennt immer noch.
Neben dir steht ein zweiter Eimer Wasser, aber es reicht nicht, um den Brand zu löschen.
„Hilfe! Feuer!", schreist du nun und rennst zum Ausgang. „Wo sind die denn bloß alle?", fragst du dich.
An der Tür steht noch ein großer Kübel mit Abwaschwasser.
„Ein letzter Versuch noch, dann hau ich ab!", beschließt du.
Mit aller Kraft wuchtest du den Eimer hoch und schüttest ihn in die Flammen. Wieder zischt und qualmt es. Aber es ist alles umsonst, das Feuer breitet sich unaufhaltsam aus.
Du weichst noch ein paar Schritte zurück, da schlägt dir jemand von hinten mit einem schweren Gegenstand auf den Kopf. Wie betäubt sackst du zu Boden. Der Täter rennt unerkannt zur Küche hinaus. Krachend fällt die Tür zu.
Mit der Hand reibst du an deinem Hinterkopf.
„Der hat wohl gedacht, ich bin schon hinüber", denkst du. Es wird immer heißer. Die ersten Flammen züngeln schon bedenklich nahe an dich heran.
„Ich muss hier unbedingt raus!"
Mühsam robbst du an die Ausgangstür, doch sie ist fest verschlossen.
Zum Glück fällt dir ein, dass drüben an der Wand in einem Kästchen der Ersatzschlüssel hängt. Doch der Blick ist dir durch den dichten Qualm versperrt.
„Vielleicht sollte ich besser an die Tür klopfen und um Hilfe rufen?", überlegst du.

→ *Versuchst du den Schlüssel zu erreichen?* 91

→ *Willst du um Hilfe rufen?* 93

49

„Brennendes Öl darf ich nicht mit Wasser löschen!“, fällt dir siedend heiß ein. Du greifst nach der großen Kamelhaardecke, die auf der Ruhebank des Chefkochs liegt. Damit versuchst du die Flammen zu ersticken.

Der Rauch und die Hitze werden immer unerträglicher. Es gelingt dir einfach nicht, den Brand unter Kontrolle zu bringen. Voller Panik schreist du laut um Hilfe.

„Wo sind die denn alle?“, denkst du verzweifelt. „Da stimmt doch was nicht!“

Wütend schmeißt du die Decke hin und willst hinausrennen. Doch die Tür ist versperrt. Wild rüttelst du an dem Griff. Die Flammen kommen immer näher.

„Hilfe! Es brennt! Holt mich hier raus!“, schreist du aus Leibeskräften. Aber niemand hört dich.

→ *Willst du weiter versuchen das Feuer zu bekämpfen?* 92

→ *Oder willst du dich nochmals lautstark bemerkbar machen?* 93

50

Vorsichtig stellst du den ersten Tonkrug hin und läufst in einem großen Bogen zurück. Als du dich unbeobachtet fühlst, rennst du schnell zum Zimmer der beiden Gefangenen und lauschst am vergitterten Fenster.
Du erkennst die Stimme des Bäckers: „Ich träumte von drei Körben mit den allerfeinsten Backwaren. Ich trug sie hinein in den Palast des Pharao. Da kamen Vögel herangeflogen und pickten die Körbe leer."
Du bemerkst, wie Josefs Gesicht ganz bleich wird.
Stockend erklärt er, was der Traum des Bäckers bedeutet: „Die drei Körbe sind drei Tage. Dann wird der Pharao dich rufen, und du wirst verurteilt."
Jetzt ist auch der Bäcker ganz bleich.
„Am Galgen wirst du hängen." Josef schluckt. „Und die Vögel werden dein Fleisch herauspicken."
Mit versteinerter Miene starrt der Bäcker Josef an.
„Du lügst!", schreit er und springt auf. „Der Mundschenk hat dich bezahlt!"
Josef schüttelt den Kopf und geht nach draußen.
„Was ist denn mit dir los?", ruft er, als er dich unter dem Fenster sieht. „Komm schon! An die Arbeit!"
Also rennst du los und schleppst wieder die schweren Tonkrüge. Du arbeitest wie ein Verrückter, weil du nicht an die Worte von vorhin denken willst.
Drei Tage später sitzt du mit Josef und einigen anderen beim obersten Gefängnisverwalter an einem festlich gedeckten Tisch.
„Der Pharao hat Geburtstag", flüstert Josef dir zu, „und da fällt auch etwas für uns ab."
Der Gefängnisverwalter hebt seinen Becher und sagt: „Auf den Mundschenk! Ich frage mich nur, wie dieser Kerl das geschafft hat."
Dann nimmt er einen kräftigen Schluck aus dem Becher.
„Was denn?", fragst du neugierig.
„Na ja, der Pharao hat ihn begnadigt, und jetzt schickt der Mundschenk uns dieses köstliche Getränk."
Mit funkelnden Augen schaut er in den Becher.
„Und was ist mit dem Bäcker?", fragst du zögernd.
Der Verwalter deutet zum Fenster hinaus. „Der hängt vor der Stadt

und baumelt am Galgen." Mit der anderen Hand hat der Verwalter sich schon wieder eine gebratene Wachtel geschnappt.
Dir ist der Appetit vergangen. Doch dann fragst du Josef: „Vielleicht kommst du ja jetzt auch bald raus?"
Josef ist ganz still geworden und nickt nur.
Plötzlich hörst du draußen lauten Krach. Schnell springst du an das Fenster.
„Ach, das ist nur die Feier beim Pharao", sagt der Verwalter schmatzend.
„Nein!", rufst du. „Da vorne ist ein Stück aus der Mauer herausgebrochen. Und jetzt sehe ich Fackeln auf der anderen Seite des Hofes!"
Im Nu sind alle auf den Beinen und rennen hinaus. Unschlüssig stehst du an der Tür.

→ *Willst du zu dem herausgebrochenen Stück der Mauer rennen?* 94

→ *Auf der anderen Seite, wo die Fackeln brennen, werden auch Leute gebraucht.* 95

51

Nach einer halben Stunde ist der Wagen abgeladen. Als du wieder zum Haus zurückkehrst, kommt Josef gerade heraus. Er macht einen recht bedrückten Eindruck. Noch bevor du ihn etwas fragen kannst, reitet eine Gruppe von Soldaten in den Gefängnishof.

„Wir brauchen noch Leute für die Nilpferdjagd", ruft einer.

Der Hauptmann springt herunter und deutet auf einige Gefangene, auch auf dich.

„Los! Ihr kommt alle mit!", befiehlt er.

Josef will es verhindern, doch es nützt nichts. Mit den anderen Gefangenen wirst du an das Ufer des Nils gebracht. Dort rudert ihr in kleinen Booten durch das dichte Schilf. Vorne stehen Männer mit Harpunen.

„Warum werden die Nilpferde eigentlich gejagt?", fragst du einen Gefangenen hinter dir.

„Nun, wahrscheinlich fressen diese Biester die ganze Ernte auf … und den Rest zertrampeln sie", antwortet er leise.

Vom anderen Boot hörst du einen lauten Schrei. Da entdeckst du eine ganze Herde Nilpferde, die vor euch im Wasser schwimmen. Die sonst so friedlichen Tiere schnauben wütend und kommen genau

auf euch zu. Die Jäger feuern ihre Harpunen auf die Tiere ab. Doch sie können nichts mehr ausrichten. Euer Boot wird von zwei Nilpferden umgestoßen. Die tonnenschweren Tiere stampfen durch das Schilf über euch hinweg. Jede Hilfe kommt zu spät.

ENDE

→ *Wenn dich der Bibeltext interessiert, der in dieser Geschichte vorkommt, dann lies* 120 *und* 121

52

„Also gut“, sagst du, „wir bleiben gerne hier.“
Es gibt erlesene Speisen: Gebratenes Fleisch von Gänsen und Tauben, knuspriges Brot und saftige Wassermelonen. Noch nie in deinem ganzen Leben hast du so köstliche Dinge gegessen.
Euer Gastgeber beobachtet euren Heißhunger mit einem Lächeln. Du fasst Vertrauen zu diesem Mann und erzählst im Laufe des Abends deine ganze Geschichte: Wie alles in dem Museum begann und auch von dem Leben als Sklave. Zafenat-Paneach ist ganz still geworden und sieht dich lange schweigend an. Dann schickt er seine Diener hinaus.
„Mir ging es ähnlich“, sagt er.
Verblüfft blickst du ihn an.
Zafenat-Paneach erzählt weiter. „Wir waren zwölf Brüder und lebten als Nomaden im Land Kanaan. Ich war ein ziemlicher Angeber. Meine Brüder hat das zur Weißglut gebracht. Deshalb überfielen sie mich und vekauften mich als Sklaven an eine Karawane.“
Auch Pithom ist ganz still geworden und lauscht mit offenem Mund seinen Worten.
„Irgendwie kommt mir diese Geschichte bekannt vor … “, murmelst du vor dich hin. „Heißt du etwa Josef?“
Völlig verwirrt springt Zafenat-Paneach von seinem Stuhl auf.

„Ja, woher weißt du das?", fragt er.
„Das ist schwierig zu erklären. Bei uns in meiner Zeit kennt man deine Geschichte. Aber viel weiß ich auch nicht. Und ... du warst doch bei Potifar als Sklave?"
Josef setzt sich wieder. „Ja, es stimmt alles ... Gottes Wege sind unerforschlich!", sagt er schließlich. Er schweigt eine Weile und fährt dann fort: „Euch zwei könnte ich gut gebrauchen. Ich werde dem Stallmeister Bescheid geben, dass ihr nun bei mir arbeiten werdet."

→ *Lies weiter bei:*  

53

Der Duft von Rosen und Lavendel umgibt dich. Du trägst samtene Stoffe auf deiner Haut, als am nächsten Morgen die Palastwache vor deiner Tür steht. Die Männer wollen dich abholen, und durch lange Gänge wirst du zum großen Thronsaal geführt. Die Tür ist verschlossen.
„Was ist los?", fragt einer der Soldaten den Türsteher.
„Der Pharao hat üble Träume gehabt, die er sich nicht erklären kann. Deshalb hat er alle Magier und Traumdeuter rufen lassen", antwortet der. Dann wendet er sich an dich: „Bist du auch einer?"
Energisch schüttelst du den Kopf.
„Der Pharao will ihn sehen", sagt der Soldat.
„Also gut", entgegnet der Türsteher und lässt euch durch einen kleinen Spalt hinein.
Es verschlägt dir fast den Atem, als du den riesigen Saal betrittst. Auf beiden Seiten ragen unzählige hohe Säulen bis an die Decke. Sie sind völlig übersät mit Hieroglyphen. An den Wänden entdeckst du großflächige bunte Malereien. Der Boden besteht aus glatt poliertem Marmor.
„Pst! Hier an die Seite", flüstert dir der Soldat zu.
Der Pharao sitzt auf einem Thron, überdacht von einem Baldachin. Um ihn herum bemerkst du viele alte Männer und Frauen.

Plötzlich steht der Pharao auf. Alle Majestät ist aus seinen Gesichtszügen gewichen. Ängstlich und unsicher blickt er sich um. Doch dann hallt plötzlich seine laute und zornige Stimme durch den Saal: „Was ist nun los? Erklärt mir endlich diese Träume!"
Aufgeregt murmelnd stehen die Männer und Frauen in kleinen Grüppchen beisammen.

→ *Willst du weiter nach vorne gehen?* 100

→ *Du könntest auch den Diener neben dir fragen, was da los ist.* 101

54

„Was ist hier los?", fragst du.
„Siehst du das nicht?", antwortet der Fremde. „Schau doch her! Wir machen tolle Geschäfte! Diese Körner hier", er greift in einen der Säcke und lässt eine Handvoll Getreide langsam durch seine Finger rieseln, „ sind ihr gutes Geld wert!"
„Seid ihr Diebe?", erkundigst du dich etwas eingeschüchtert.
Der Fremde tritt vor dich und wird ganz ernst. Er sieht dich lange an. „Ja, wenn du es so nennen willst", gibt er zur Antwort. „Aber wir verkaufen es nicht für Geld. Wir schaffen es hinauf zum oberen Nil, wo die armen Leute vor Hunger sterben, weil sie das teure Getreide nicht bezahlen können!"
Neugierig schaust in einen der Kornsäcke.
„Aha, ihr seid so etwas wie Robin Hood", murmelst du.
„Was sagst du?", fragt der Fremde.
„Ach, das würdest du nicht verstehen", entgegnest du.
Nun treten die anderen Männer hinzu. Einer von ihnen blickt finster drein und hält dein Gesicht in den flackernden Schein einer Fackel. „Du willst uns wohl nachspionieren! Das würde zum Pharao passen. Jetzt lässt er schon Kinder für sich arbeiten!"
„Nein", antwortest du, „ich bin euch nur nachgelaufen, weil ich diesen Beutel zurückbringen wollte."

Du streckst den Männern deinen Fund entgegen. Einer von ihnen schnalzt mit der Zunge. „Alle Achtung!"
Die anderen kommen neugierig näher.
„Schaut euch das an! Wir verdanken diesem Kind unser Leben!"
Erstaunt blickst du in die Runde. Dann beobachtest du, wie der Fremde einige Papyrusrollen aus dem Lederbeutel zieht.
„Alle unsere Lage- und Geheimpläne!" Wütend dreht er sich zu den anderen um. „Welcher Idiot hat die verloren?"
Alle schweigen.
„Na ja, Schwamm drüber", sagt er.
Dann wendet er sich wieder dir zu: „Mein Name ist Atum. Wenn du willst, kannst du bei uns bleiben. Wir stehen tief in deiner Schuld. Ansonsten kann ich dich überall hinbringen, wo du möchtest.
„Wo ich herkomme ..., da kannst du mich niemals hinbringen", antwortest du und erzählst den Männern deine Geschichte. Staunend hören sie dir zu.
Schließlich sagt Atum: „Wer weiß, vielleicht gibt es da ja doch einen Weg ..."

→ *Willst du bei den Räubern bleiben?* 102

→ *Soll Atum dir den Weg nach Hause zeigen?* 103

55

Du fliehst mit den Syrern in Richtung Osten. Unbehelligt könnt ihr die ägyptische Grenze überqueren und wandert durch die Sinai-Halbinsel. Nach einer Woche erreicht ihr die große Oase bei Kadesch.
„Jetzt haben wir das Schlimmste hinter uns", seufzt einer der Männer erleichtert auf. Aus einem tiefen Brunnen schöpfst du Wasser, und alle trinken gierig.
Im Schatten mehrerer Palmen rastet eine Gruppe Nomaden mit schwer beladenen Eseln. Du siehst die Männer aufgeregt miteinan-

der reden und dabei wild gestikulieren. Als du dich einige Schritte näherst, kannst du deutlich verstehen, worüber sie sprechen.
„Das gibt es doch nicht! Sieh dir diesen Beutel an!“, sagt einer.
Er öffnet einen Beutel und zählt die Münzen.
„Genau die gleiche Summe. Das ist doch unmöglich!“, ruft er laut.
Neugierig fragst du ihn: „Was ist denn los?“
Der fremde Nomade hält dir den Beutel entgegen. „Sieh doch! Ich hab mein ganzes Geld zurückbekommen.“
„Sei still!“, herrscht ihn ein anderer an. „Vielleicht schickt der Pharao ja schon seine Spione hinter uns her!“
Du beruhigst die beiden, dass ihnen von dir keine Gefahr droht, und leise flüsterst du: „Ich bin selbst erst vor Kurzem aus dem Gefängnis geflohen.“
„Jetzt können wir auf keinen Fall mehr zurück nach Ägypten!“, sagt der Nomade verzweifelt. „Und unseren Bruder Simeon werden wir wohl nie wieder sehen.“
Überrascht blickst du den Fremden an: „Den kenne ich. Der wollte nicht mit uns aus dem Gefängnis fliehen. Ein komischer Kerl!“
Da legt der fremde Nomade seine Hand auf deine Schulter und stellt sich vor: „Ich heiße Ruben. Ich kann dir die ganze Sache erklären.“
Ihr setzt euch in den warmen Sand. Dann fährt Ruben fort: „Wir waren in Ägypten, um Korn zu kaufen. Doch der Stellvertreter des Pharao ließ uns als Spione verhaften. Einer sollte unseren kleinen Bruder Benjamin holen.“
„Wieso das?“, fragst du.
„Der Pharao wollte wissen, ob wir ihm auch wirklich die Wahrheit sagen“, antwortet Ruben.
„Aber nun seid ihr ja alle hier!“
„Ach, dieser Zafenat-Paneach hat es sich anders überlegt. Unseren Bruder Simeon hat er sozusagen als Geisel behalten.“
Ruben blickt auf den geöffneten Kornsack und deutet auf den Beutel mit Silbermünzen. „Und jetzt das da! Dies ist genau die Summe, die wir für das Getreide bezahlt haben.“
In diesem Moment ruft dich einer der Syrer.

→ *Willst du weiter mit den Syrern ziehen?* 108

→ *Oder möchtest du bei Ruben und diesen Nomaden bleiben?* 109

56

„Ich bleibe lieber hier in Ägypten", denkst du dir. „Vielleicht finde ich ja einen Weg zurück."
Die Nacht verbringst du in einem offen stehenden Stall.
Den ganzen folgenden Tag läufst du ziellos in dieser ägyptischen Stadt herum. An einem Obststand schenkt dir eine Frau getrocknete Feigen, und an einem Brunnen löschst du deinen Durst. Während der größten Hitze des Tages döst du im Schatten einer Palastmauer. Auf der Straße begegnen dir kaum Menschen.
Da siehst du eine Gruppe Nomaden mit ihren Eseln vorbeiziehen. Elf Männer zählst du. Doch der letzte bleibt plötzlich stehen und zieht seine Sandale aus.
„Der holt wohl ein Steinchen aus seinem Schuh", vermutest du und beobachtest ihn weiter. Die anderen sind schon ein Stück voraus.
Plötzlich kommen zwei Männer aus einer Seitenstraße angerannt, schlagen den einzelnen Nomaden nieder und wickeln ihn blitzschnell in einen großen Teppich.
Sofort springst du auf und überlegst: „Gegen die beiden kann ich nichts ausrichten."
Also rennst du den anderen hinterher und schreist: „He! Bleibt stehen! Einer von euch wurde überfallen!"
Die Männer drehen sich überrascht um. Im Nu haben sie die Lage erfasst. Vier von ihnen kommen auf dich zugerannt.
„Da drüben laufen sie!"
Du deutest mit dem Finger auf die belebte Hauptstraße.

→ *Wie viele Nomaden hast du gezählt?*

→ *Wie viele Buchstaben hat der Name des Mannes, der im Gefängis blieb?* (28)

→ *Multipliziere beide Zahlen und ziehe 3 davon ab. Nun weißt du, wo du weiterlesen musst!*

57

Es dauert nicht lange, da haben sie die beiden überwältigt. Doch die Räuber können in der Menge untertauchen.
„Na ja, egal“, sagt einer der Männer. „Hauptsache wir haben dich wieder, Benjamin!“
Dann dreht er sich zu dir um. „Ich bin Juda. Wir sind dir zu großem Dank verpflichtet. Sag, wohin gehst du denn?“
„Keine Ahnung“ entgegnest du. „Ich bin hier total fremd.“
Juda lädt dich ein mitzukommen. Dir ist das ganz recht.
Unterwegs erzählt er: „Ohne unseren Benjamin hätten wir uns zu Hause überhaupt nicht blicken lassen dürfen.“
„Warum denn?“, fragst du neugierig.
Und dann erzählt Juda eine lange Geschichte: „Wir sind elf Brüder, und bei uns in Kanaan herrscht Hungersnot. Vor einem Jahr waren wir schon einmal hier, um Korn zu kaufen. Wir wurden als Spione verhaftet!“
Ruben mischt sich ein: „Wir und Spione! So ein Quatsch!“
„Trotzdem“, beharrt Juda, „der Stellvertreter des Pharao ließ es sich nicht ausreden. Er hat uns misstraut und unseren Bruder Simeon im Gefängnis behalten. Wir sollten nicht ohne unseren jüngsten Bruder wiederkommen. Erst gestern hat er Simeon freigelassen, als wir unseren Benjamin dabei hatten.“
Es ist schon einige Stunden her, dass ihr die Stadt verlassen habt. Gerade ruht ihr euch an einer Oase aus, da kommen Soldaten angeritten. Der Hauptmann springt vom Pferd. Wütend redet er auf die Männer ein: „Wie konntet ihr nur unseren Herrn so betrügen! Ihr habt seinen silbernen Becher gestohlen!“
„Er meint den Stellvertreter des Pharao, bei dem wir gestern Abend zu Gast waren“, flüstert Juda dir zu.
Ruben, der Älteste, tritt vor. „So etwas würden wir nie tun! Solltet ihr bei einem von uns den Becher finden, so soll er des Todes sterben. Und wir anderen werden eure Sklaven sein.“
Niemand spricht ein Wort.
Inzwischen bist du heimlich an den Kornsack auf Benjamins Esel herangeschlichen, denn die Geschichte kommt dir bekannt vor. Vorsichtig tastest du ihn ab. Wirklich, da spürst du etwas Hartes.

→ *Willst du den Becher schnell herausholen?* 106

→ *„Ich führe einfach den Esel heimlich weg!“, beschließt du.* 107

58

Die Soldaten bringen euch in den Palast des Zafenat-Paneach, den Stellvertreter des Pharao. Alle werft ihr euch vor ihm zu Boden. Juda fasst sich als Erster. „Mächtiger Herr! Was sollen wir zu unserer Verteidigung sagen?“
Es herrscht eisiges, bedrohliches Schweigen.
„Nichts“, murmelt Ruben. „Der silberne Kelch klagt uns an!“
Juda spricht es aus: „Herr, wir sind alle deine Sklaven!“
„Oh, nein!“ antwortet Zafenat-Paneach. „Ihr seid frei. Nur dieser bleibt hier!“ Er deutet auf Benjamin.
„Gerade Benjamin“, denkst du dir. „Was werden sie jetzt machen?“
Nun steht Juda auf. Ganz nahe tritt er an Zafenat-Paneach heran. Plötzlich ziehen die Wachen ihre Schwerter und wollen ihn zurückhalten.
„Lasst ihn!“, gebietet der Stellvertreter des Pharao.
Juda kniet genau vor ihm nieder.
„Herr, wir dürfen nicht ohne unseren Bruder zurückkommen! Es würde unserem alten Vater das Herz brechen! Denn einen Sohn, an dem sein Herz so hing, hat er schon verloren!“
Die anderen heben vorsichtig die Köpfe. Auch du blickst zu diesem strengen Mann auf seinem Thron. Es scheint, als würde seine versteinerte Miene zu zittern beginnen.
„Herr, ich bitte dich“, fleht Juda, „lass mich hierbleiben anstatt meines Bruders Benjamin! Erbarme dich über unseren alten Vater Jakob!“
Immer noch blickst du gebannt auf Zafenat-Paneach. Es sieht aus, als würde er mit sich selbst kämpfen.
„Warum gibt sich dieser mächtige Mann so mit diesen Leuten ab?“, fragst du dich.
Plötzlich hörst du seine Stimme, laut und erregt: „Los! Alle raus hier!“, befiehlt er seinen Dienern und Soldaten. Die schauen etwas skeptisch. „Alle!“, ruft er und deutet zur Tür. Murmelnd ziehen sie sich zurück.

Als die Tür geschlossen ist, bricht es aus Zafenat-Paneach heraus. Tränen stehen ihm in den Augen. „Ich bin euer Bruder Josef!"
Die hartgesottenen Männer weichen zurück. „Du? Unser Bruder?", fragen sie erstaunt.
„Ja, seht mich an. Kommt näher! Ich bin es wirklich! Ich bin Josef, den ihr überfallen und nach Ägypten verkauft habt."
Plötzlich spürst du einen stechenden Schmerz in deiner linken Seite. „Das wird doch nicht der Blinddarm sein?", denkst du dir. „Gerade jetzt."

→ *Willst du etwas sagen?* 96

→ *Oder möchtest du lieber schnell rausgehen?* 97

59

Als ihr in einem kleinen Zimmer allein seid, setzt sich Josef auf einen Schemel und sieht dich fragend an.
„Wie kommst du eigentlich hier herein? Du bist wohl übergeschnappt!"
Nun erzählst du deine ganze Geschichte – wie du auf dem Gang aufgewacht bist und Josef vefolgt hast.
„Ich glaube, ich bin in einer anderen Zeit gelandet", endest du deinen Bericht.
Josef hat dir staunend zugehört.
„Aber was ist mit dir?", fragst du.
„Das ist auch eine lange Geschichte", antwortet Josef. Dann berichtet er von seiner Heimat Kanaan und der Nomadensippe, von seinen Brüdern und seiner Angeberei.
„Weil sie mich so sehr hassten, haben sie mich nach Ägypten verkauft! Ich war Sklave bei dem reichen Potifar. Aber seine Frau hat mich durch ihre Lüge ins Gefängnis gebracht."
Überrascht blickst du Josef an. „Dann bist du also unschuldig hier?"
„Ja", antwortet er. „Immer haben andere über mich bestimmt. Das war schon von Anfang an so. Aber mein Gott hat mir stets weitergeholfen."
Er sieht sehr nachdenklich aus.

Plötzlich steht er auf. „Nun bin ich für königliche Beamten zuständig, die hier in Untersuchungshaft sind. Gott hat mich aus diesem dunklen Loch herausgeholt. Aber was soll nun aus dir werden? Vor den beiden Soldaten konnte ich dich noch beschützen, doch lange kann ich dich hier nicht verstecken!"
Unruhig läuft Josef hin und her. „Ich werde den Verwalter fragen, was mit dir geschehen soll", sagt er, verlässt das Zimmer und geht über den Gefängnishof.
Durch das Fenster blickst du ihm nach. Es erscheint dir wie eine Ewigkeit, bis Josef endlich zurückkehrt. Neugierig forschst du in seinem Gesicht.

→ *Macht Josef einen erleichterten Eindruck?* 110

→ *Sieht er nicht eher bedrückt aus?* 111

60

Die Männer streiten sich erbittert um den letzten Wasserbeutel. Dabei schlagen sie sich fast die Köpfe ein.
„Das ist die Gelegenheit!", denkst du dir und läufst heimlich davon. „Ich hab ja so oder so keine Chance. Was soll's!"
Du rennst über eine große Sanddüne und entdeckst in der Ferne eine Karawane.
„Das gibt's doch nicht! Vielleicht eine Fata Morgana?", fragst du dich. Trotzdem rennst du mit letzter Kraft der Karawane hinterher und erreichst sie schließlich.
Der Karanwanenführer gibt dir zu trinken und verhandelt mit dir, ob du für ihn arbeiten willst. „Wir haben bei einem Überfall zwei Leute verloren", sagt er.
Du willigst ein. Was bleibt dir auch anderes übrig?
Die Karawane zieht weiter nach Westen. Du lernst, wie man mit Kamelen umgeht und wie die Zelte aufgebaut werden.
Nach vielen Wochen erreicht ihr den Ort Kyrene.
„Dies müsste wohl das heutige Libyen sein, wenn ich in Erdkunde richtig aufgepasst habe", denkst du dir.

Der Karawanenführer schenkt dir zum Abschied eine kostbare silberne Vase als Lohn für deine Arbeit. Du versteckst sie sorgfältig in einem Sack und schlenderst durch die Stadt zum Hafen.
Herrlich blau erstreckt sich das weite Meer vor deinen Augen.
„Das kann ja nur das Mittelmeer sein. Mann, das glaubt mir keiner, wo ich überall herumkomme!"
In dem Hafenviertel gibt es eine Menge zwielichtiger Gestalten und Wirtshäuser. Schnell läufst du weiter. Deinen Sack mit der wertvollen Vase klammerst du fest an dich.
„Am besten versuche ich nach Ägypten zu Josef zurückzukommen."
Du erkundigst dich bei einigen Leuten und wirst zu einem phönizischen Handelsschiff geschickt, das bald nach Ägypten auslaufen soll.
Der Kapitän ist ganz nett, aber das Schiff sieht ziemlich heruntergekommen aus.
Nebenan entdeckst du noch ein kretisches Kriegsschiff, das nach Syrien fahren soll.
„Tja, was mach ich jetzt bloß?"

→ *Willst du mit dem kretisches Schiff fahren?* 112

→ *Nimmst du lieber das phönizische Schiff?* 113

61

Mit dem Soldaten verlässt du den Thronsaal.
„Da ist heute irgendwie zu viel los", sagt er. „Wir kommen später wieder."
Ihr kehrt zurück zum Stallmeister.
„Na, hat dir der Pharao eine Auszeichnung verliehen?", fragt er interessiert.
„Nein, dafür war keine Zeit", antwortest du enttäuscht. „Der Pharao hatte bedeutsame Träume".
Der Stallmeister klopft dir auf die Schulter. „Keine Sorge, morgen klappt das bestimmt."
Es vergehen einige Tage, aber scheinbar hat dich der Pharao völlig vergessen. Nach deinem Sonderurlaub arbeitest du weiter in den Pferdeställen. Nur selten denkst du noch daran, dass du ja eigentlich aus einer anderen Zeit kommst, wo es keinen Pharao, sondern eine Bundeskanzlerin und ein Parlament gibt.

ENDE

→ *Wenn dich der Bibeltext zu dieser Geschichte interessiert, dann lies* 122

62

Du fasst dir ein Herz und trittst vor diesen Josef.
„Ich glaube, ich kenne deine Geschichte!", sagst du frei heraus. „Du wurdest doch von deinen Brüdern nach Ägypten als Sklave verkauft."
Josef blickt dich verwirrt an. „Das gibt es nicht! Woher weißt du das? Bist du ein Wahrsager?", fragt er erstaunt.
„Nein, nein! Ich komme aus einer anderen Zeit und einem anderen Land", antwortest du.
Josef verneigt sich vor dem Pharao und bittet darum, gehen zu dürfen.

„Komm mit!", fordert er dich dann auf.
Zwei Diener führen euch in einen Nebenraum. Ihr setzt euch. Auf einem Tisch steht frisches Obst. Josefs Augen funkeln.
„Wie viele Jahre habe ich kein solch schönes Obst mehr gesehen!" Er greift nach einem Granatapfel und sieht dich neugierig an. „Was weißt du über mich und woher?", fragt er kauend. „Erzähl mir alles ganz genau!"
Er bemerkt, wie auch du die Früchte anstarrst.
„Ach, ich will nicht unhöflich sein, nimm dir auch etwas", sagt er und reicht dir die Schale. In leuchtenden Farben strahlen dich die frischen Früchte an. Du nimmst dir eine unbekannte Frucht. Sie sieht aus wie ein dunkelblauer Apfel. Herzhaft beißt du hinein und schmeckst seine wunderbare Süße.
„Bei Osiris! Der sollte doch für Josef sein!", hörst du eine leise zischende Stimme hinter einem Vorhang. Du drehst dich um und bemerkst ein Rascheln. Josef hat offenbar nichts mitbekommen.
„Nun erzähl schon!", sagt er ungeduldig.
„Ich komme aus einer anderen Zeit. Da gibt es Autos, Flugzeuge, Mondraketen ... Deine Geschichte liegt bei uns schon mehrere Tausend Jahre zurück ..."
Mehr kannst du nicht sagen. Denn plötzlich ist dir, als würde die Frucht in deinem Hals stecken bleiben. Du hustest und ringst nach Luft.
„Entschuldige, Josef, ich habe den Eindruck, dass ... " Dir wird heiß. Schweißperlen tropfen von deiner Stirn. Alles dreht sich um dich. Du fällst zu Boden.
Das Letzte, was du siehst, ist Josefs erschrockenes Gesicht, das sich über dich beugt. Dann verlierst du das Bewusstsein.
Als du aufwachst, liegst du unter einem Gemüsestand in der Berliner Innenstadt und hältst einen dunkelblauen Apfel in der Hand. Du siehst die Füße der vielen Leute, die vorbeilaufen, und denkst dir: „So ein Mist! Jetzt, wo ich Josef alles erzählen wollte!"

ENDE

→ *Wenn dich der Bibeltext zu dieser Geschichte interessiert, dann lies* 122

63

Gerade als er zuschlagen will, knallt eine Peitsche durch die Luft. Sie umwickelt die bronzene Statue. Ein kräftiger Ruck, und das Standbild wirbelt durch die Luft. Sofort eilen zwei Wachen herbei und überwältigen den Eindringling. Erleichtert atmest du erst einmal tief durch. Josef kommt gelaufen und klopft dir anerkennend auf die Schulter.

„Du hast deine Sache prima gemacht!", sagt er. „Wir sind stolz auf dich!"

Am nächsten Morgen sprichst du Josef an: „Du hast doch einmal etwas von den Magiern beim Pharao erzählt, die Leute in die Zukunft bringen können. Ich würde sie gern kennenlernen."

Josef blickt dich nachdenklich an.

„Also gut, komm mit!", antwortet er. Er führt dich zum Palast des Pharao und stellt dich den Magiern vor. Sie reden sehr geheimnisvoll – von einer Grabkammer, einem Trank. Dir ist alles egal.

„Ich mache mit, wenn ich bloß nach Hause komme!"

Sie sperren dich in eine noch leere Grabkammer unter der Erde und geben dir ein heißes Getränk. Sofort schläfst du ein.

Als du aufwachst, dringt etwas Neonlicht in den Raum. Neben dir schlafen deine Klassenkameraden in den Stockbetten der Jugendherberge.

„Hab ich das alles nur geträumt?", fragst du dich.

ENDE

→ *Möchtest du wissen, welche Begebenheiten aus dieser Geschichte auch in der Bibel stehen? Dann lies nach bei* 120

64

„Passen Sie auf!", schreist du entsetzt und deutest mit der Hand nach links. „Da! Sehen Sie doch!"

Der Fremde ist überrascht und dreht sich für einen Augenblick zur Seite. Du nutzt die Gelegenheit und rennst schnell weg. Der Mann will dir folgen, doch da hörst du Stimmen und siehst die ersten Fackeln im Innenhof aufleuchten.

„Verdammt!", ruft der Eindringling, packt den schweren Sack und will über die Mauer klettern. Aber zwei der Soldaten haben ihn bereits geschnappt und zerren ihn herunter. Während er abgeführt wird, kommt Josef und klopft dir anerkennend auf die Schulter.

„Sehr gut!", sagt er. „Du hast diesen Kerl geschickt aufgehalten. Nur deshalb konnten wir ihn uns schnappen."

„Das war aber wirklich knapp!", bemerkst du, noch immer außer Atem.

Potifar überreicht dir am nächsten Tag als Dank ein wertvolles Halsband, das mit vielen Edelsteinen besetzt ist. Außerdem überträgt er dir eine verantwortungsvolle Arbeit im Haus. Du bist jetzt für den Einkauf von frischen Nahrungsmitteln zuständig. So kommst du auch häufiger auf den Markt der Stadt. Es ist ein buntes Treiben und es dauert einige Zeit, bis du dich überall zurechtfindest. Nach einigen Wochen handelst und feilschst du schon genauso temperamentvoll wie die ägyptischen Händler.

Eines Tages, als du vom Markt zurückkommst, siehst du, wie Soldaten Josef in Ketten abführen.

„Was ist denn da passiert?", wendest du dich erstaunt an einen der Gärtner. Der antwortet: „Die Frau des Potifar hat behauptet, Josef wolle ihr etwas antun."

„Glaubst du das?", fragst du zurück.

„Nein, ich glaube eher, die hat sich geärgert, dass sich Josef nicht für sie interessiert hat." Dann zuckt er mit den Schultern und fährt fort: „Aber als Sklave hat er keine Chance. Potifar hat ihn ins Gefängnis geworfen."

„Der arme Josef!", denkst du dir. „Jetzt sitzt er unschuldig im Gefängnis."

Doch du findest keine Möglichkeit, ihm irgendwie zu helfen. Als du dich bei Potifar für Josef einsetzt, bekommt er einen Wutanfall und

verkauft dich an einen anderen reichen Beamten des Pharao. Dort arbeitest du nun Tag für Tag, Jahr für Jahr.
Dein Zuhause und deine Zeit scheinen dir genauso weit weg wie für die Ägypter Babylon oder Assyrien.

ENDE

→ *Wenn dich der Bibeltext interessiert, der in dieser Geschichte vorkommt, dann lies* 120

65

Das Boot liegt am Ufer. Schnell steigst du hinein und prüfst, ob alles da ist. Dann holst du dir noch ein paar Vorräte aus der Hütte. Mit kräftigen Schlägen ruderst du aufs Meer hinaus und setzt das Segel. Wie man damit umgeht, hast du schon bei einigen Ausfahrten mit dem Fischer gelernt. Eine frische Brise treibt dich an der Küste entlang Richtung Westen. „Das passt ganz gut. So komme ich nach Ägypten", denkst du dir. „Ich muss bloß aufpassen, dass ich nicht zu weit von der Küste wegtreibe."
Du steuerst den alten Kahn, so gut es geht.
Doch im Laufe des Tages ziehen fast unmerklich Wolken von Norden auf und verfinstern den Himmel. Der Wind wird stärker und peitscht die Wellen immer höher.
„Ich muss versuchen, wieder an Land zu kommen", beschließt du. Denn mittlerweile siehst du die Küste nur noch als einen schmalen Streifen am Horizont. Der Wind steigert sich zum Orkan. Du hast alle Mühe, Kurs zu halten.
„Wenn das so weitergeht, werde ich das Festland nicht mehr erreichen!", stellst du verzweifelt fest.
Plötzlich taucht in der Ferne eine mächtige Galeere mit großen Segeln auf.

→ *Willst du auf das Schiff zusteuern?* 82

→ *Willst du versuchen, doch noch ans Land zu kommen?* 83

66

Du packst Vorräte in ein Bündel und machst dich auf den Weg in Richtung Westen, immer der Küste entlang. Nach drei Tagen entdeckst du eine Karawane, die nach Ägypten unterwegs ist. Du schließt dich ihr an.

Am Nil trennt ihr euch. Du wanderst weiter flussaufwärts.

„Vielleicht finde ich ja bei den Pyramiden einen Weg zurück in meine Zeit", denkst du.

Große Kornfelder erstrecken sich zu beiden Seiten des Nils. Immer wieder staunst du über die mächtigen Wasserräder und die ausgeklügelten Bewässerungssysteme, mit denen die Ägypter ihre Ernten steigern können.

„Das kenn ich alles nur aus Büchern", sagst du zu dir. „Das wird mir daheim kein Mensch glauben!"

Nach einigen Tagen entdeckst du in der Ferne eine Pyramide im Licht der untergehenden Sonne.

„Wie komme ich bloß auf die andere Seite des Flusses?", fragst du dich.

Mehrere Männer mit schwer bepackten Eseln hasten an dir vorüber. Einer hätte dich fast umgerannt. Du bemerkst, wie vom letzten Esel ein kleiner Lederbeutel herunterfällt. Keiner der Männer registriert es. Dann hörst du hinter dir Geräusche. Als du dich umdrehst, erkennst du Soldaten, die mit Fackeln heranreiten.

→ *Willst du den Männern mit ihren Eseln nachrennen?* 79

→ *„Vielleicht ist es sicherer, auf die Soldaten zu warten", beschließt du.* 86

67

Am Abend lagern alle am Feuer. Es gibt gebratenes Lammfleisch und warmes, knuspriges Fladenbrot. Die Männer reden natürlich über die Sache mit dem Schakal. Du sitzt mit dabei und lässt es dir schmecken. Vor lauter Abenteuer hast du gar nicht daran gedacht, dass du ja eigentlich in einer anderen Zeit bist.

„Werde ich je wieder zurückkommen?", hängst du deinen Gedanken nach. Erst jetzt bemerkst du, dass es ganz still geworden ist. Nur das Knistern der Flammen ist zu hören und die Worte eines jungen Mannes.

„Diese Stimme kenne ich doch!" Du reckst deinen Kopf, und nun erkennst du Josef. Alle hören ihm gebannt zu.

„Könnt ihr euch das vorstellen?", fragt er. „Sonne, Mond und elf Sterne!"

Leise fragst du Benjamin, der neben dir hockt: „Was erzählt er da?"

„Pst!", zischt Benjamin kurz herüber. „Er redet über einen Traum, den er letzte Nacht hatte."

Wieder blickst du zu Josef.

„Es waren genau elf Sterne. Ich habe sie gezählt. Und alle verneigten sich vor mir!"

Die Männer schweigen. In ihren Gesichtern kannst du Verwunderung und Entsetzen erkennen. Einige ballen die Fäuste und kneifen die Augen zusammen.

Plötzlich steht der alte Vater Jakob auf. Wütend schaut er Josef an. „Jetzt ist es aber genug mit deinen Träumereien! Sollen etwa deine Mutter und ich ..." Drohend erhebt er die Faust. „... Sollen wir uns etwa vor dir verbeugen?!" Er ringt sichtlich um Fassung. Dann holt er tief Luft. „Schluss damit!", ruft er. „Alle gehen in die Zelte. Es war ein langer anstrengender Tag. Der Schlaf wird uns gut tun." Und zu Ruben sagt er: „Du und Juda, ihr löscht das Feuer."

„Komm!", flüstert Benjamin, „du kannst bei uns im Zelt übernachten."

→ *Willst du auf seinen Vorschlag eingehen?* 68

→ *„Nein, ich möchte allein bleiben", antwortest du.* 69

68

Am nächsten Morgen fragst du Benjamin: „Warum waren Jakob und die Männer gestern Abend so wütend?“

„Nun“, antwortet er, „das war ja nicht Josefs erster Traum. Ich glaube, langsam steigt ihm das alles zu Kopf.“

„Wieso?“

„Er hat schon einmal etwas Ähnliches geträumt. Elf Korngarben hätten sich vor ihm verbeugt. Du kannst dir ja denken, was diese Zahl bedeutet. Und dann dieses neue wertvolle Gewand, das er vom Vater bekommen hat …“

Gemächlich schlendert ihr zum Brunnen und wascht euch. Überall klebt Wüstensand an deiner Haut.

„Josef macht sich wirklich unbeliebt“, wirfst du ein, während du dich mit einem groben Stofftuch abrubbelst.

Benjamin schaut dich eindringlich an. „Ehrlich gesagt, die Brüder hassen Josef! Sie sind neidisch auf seine besondere Stellung und ärgern sich über seine Träumereien und das wertvolle Prinzengewand.“

„Stimmt“, sagst du. „Es ist mir gestern schon aufgefallen. Der mit Goldfäden durchwebte Stoff glitzerte in der Sonne.“

„Ach, was soll diese mühsame Wascherei“, sagt Benjamin. „Wir könnten unten am Fluss schwimmen gehen. Hast du Lust?“

➔ *Willst du mit Benjamin zum Fluss gehen?* 70

➔ *„Jetzt nicht“, antwortest du. „Ich will erst noch mal in das Nomadenzelt, in dem ich gestern angekommen bin.* 75

69

Das Feuer zischt und knistert, als Ruben und Juda es löschen. Weißer Qualm steigt in den Nachthimmel.

Die beiden gehen an dir vorüber. Ruben blickt dich fragend an. Aber du schüttelst den Kopf. Sie zögern noch etwas, doch dann verschwinden sie in ihren Zelten.

Allein läufst du nun ein Stück in die Wüste hinein. Sternenklare Nacht umgibt dich. Der Sand ist noch warm von der Hitze des Tages, als du dich hinlegst. Doch der Wind ist kühl.

Du liegst auf dem Rücken und blickst zum Himmel auf. Millionen glitzernder Sterne funkeln dir entgegen.

„Wie toll das aussieht!", denkst du fasziniert. Aber dann fällt dir ein, dass es in dieser Gegend nachts sehr kalt wird. Du beschließt aufzustehen, doch du kannst deine Augen nicht von diesem Naturschauspiel lassen.

Es war ein langer, angstrengener Tag, und so schläfst du schließlich ein.

Als du aufwachst, liegst du auf einer harten Parkbank. Vögel zwitschern aufgeregt in den Bäumen. Die Sirene eines Feuerwehrautos reißt dich endgültig aus deiner Schläfrigkeit. Schnell springst du auf. Eine alte Frau hat dich beobachtet.

„Armes Kind!", sagt sie mitleidig. „Du hast wohl kein Zuhause? Soll ich dich zu einer warmen Mahlzeit einladen?"

ENDE

➔ *Lies doch mal nach, wie die Bibel einige der Situationen beschreibt.* 118

70

Ihr rennt den Abhang hinunter und springt in den Fluss. Du holst tief Luft, denn das Wasser ist sehr kalt. Dann taucht ihr um die Wette. In dem glasklaren Wasser kannst du prima das Flussbett absuchen.

Als ihr wieder auftaucht, prustet Benjamin: „Stell dir vor, die Nomaden erzählen, dass hier irgendwo ein Schatz vergraben sein soll."

Ihr schwimmt ans Ufer und lasst euch von den warmen Sonnenstrahlen trocknen.

„Was für ein Schatz?", fragst du neugierig.

„Dunkelhäutige Männer aus Nubien sollen hier vor langer Zeit eine Menge Gold versteckt haben. Sie müssen auf der Flucht gewesen sein. Vielleicht waren sie Sklaven in den Goldbergwerken am Sinai."

Ganz gespannt blickst du Benjamin an.

„Und dann? Was war dann?"

„Es wird erzählt, dass alle umgekommen sind." Benjamin flippt einen Stein ins Wassser. „Wegen des Goldes tauche ich hier so gerne im Fluss!"

„Los komm! Ich will auch suchen!", sagst du und bist schon wieder ins Wasser gesprungen.

Den ganzen Vormittag taucht ihr, um diesen geheimnisvollen Schatz zu finden.

Plötzlich bemerkst du eine Schnur unter Wasser, die von der Strömung hin und her bewegt wird. Du bekommst sie zu fassen und ziehst einen Lederbeutel aus dem Sand. Benjamin kommt staunend hinzu.

„Und ich dachte immer, es wäre eine Schatzkiste!", murmelt er.

Du öffnest den Lederbeutel und lässt die goldenen Münzen in den Sand fallen. Wie benommen steht ihr da.

Sofort rennt ihr zu den Zelten zurück. Du gibst den Beutel Jakob und sagst: „Ihr könnt es sicher besser gebrauchen als ich."

Der alte Jakob nimmt dich in den Arm. „Von nun an gehörst du zu uns", sagt er leise.

ENDE

➔ *Einige dieser Ereignisse sind auch in der Bibel erzählt. Lies doch mal nach bei* 118

71

Von nun an arbeitet ihr bei Josef, den alle hier Zafenat-Paneach nennen.

„Wie kommt es, dass du der Stellvertreter der Pharao bist?“, fragst du eines Tages.

„Das ist eine lange Geschichte“, antwortet Josef. „Ich war doch Sklave bei dem reichen Beamten Potifar, kam aber ins Gefängnis, weil seine Frau mich zu Unrecht beschuldigte. Und dann spielten immer wieder Träume eine Rolle. Zuletzt habe ich dem Pharao zwei seiner Träume erklärt. So entkam ganz Ägypten einer schrecklichen Hungersnot.“

„Jetzt verstehe ich manches besser“, sagst du zu Josef. „Der Stallmeister hat uns oft von einem Ausländer erzählt, der beim Pharao hohes Ansehen genießt.“

Die Arbeit bei Josef macht dir Spaß. Du bist für die Verpflegung zuständig. Mehrmals am Tag trägst du die Mahlzeiten auf und kümmerst dich um die Getränke.

Oft hat Josef hohe Beamte zu Gast. Dann gibt es vor allem in der Küche viel Arbeit.

Eines Tages fliegt plötzlich die Tür auf, und Josef steht vor dir.

„Stell dir vor, was heute passiert ist!“, ruft er. „Zum ersten Mal nach so vielen Jahren habe ich meine Brüder wiedergesehen!“

„Wie das?“, fragst du überrascht.

„Sie sind aus Kanaan gekommen, um hier Korn zu kaufen“, erwidert Josef.

„Haben sie dich erkannt?“ Unsicher blickst du Josef an.

„Nein, bestimmt nicht.“ Nun wird Josef ganz ernst. „Ich habe sie ziemlich eingeschüchtert. Und wie sie da alle im Staub vor mir lagen, musste ich an die Träume meiner Jugend denken. Da haben sich Sonne, Mond und Sterne vor mir verneigt.“

Du reichst Josef den silbernen Weinbecher. Er nimmt einen großen Schluck, dann fährt er nachdenklich fort: „Ich habe sie zurückgeschickt … und den Simeon habe ich ins Gefängnis werfen lassen!“

„Aber warum?“, fragst du.

„Beim nächsten Mal müssen sie unseren jüngsten Bruder Benjamin mitbringen. An ihm hängt mein Herz noch immer“, antwortet Josef.

Leise gehst du in die Küche und holst das Essen.

„Es ist wohl besser, wenn ich ihn jetzt allein lasse“, denkst du dir.

Pithom arbeitet in der Küche. Ihr setzt euch an einen kleinen Holztisch und taucht frisch geröstete Brotfladen in vergorene Ziegenmilch. Dabei erzählst du ihr von Josef.
Plötzlich wird es dunkel im Raum.
„Was ist los?", fragt Pithom und läuft ans Fenster. „Sieh doch! Der Himmel hat sich verfinstert!", ruft sie aufgeregt. „Vielleicht eine Heuschreckenplage!"
Doch da krachen auch schon die ersten Blitze. Pithom stürzt totenblass zu Boden.
„Das ist doch bloß ein Gewitter", versuchst du sie zu beruhigen. Dabei fällt dir ein, dass du während der ganzen Zeit hier noch keinen Regen erlebt hast. Ein gewaltiger Orkan zieht herauf.
„Keine Panik, Pithom! Ich erklär dir später alles ganz genau."

→ *Willst du schnell alle Fenster im Haus schließen?* 98

→ *Oder ist es besser, erst einmal Josef zu warnen?* 99

72

Der Kornhändler zählt dem Karawanenführer die Silberstücke in die Hand. Dann nimmt er dich gefesselt mit. Von nun an arbeitest du für ihn.
Es ist eine elende Schufterei. Schwere Säcke müssen mit Getreide gefüllt und auf Wagen geschleppt werden. Es gibt keine Möglichkeit zur Flucht. Immer wieder überlegst und probierst du, wie du wegkommen könntest. Aber es bietet sich keine Möglichkeit.
Tag und Tag, Woche um Woche vergehen. Irgendwann gibst du die Hoffnung auf, je hier herauszukommen, geschweige denn, in deine Zeit zurückzufinden.

ENDE

73

„Ich weiß selbst nicht genau, wie ich hierher gekommen bin!", ist deine ehrliche Antwort.

Verblüfft schaut dich der Alte an. Und dann erzählst du die ganze Geschichte von Anfang an. Woher du kommst und wer du bist. Als du von Autos, Flugzeugen und Farbfernsehern erzählst, werden seine Augen immer größer.

Jetzt ist es dir endgültig klar: „Ich bin in der Vergangenheit gelandet!"

„Mein Name ist Jakob", stellt sich der bärtige Mann vor. „Gottes Wege sind wunderbar. Ich verstehe zwar nicht, was du erzählst, aber sei trotzdem herzlich bei uns willkommen. Wir Nomaden in Kanaan schätzen die Gastfreundschaft. Du kannst gerne ..."

Plötzlich wird er unterbrochen. Ein junger Mann mit einem kostbar bestickten Gewand kommt angerannt.

„Vater! Vater!", ruft er völlig außer Atem. „Du musst sofort zum Brunnen kommen! Dan und Asser streiten schon wieder. Und außerdem sagen sie schlimme Sachen über Rahel!"

Jakob dreht sich schnell um. So viel Energie hättest du diesem alten Mann gar nicht zugetraut.

„Diese frechen Kerle", ruft er wutentbrannt und läuft los. „Jetzt reicht es mir aber wirklich!", hörst du ihn noch. Dann ist er zwischen den Zelten verschwunden.

„Lässt mich einfach hier stehen", denkst du dir. „Nicht so die feine Nomadenart."

Plötzlich hörst du hinter dir ein Geräusch und drehst dich um.

„Du hast uns wohl belauscht? Bist du nicht dieser Benjamin?"

→ *Entdeckst du Benjamin auf dem Oasenbild? Siehst du den Baum, hinter dem er sich versteckt? Zähle die Früchte und multipliziere sie mit drei! Dann weißt du auch, wo es weitergeht.*

74

Ohne ein Wort zu sagen drehst du dich um und rennst eilig davon. Als du dich sicher fühlst, machst du eine Pause. Dein Herz schlägt schnell, und du atmest heftig. Vor dir liegt eine schmale Schlucht. Als du weitergehen willst, stößt du mit dem Fuß an ein kleines Fläschchen, das im Sand vergraben ist. Jetzt hörst du Hunde bellen und erschrickst. Schnell holst du das Fläschchen aus der Erde und rennst weiter den schmalen Weg entlang.

Von einer Felsspalte aus beobachtest du, wie die Kinder dich suchen und nach dir rufen. Da löst sich plötzlich ein Felsbrocken weit über dir. Krachend rollt er nach herab und löst eine Steinlawine aus.

Du hörst das aufgeregte Schreien der Kinder und willst dich in Sicherheit bringen. Aber es ist zu spät. Unzählige Felsbrocken stürzen in die Tiefe und versperren den schmalen Weg.

Als der Staub sich lichtet, stehen die Kinder vor den Trümmern. Eines sagt mitleidig: „Warum musste das gerade jetzt passieren? Das ist sein

ENDE

Oder vielleicht doch nicht?

Was die Kinder nicht wissen: Du konntest dich im letzten Moment unter einen Felsvorsprung retten. Aber nun ist es stockdunkel, und wohin du schaust – überall nur Steine. Dir fällt das Fläschchen ein. Hastig ziehst du es aus deiner Tasche und trinkst es leer.

Du reibst dir die Augen.

„Was ist denn jetzt los?" Es ist, als würden sich die Steine in Tauben verwandeln und um dich herumflattern.

„Träume ich?", fragst du dich.

Ein Brotstück, das dir jemand an den Kopf wirft, reißt dich aus deinen Gedanken.

Du sitzt auf dem Platz vor dem Museum. Eine alte Dame holt wieder einen Brocken aus ihrer Papiertüte und wirft ihn den Tauben hin. „Wo kommst denn du so plötzlich her?", fragt sie dich überrascht.

ENDE

75

Du erreichst das Zelt, in dem du gestern angekommen bist.
„Ja, genau, an dieser Stelle war es!", murmelst du vor dich hin.
Aufmerksam suchst du die ganze Umgebung ab.
Plötzlich stößt du mit dem Fuß an eine kleine Schatulle. Behutsam hebst du sie auf und öffnest den Deckel. Nichts passiert. Du nimmst ein kleines Tuch heraus. Etwas Hartes ist darin eingewickelt. Es sieht aus wie eine Brausetablette.
„Das gibt's doch nicht!", überlegst du. Aber dann holst du schnell Wasser mit einem Lederbeutel aus dem Brunnen. In der Nähe steht ein kleiner Krug, in dem du die Tablette auflösen kannst. Dein Blick wandert umher, während du trinkst.
„Vielleicht hätte ich sie aufheben und noch etwas hierbleiben sollen", wird dir schlagartig klar. Aber es ist zu spät. Du fällst in einen tiefen Schlaf.
Plötzlich rüttelt dich jemand. Als du die Augen aufschlägst, sitzt du als Einziger noch im Reisebus. Vor dir steht der Busfahrer. „Los", sagt er, „aussteigen!"
„Habe ich das alles jetzt geträumt?", fragst du dich, während du zum Ausgang läufst.

ENDE

➔ *Einige dieser Begebenheiten kommen auch in der Bibel vor. Möchtest du wissen, welche?* 118

76

Du kehrst zum Rand der Zisterne zurück.

„Ich kann nichts finden. Ich werde bis morgen abwarten. Irgendwie hol ich dich hier heraus!"

Du suchst dir eine Decke und kauerst dich in einiger Entfernung unter einen Felsvorsprung. Irgendwo heult ein Schakal, aber das bekommst du schon gar nicht mehr mit, weil du sofort einschläfst.

Am nächsten Morgen wirst du von unbekannten Geräuschen geweckt. Du richtest dich auf und siehst eine Karawane vorüberziehen. Von Weitem erkennst du, dass ein Mann auf den Führer der Karawane zuläuft und mit ihm redet. Sie gehen zum Lager der Brüder. Heimlich folgst du ihnen und versteckst dich hinter einem Felsen. Um zu sehen, was nun passiert, musst du dich weiter vorstrecken. Offenbar verhandeln die Brüder mit dem Karawanenführer.

Wild gestikulieren sie. Dann siehst du, wie der Karawanenführer aus einem Sack Münzen holt, die im Licht der aufgehenden Sonne funkeln. Wenig später ziehen drei der Brüder Josef aus der Zisterne. Er wird gefesselt und an eines der Kamele gebunden.

Schlagartig wird dir klar: „Die haben Josef verkauft!"

→ *„Ich muss das irgendwie verhindern!", denkst du dir. „Ich werde zu den Brüdern laufen!"* 80

→ *„Vielleicht ist es besser, die Karawane heimlich zu verfolgen."* 81

77

Als du näher kommst, beobachtest du, wie weiß gekleidete Männer Zelte abbauen und Kamele beladen. Es ist eine Karawane. Du sprichst einen der Männer an und erzählst deine Geschichte.

Verwundert mustert er dich von oben bis unten. Dann sagt er: „Wenn du willst, kannst du bei uns bleiben. Wir haben erst vor einigen Tagen zwei neue Kamele gekauft. Für die könnten wir noch einen Treiber brauchen.“

„Was bleibt mir wohl anderes übrig?“, denkst du dir. Aber laut sagst du: „Ist das schwierig?“

„Keine Sorge, das hat noch jeder gelernt. Ich heiße übrigens Abuakbar“, antwortet der Karawanenführer. Mit einem Handschlag besiegelt ihr deinen neuen „Arbeitsvertrag“.

Von nun an ziehst du mit der Karawane nach Südwesten, führst und versorgst die Kamele und bekommst wenigstens immer genug zu essen und zu trinken.

Erst nach einigen Wochen entdeckst du bei einer Rast ganz am Ende der langen Karawane einen Gefangenen. Es ist Josef. Unauffällig stellst du dich neben ihn und fragst leise: „Was ist mir dir los?“

Ängstlich blickt Josef sich um, dann beugt er sich von seinem Kamel herunter: „Meine Brüder haben mich in eine Zisterne geworfen und an diese Karawane verkauft.“

Als jemand nach dir schreit, rennst du los.

„Vielleicht kann ich dir irgendwie helfen!“, zischst du Josef noch schnell zu.

„Es ist nicht mehr weit bis zur ägyptischen Grenze!“, ruft der Karawanenführer. Er legt seine Hand über die Augen und blickt in die Ferne.

„Da hinten!“, schreit jemand vom anderen Ende der Karawane. „Seht doch, da kommen Räuber!“

Und dann geht alles ganz schnell. Pfeile zischen durch die Luft und treffen einige der Männer. Die anderen verteidigen sich mit Messern und Knüppeln, doch sie werden bald überwältigt. Noch kannst du dich zwischen zwei Kamelen verstecken, aber die Lage scheint hoffnungslos.

„Wie wird das enden?“, fragst du dich.

→ *Weißt du noch, welches Tier dir in der Wüste gefährlich wurde?* (81)
Ein Skorpion? = 22
Eine Schlange? = 35
Ein Schakal? = 48

→ *Die richtige Zahl führt dich weiter!*

Oder hat du das gar nicht erlebt? Dann eine andere Frage:

Mit welchem Gegenstand haben dich die Brüder befreit? (41)
Mit einem Hirtenstab? = 48
Mit einem großen Messer? = 22
Mit einer Eisenstange? = 35

→ *Die richtige Zahl führt dich weiter!*

78

Ganz in der Nähe ihres Lagers gehst du in Deckung.
„Was habt ihr da bloß getan?", regt sich jemand auf.
Du robbst noch ein wenig näher heran.
„Beruhige dich, Ruben!", hörst du einen der bärtigen Männer. „Der Kerl hat es nicht anders verdient!"
„Ihr seid doch verrückt geworden!", antwortet Ruben. „Die Nacht in der Zisterne hätte als Lektion gereicht!"
Er geht auf den Bärtigen zu und schüttelt ihn. „Juda! Warum habt ihr ihn bloß verkauft?"
Juda wehrt Ruben ab. „Na und", sagt er, „jetzt haben wir endlich unsere Ruhe vor dieser Angeberei und Petzerei!"
Nun ist dir alles klar. „Es dreht sich bestimmt um Josef!"
Die Stimme Rubens schreckt dich aus deinen Gedanken. „Was wollt ihr jetzt unserem Vater sagen?"
Plötzlich herrscht betretenes Schweigen.
Da befiehlt Juda zwei anderen: „Los! Schlachtet einen Bock!"

Die beiden rennen los.
„Was soll das?", fragt Ruben.
Juda hält ihm das bunte Gewand Josefs hin. „Wir tauchen den Stoff in das Blut und zeigen ihn dem Vater! Dann müssen wir überhaupt nichts sagen. Er wird sich schon seinen Reim darauf machen."
Ruben spuckt auf den Boden und geht wortlos weg.
Du willst zurückschleichen. Da stolperst du über eine Zeltschnur.
„Aua!", rutscht dir heraus.
Sofort kommen einige der Männer herbeigerannt und halten dich fest.
„Du hast alles mitgehört! Stimmt's?" Juda wartet überhaupt keine Antwort ab.
„Los! In die Zisterne mit dir!" Das ist dein

ENDE

79

So schnell du kannst, rennst du diesen fremden Männern hinterher. Plötzlich ist es ganz still.
„Das gibt es doch nicht!", denkst du. „Gerade habe ich noch das Klappern der Hufe gehört. Die können doch nicht weit sein und müssen hier irgendwo stecken!"
Du blickst dich nach allen Seiten um. Jetzt erkennst du in der Dunkelheit hinter Büschen den Eingang zu einer Höhle. Vorsichtig gehst du darauf zu.
Da spürst du hinter dir einen heftigen Atemzug. Im gleichen Moment packt dich eine Hand und hält dir den Mund zu. Du willst schreien, aber es ist unmöglich. Mit festem Griff zerrt dich ein Unbekannter in die Höhle hinein.
Schon nach wenigen Metern endet der Weg abrupt vor einer Felswand. Plötzlich schiebt sich eine kleine Steinplatte zur Seite. Der Fremde stößt dich in die Öffnung und kommt hinterhergekrochen. Die Steinplatte schließt sich wieder. Du blickst voller Erstaunen in einen mit Fackeln erleuchteten Raum, wo die Männer von vorhin gerade schwere Säcke von den Eseln abladen.

„Das ging gerade noch mal gut!“, spricht dich der Fremde an. „Fast hätten uns die Soldaten geschnappt.“

→ *Willst du wissen, wie es weitergeht? Suche und zähle die Kornsäcke in der Oase, multipliziere sie mit 11 und ziehe 1 ab! Alles klar?!*

80

Du überlegst nicht lange und rennst aus deinem Versteck genau auf die Männer zu.
„Das könnt ihr doch nicht machen!“, schreist du. „Er gehört doch zu eurer Familie! Wie stellt ihr euch das vor? Was wird euer Vater dazu sagen?“
Bevor die verdutzten Brüder reagieren können, bist du mit deinem Taschenmesser bei Josef angelangt und schneidest seine Fessel durch. Sofort hat Josef die Situation erfasst.
„Los!“, ruft er. „Wir verschwinden hier!“
Schnell rennt ihr zwischen den Kamelen hindurch und versucht, einen felsigen Abhang zu erreichen.
„Wenn wir da hinaufklettern, können wir sie vielleicht abschütteln!“, keucht Josef.
Zwei dunkelhäutige Kameltreiber sind euch schon auf den Fersen. Geschickt klettern sie die Felsen hoch und haben euch bald eingeholt. Sie packen erst dich, dann Josef und schleifen euch zurück zur Karawane. Ihr wehrt euch mit aller Kraft, doch es nützt nichts. Die Brüder Josefs verkaufen auch dich an die Händler.
Jetzt fesseln sie euch, und ihr müsst den Kamelen hinterhertrotten, den ganzen Tag durch die glühend heiße Wüste.
Ihr seid fast verdurstet und völlig erschöpft, als die Karawane am Abend Rast macht. Endlich gibt man euch zu trinken und zu essen. Immer noch gefesselt liegt ihr im staubigen Wüstensand, während die Männer die Kamele versorgen. Leise flüsterst du Josef zu: „Ich habe noch mein Taschenmesser bei mir. Heute Nacht, wenn alle schlafen, schaffen wir es wirklich!“

Josef sieht dich mit ausdruckslosem Gesicht an und seufzt: „Ach, es hat doch keinen Sinn. Vielleicht habe ich es ja wirklich verdient!" Er dreht sich um.
„Mensch, lass dich doch nicht so hängen!", sprichst du weiter. „Heute Nacht klappt es bestimmt."
Doch bald darauf sinkst du in einen tiefen Schlaf.
Mitten in der Nacht wachst du auf, weil du kalte Wassertropfen auf deinem Gesicht spürst. Du suchst nach deinem Taschenmesser und willst Josef wecken. Da bemerkst du: „Ich bin ja gar nicht mehr gefesselt."
Plötzlich öffnet sich über dir ein großer Deckel, und das helle Licht einer Neonröhre blendet dich. Du reibst dir die Augen und siehst viele Gesichter, die dich anstarren. Als du dich umschaust, entdeckst du die Räume des Museums. Langsam wird dir klar, was das bedeutet. „So ein Mist!", rutscht es dir heraus. „Wir hätten es bestimmt geschafft, diesen Händlern zu entkommen!"

ENDE

→ *Welche der in dieser Geschichte erzählten Begebenheiten werden in der Bibel beschrieben? Lies nach bei* 119

81

Den ganzen Tag verfolgst du die Karawane. Sie ist schon weit voraus. Doch an dem Staub, den die Kamele aufwirbeln, kannst du dich orientieren. Es wird immer heißer. Bei diesem steinigen Weg musst du auf jeden Schritt achten. Das ist ungeheuer anstrengend.

„Tja, hier gibt es keine Gehsteige und Rolltreppen", denkst du dir und schleppst dich weiter. Immer wieder sprichst du dir Mut zu: „Ich muss einfach dranbleiben, um Josef zu helfen."

An diesem Abend sinkst du völlig erschöpft zu Boden und schläfst sofort ein.

Als du aufwachst, steht die Sonne schon hoch am Himmel. Nirgends ist eine Staubwolke zu sehen.

„Mist, jetzt habe ich ihre Spur verloren!", denkst du dir.

Gerade als du aufstehen willst, zischt eine Schlange neben dir. Erstarrt bleibst du sitzen. Langsam schlängelt sich das Tier an dir vorüber. Kalter Schweiß steht auf deiner Stirn. Du hältst den Atem an. Plötzlich kehrt die Schlange zurück und kommt genau auf dich zu. Du löst dich aus deiner Erstarrung und greifst schnell nach einem großen Stein. Im letzten Moment kracht der Felsbrocken auf den Kopf der Schlange.

„Puh, das war knapp", denkst du dir.

Dann wanderst du ziellos weiter durch diese öde Gegend.

„Vielleicht habe ich ja Glück und finde die Karawane wieder", versuchst du dich aufzumuntern.

Als du am nächsten Morgen aufwachst, hörst du Geräusche hinter einem kleinen Hügel.

„Was ist da los?", fragst du dich und steigst über die Anhöhe.

→ *Lies weiter bei:*

82

Mit aller Kraft hältst du das hölzerne Ruder und steuerst auf das Schiff zu. Das Segel kannst du schon gar nicht mehr halten. Völlig zerfetzt flattert es im stürmischen Wind.

Du näherst dich dem großen Schiff. Jetzt kannst du Seeleute darauf erkennen, die wild mit den Armen fuchteln und winken.

„Hätte ich das bloß nicht getan!", machst du dir Vorwürfe. „Wie bringe ich diese Nussschale nur zum Stehen? Ich fahre ja genau auf das Schiff zu!"

Aus dem Donnern der Wellen hörst du aufgeregte Schreie. Die Männer deuten auf die rechte Seite. Du drehst dich schnell um und siehst, wie eine riesige Welle auf dich zukommt.

„Jetzt ist es aus!", denkst du dir und klammerst dich verzweifelt am Ruder fest. Da brechen auch schon die Wassermassen über dein kleines Boot herein. Du hörst ein lautes Knacken und wirst ins Meer gewirbelt. Die peitschende See schaukelt dich rauf und runter. Mit beiden Händen umfasst du das abgebrochene hölzerne Ruder. Das ist deine einzige Rettung.

Plötzlich siehst du ein Seil im Wasser schwimmen.

„Ist das aus dem Fischerboot oder von der Galeere?", fragst du dich. Aber du willst das rettende Holz nicht loslassen.

„Was mache ich jetzt?", denkst du. „Gleich wirbelt die Strömung das Seil wieder weg."

→ *Du könntest das Seil ergreifen. Vielleicht ist es deine Rettung.* 116

→ *„Sicher ist sicher", denkst du und umklammerst das Holz.* 117

83

Mit einer Hand umklammerst du das Steuerruder, mit der anderen versuchst du, das Segel in den Wind zu bringen. Die Galeere verschwindet hinter den Wellen, und das Land ist überhaupt nicht mehr zu sehen.

Der Seegang wird immer stärker. Das Wasser spritzt ins Boot hinein. Wie auf einer Nussschale wirst du hin und her geschleudert. Plötzlich lässt eine riesige Welle dein Boot kentern. In hohem Bogen stürzt du in die kalten Wassermassen. Die tosenden Wellen drücken dich unter Wasser.

„Jetzt ist es aus!", denkst du und verlierst das Bewusstsein.

Ein lautes Geräusch weckt dich. Als du die Augen aufschlägst, kannst du es kaum glauben: Du liegst am Strand, über dir dröhnt ein Hubschrauber. Schnell springst du auf und fuchtelst wild mit den Armen. Der Hubschrauber landet in der Nähe und zwei israelische Soldaten steigen aus. Mühsam kannst du dich mit deinem Englisch verständlich machen. Sie bringen dich zur deutschen Botschaft nach Tel Aviv. Dort glaubt zwar niemand deine Geschichte, aber letztlich sitzt du dann doch im Flugzeug in Richtung Heimat. „Was wohl meine Eltern sagen werden, wenn ich ihnen das alles erzähle?", fragst du dich.

ENDE

➔ *Möchtest du wissen, welche der Begebenheiten auch in der Bibel vorkommen? Lies doch mal nach bei* 119

84

Nun arbeitest du jeden Tag in der Gefängnisküche. Das heißt: Korn mahlen, Teig kneten, Zwiebeln schälen und vieles mehr. Na ja, wenigstens hast du dein eigenes kleines Zimmer in einem besonderen Flügel dieses weitläufigen Gebäudes.
Von einem anderen Küchenjungen erfährst du, dass die Gefängniszellen im unterirdischen Teil liegen.
Als eines Tages einer der Essensausteiler krank wird, meldest du dich sofort. Mit einem Handkarren und einem großen Topf Suppe macht ihr euch auf den Weg in die dunklen Verliese. Es stinkt widerlich. Immer wieder huschen Ratten an euch vorbei. Überall rütteln die Gefangenen wild an den Türen und schreien nach dem Essen.
„Die meisten hier erwartet die Todesstrafe!", flüstert dein Begleiter dir zu. „Die haben nichts mehr zu verlieren."
Bedrückt füllst du die dunkle Brühe in flache Holzschalen und reichst sie durch ein kleines Loch. In einer der Zellen ist es auffallend still. Eine Stimme grüßt freundlich durch die Öffnung.
„Das gibt's doch nicht!", sagt dein Begleiter. „Jetzt ist der Kübel leer. Warte hier, ich hole Nachschub."

Du beugst dich zu dem Loch und siehst im flackernden Schein der Fackel ein bekanntes Gesicht.
„Ich kenne dich", sagst du schnell. „Du wurdest doch eingesperrt wegen dieser reichen Frau? Aber ich glaube, dass du unschuldig bist."
Der Fremde blickt dich erstaunt an. „Wer bist du? Und was weißt du über mich?!"
Schnell nennst du deinen Namen und erzählst, was du erlebt hast.
„Ich heiße Josef", sagt der Mann aus der Gefängniszelle. Dann stockt er. „Ach, es ist alles so glatt gegangen. Ich hätte es mir ja denken können."
„Was denn?", fragst du leise.
„Quassel hier nicht so viel herum!", brüllt plötzlich einer der Wachposten. „Los, teil endlich das Essen weiter aus!"
Da kommt auch schon der Nachschub, und es geht weiter von Zelle zu Zelle.
Leider bietet sich am nächsten Tag keine Gelegenheit mehr, Josef zu treffen.
Wochen vergehen. Da siehst du einen Mann, der eine lange Liste in der Hand hält und mit dem Küchenchef spricht. Er ist vornehm gekleidet und trägt eine ägyptische Frisur.
„Das ist doch Josef!", schießt es dir durch den Kopf.

Ist er es wirklich? Bevor du es erfährst, musst du erst noch ein paar knifflige Fragen beantworten:

→ *Welche Abgesandten sollen nach Ägypten kommen? (45)*
die eines hethitischen Königs? 2
die eines phönizischen Fürsten? 4
die der Königin von Nubien? 6
Trage die richtige Zahl in das erste Kästchen ein.

→ *Welche Leute sollen daher von den Straßen verschwinden? (45)*
Kinder und Kranke 2
Bettler und Kinder 4
Kranke und Bettler 6
Trage die richtige Zahl in das zweite Kästchen ein.
→ *Dort geht es weiter!*

85

„Ich werde ins Lager gehen“, sagst du dem Soldaten. „Bestimmt kann ich mich dort nützlich machen.“
Durch viele dunkle Gänge folgst du ihm in das Gefängnis. Der Soldat klopft an eine Tür und spricht mit einem groß gewachsenen Mann, dem die schwarzen Haare über die Schultern reichen. Es ist der Lagerverwalter. Er wendet sich dir zu.
„Also gut“, sagt er, „du kannst uns hier im Lager helfen.“
Es ist eine ziemlich anstrengende Arbeit: Wagen mit schweren Kisten abladen und in die Kellerräume schleppen, die Sachen auspacken, kontrollieren und verteilen. Ein Beamter notiert alles sorgfältig in Listen.
„Wie kann ich bloß diesem gefangenen Sklaven helfen?“, überlegst du immer wieder. Aus den anderen Arbeitern hier im Lager ist kein Wort herauszubringen.
„Vielleicht hätte ich doch in der Küche arbeiten sollen?“, zweifelst du an deiner Entscheidung.
Eines Tages bietet sich die Gelegenheit. Ein Wachposten bringt zwei Sklaven, groß und kräftig gebaut, zum Lagerverwalter.
„Einen bekommst du, der andere soll in die Küche!“, sagt er.
Der Verwalter antwortet: „Ich nehm beide!“ Er schiebt dich dem Soldaten hin. „Schick den da in die Küche!“, flüstert er und steckt dem Soldaten eine Münze in die Tasche.
Du machst eine finstere Miene, aber insgeheim freust du dich darüber.

→ *Lies weiter bei:*

86

Schnell öffnest du den kleinen Lederbeutel und hältst plötzlich mehrere Papyrusrollen mit irgendwelchen Skizzen in Händen. Da hat dich einer der Soldaten erreicht.

„Los! Nehmt das Kind fest!", ruft ein anderer. Der Soldat springt vom Pferd. „Du gehörst doch sicher auch zu diesen Korndieben!", fährt er dich an.

„Nein! Nein!", rufst du aufgeregt. „Ich bin auf dem Weg zu den Pyramiden!"

Der Soldat reißt dir das Papyrus aus der Hand.

„Die Lagepläne! Das ist der Beweis!"

Dann wirst du gefesselt. Alle deine Beteuerungen nützen nichts.

Kurz darauf werden auch die anderen Korndiebe hergeführt. Die Soldaten bringen euch in das Gefängnis der Hauptstadt Theben.

„Was wird passieren?", fragst du den Anführer der Bande beunruhigt.

„Tut mir leid für dich", sagt er und sieht dich traurig an, „aber mit Korndieben ist der Pharao nicht gerade zimperlich."

Er will sich umdrehen, doch du hältst ihn fest. Eindringlich bohrst du weiter: „Was macht er mit uns?"

„Erspar mir das!" Der Anführer blickt verlegen zur Seite. Dann wird dir klar: Dies ist das

ENDE

87

Blitzschnell rollst du dich zur Seite und springst durch die offene Tür in den Lagerraum hinein. Der Einbrecher knallt die Tür mit dem Fuß zu und schiebt den Riegel vor. „Das wäre erledigt!", hörst du seine zufriedene Stimme.

Als du aufstehst, bemerkst du im Innenhof ein Klirren. Durch den Spalt der Tür entdeckst du, dass der Sack des Räubers von einem scharfkantigen Edelstein aufgeschlitzt wurde. Die wertvolle Beute ist überall verstreut. Leise fluchend kriecht der Fremde auf dem Boden und sammelt die Sachen ein.

„Das ist die Gelegenheit!", denkst du dir, aber die Tür ist ja fest verschlossen. Vorsichtig schleichst du nach oben auf das Dach. Dort stehen große Körbe, bis zum Rand mit Getreide gefüllt.

Gerade als der Räuber unter dir eine glitzernde Kette aufheben will, wuchtest du mit aller Kraft einen Korb zur Seite. Er kippt um und eine riesige Ladung Körner ergießt sich auf den Eindringling.

„Hilfe! Hilfe!", schreist du nun laut. „Ein Einbrecher ist hier!" Doch nichts regt sich.

Mutig springst du vom Dach nach unten. Der Einbrecher schüttelt gerade die Körner aus seinem Gewand.

„Na warte!", ruft er wütend. Seine Augen suchen den verlorenen Dolch. Schnell packst du ihn und bedrohst den Fremden damit.

„Bleib stehen!", befiehlst du mit zitternder Stimme. Doch der Fremde grinst höhnisch und hebt einen Teil der zerbrochenen Götterstatue auf.

„Jetzt ist es aus mit dir!"

Er kommt immer näher. Wie versteinert stehst du da.

→ *Willst du noch einmal um Hilfe schreien?* 63

→ *„Ich muss diesen Kerl ansprechen und ablenken!", denkst du dir. „Das ist meine letzte Chance."* 64

88

Ohne zu zögern springst du nach vorne und umklammerst seine Beine. Der Verbrecher will mit seinem Dolch zustechen, doch er verliert das Gleichgewicht und kippt nach hinten. Dabei lässt er das Messer fallen. Blitzschnell schnappst du es dir und schreist laut um Hilfe.

Ängstlich rutscht der Fremde ein Stück nach hinten. Noch immer hältst du zitternd die Waffe in der Hand. Doch der Mann hat seinen ersten Schreck überwunden und kommt nun höhnisch grinsend auf dich zu.

„Hilfe! Hilfe!", schreist du noch einmal.

Der Dieb bückt sich und greift nach der zerbrochenen Götterstatue.

„Jetzt ist Schluss!", sagt er.

Wie versteinert stehst du da. Der Mann kommt immer näher.

→ *Willst du noch mal um Hilfe schreien?* 63

→ *„Ich muss irgendetwas sagen, um ihn aus der Fassung zu bringen!", denkst du. „Das ist meine letzte Chance!"* 64

89

Leise schleichst du in den Innenhof, da hörst du wieder Schritte. Aus der Dunkelheit löst sich eine große Gestalt und macht sich an der Tür zum Lager zu schaffen.

„Ich Dummkopf!", denkst du dir. „Wie soll ich gegen den ankommen?"

Du siehst dich um und entdeckst nicht weit von dir eine schwere Götterstatue aus Bronze.

Der Eindringling hat die Tür geöffnet und schleicht in den Lagerraum. Du schnappst dir die Statue und versteckst dich neben der Tür. Drinnen leuchtet eine Fackel auf. Du hörst ein leises Krachen.

Als du dich vorbeugst, siehst du im Lichtschein, wie der Räuber den Schmuck in einen Sack verstaut. Er fühlt sich unbeobachtet. Alles geht sehr schnell. In dem Moment, wo er durch die Tür zurückkommt, willst du mit der Statue zuschlagen. Doch dein Ärmel bleibt am Türgriff hängen. Du stolperst und fällst nach vorne. Die Statue bricht krachend entzwei.
Hilflos liegst du da. Der Einbrecher starrt dich entgeistert an. Er hält einen Dolch in der Hand.

→ *Willst du schnell ausweichen und dich zur Seite in die Lagerräume rollen?* 87

→ *Oder versuchst du, den Einbrecher an den Füßen zu packen?* 88

90

Sofort rennst du hinüber zu Josefs Zimmer und klopfst wild an die Tür.
„Josef! Josef!", rufst du aufgeregt. „Ich glaube, da bricht jemand ein!"
Aber es tut sich nichts. Alles bleibt vollkommen ruhig.
„So ein Mist!", denkst du dir. „Wo ist er denn?"
Schnell rennst du den Gang zurück und die Treppe hinunter. Vor dir liegt der dunkle Innenhof.
„Die Wachposten sind gegenüber!", schießt es dir durch den Kopf. „Aber dann laufe ich vielleicht diesem Räuber in die Arme."
Einen Moment zögerst du. Wieder hörst du Geräusche aus den Lagerräumen.
„Egal, ich muss es versuchen!", beschließt du und spurtest los.
Neben der Tür zum Lager steht eine bronzene Götterstatue, die du in der Dunkelheit übersiehst. Du stößt daran und die Statue fällt scheppernd um.
Als du dich aufrichtest, steht ein Fremder vor dir. Er schleppt einen schweren Sack auf dem Rücken. Mit durchdringendem Blick schaut er dich an.

„Hilfe! Hilfe!", schreist du jetzt laut. „Helft mir doch! Ein Einbrecher!"
Der Fremde greift nach der Statue.
„Jetzt ist es aus mit dir!", höhnt er.
„Ist denn niemand da?", denkst du noch und schaust dich hilflos um.

➔ *Lies weiter bei:*

91

Mit letzter Kraft taumelst du auf die andere Seite des Raumes. An einem Tisch hältst du dich fest, doch er zersplittert krachend, weil die Holzbeine schon brennen. Du erreichst das Kästchen und brichst es mit einem Küchenmesser auf. Es ist leer. Völlig entkräftet sinkst du zu Boden.
„Jetzt ist alles aus!", denkst du dir.
Der Qualm wird immer dichter. Jetzt riecht es aber plötzlich nach Autoabgasen.
„Wie gibt es denn das?", ist das Letzte, was du noch denken kannst. Dann fällst du in Ohnmacht.
Plötzlich hörst du lautes Hupen. Du reißt die Augen auf und siehst einen weißen Streifen vor dir auf dem Boden.
Es ist taghell. Mitten auf dem Kurfürstendamm liegst du auf einem Zebrastreifen. Immer noch hupt das Auto vor dir. Langsam robbst du auf den Mittelstreifen. Noch ganz benommen siehst du dir das geschäftige Treiben an.
Jetzt hält ein anderer Autofahrer und steigt aus. Er bückt sich zu dir herunter.
„Ist alles okay?", fragt er mitfühlend.
„Mist!", schimpfst du laut. „Jetzt wäre ich vielleicht dem Chefkoch noch auf die Schliche gekommen!"

Aber dann fällt dir der schwarze Ruß an den Händen auf. „Na ja, besser hier, als in dieser Küche gebraten zu werden."

ENDE

→ *Interessiert dich, was zu dieser Geschichte in der Bibel steht? Dann lies* 120

92

Im letzten Moment fällt dir ein, dass in der Zisterne neben der Küche noch jede Menge Wasser sein müsste. Du bekommst den Schlauch an der Wand zu fassen und hältst ihn in das Feuer. Der große Druck lässt das Wasser wie aus einem Feuerwehrschlauch spritzen. Innerhalb weniger Minuten hast du auf diese Weise den Brand gelöscht. Aber dafür ist der Qualm umso dichter.

Deine Augen tränen. Du suchst dir einen feuchten Lappen für Nase und Augen. Es ist unerträglich.

Da fällt dir das kleine vergitterte Fenster ein.

Durch den beißenden Rauch tastest du dich hin und kletterst hoch. Endlich ein wenig frische Luft!

Laut schreist du um Hilfe. Jetzt bemerken auch die anderen im Gefängnishof den Qualm und dein Schreien. Sie öffnen die Tür und holen dich heraus.

Zwei Tage liegst du völlig entkräftet auf deiner Matte. Als du dich erholt hast, gibt dir der Gefängnisverwalter eine großzügige Belohnung. Denn du hast nicht nur den Brand erfolgreich bekämpft, sondern dadurch auch den Chefkoch entlarvt. Den Beutel mit Silbermünzen in der Hand verlässt du das Gefängnis.

„Mir reicht's hier! Wer weiß, was noch alles passiert", denkst du dir. Mit dem Geld eröffnest du einen kleinen Imbissstand am Rande des

großen Basars. Schließlich hast du in der Küche einiges gelernt. Es gibt kalte und warme Speisen und das beliebte ägyptische Bier. Sehr begehrt ist dein „Nilburger": gebratenes Hackfleisch mit Salaten in einem knusprigen Fladenbrot. Besonders die Nomaden auf ihren Kamelen lieben ihn, denn er lässt sich schön leicht nebenbei essen. Während du so Tag für Tag an deinem Stand stehst und die Leute beobachtest, denkst du dir: „Jetzt hab ich wohl den ersten McDonald's der Antike eröffnet!"

ENDE

→ *Einige der Begebenheiten aus dieser Geschichte findest du auch in der Bibel. Lies nach bei* 120

93

Gleich neben dir bekommst du einen großen Eisentopf zu fassen. Mit aller Kraft donnerst du ihn an die Küchentür. Es scheppert und kracht, aber deine heftigen Schläge kratzen nur ein wenig am Holz.
„Hilfe! Hilfe!", schreist du aus Leibeskräften.
Plötzlich hörst du, wie Schlüssel rasseln und die Tür geöffnet wird. Völlig erschöpft fällst du Josef in die Arme. Hinter ihm stürmen Soldaten herein, die den Brand bekämpfen.
Josef bringt dich in deine Kammer und legt dich auf die Matte. Du erzählst ihm von deinem Verdacht.
„Es ist bestimmt der Chefkoch!", sagst du mit schwacher Stimme.
Josef beruhigt dich.
„In der Küche ist es zu gefährlich", sagt er. „Von jetzt an wirst du mir helfen. Und die Sache mit dem Koch werde ich persönlich in die Hand nehmen."
Wochen vergehen. Der Koch sitzt nun selbst in einer Zelle, und du hilfst Josef bei seinen Aufgaben im Gefängnis.

Eines Tages werden zwei ranghohe Beamte des Pharao in Untersuchungshaft gebracht. Josef soll sich persönlich um die beiden kümmern.
„Das sind ganz hohe Tiere!“, flüstert Josef dir zu. „Die arbeiten direkt beim Pharao und sind für Essen und Trinken im Königspalast zuständig.“
Neugierig blickst du Josef an.
„Aber warum sitzten sie hier im Gefängnis?“, fragst du.
„Keine Ahnung“, antwortet Josef.
Gemeinsam kümmert ihr euch nun um die eingesperrten Beamten. Ihre Zellen liegen im Obergeschoss und sind ziemlich komfortabel. Die beiden Gefangenen haben bisher einen ziemlich zuversichtlichen Eindruck gemacht.
„Nicht mehr lange ...“, hat dir der oberste Bäcker immer wieder zugeflüstert. „Ich habe eine Menge einflussreiche Freunde beim Pharao. Die holen mich hier schon wieder raus.“
Als ihr den beiden eines Tages das Essen bringt, sehen sie allerdings sehr bedrückt aus.
Während sie schweigend kauen, musst du an deine Zeit in der Gefängnisküche zurückdenken. Erinnerst du dich noch?

➔ *Was hast du geschält, bevor das Feuer ausbrach? (*24*)*

____

➔ *Was zahlte der Diener dem Küchenchef? (*24*)*

____

➔ *Womit hast du gegen die Küchentür geschlagen? (*93*)*

____

➔ *Jedes E zählt 4 Punkte, jedes O 2 und das Z 5 Punkte. Wie viel ergibt das? Dann weißt du ja, wo es weitergeht!*

94

Sofort rennst du nach links, wo du eine große aufgewirbelte Staubwolke entdeckt hast. Du läufst mitten hinein und stolperst über herausgebrochene Mauersteine. Die Gefangenen fliehen. Soldaten verfolgen sie mit Pferden.
„Die kommen nicht weit", denkst du dir.
Du willst umkehren, da entdeckst du frische Fußspuren, die an der äußeren Mauer entlangführen. Zögernd folgst du ihnen.
Plötzlich blendet dich der grelle Lichtschein einer Fackel. Eine starke Hand hält dir den Mund zu. Ein bärtiger Gefangener schleppt dich einige Meter weiter.
„Verflucht noch mal! Fast hätte ich es geschafft, und jetzt kommst du mir in die Quere!" Er steckt die Fackel in den Sand und hebt einen schweren Stein vom Boden auf.
„Jetzt ist meine letzte Stunde gekommen", denkst du dir. In deiner Verzweiflung beißt du mit aller Kraft in die Hand des Bärtigen. Schreiend lässt er den Stein fallen und fasst sich an die Wunde.
Schnell windest du dich los und willst davonrennen, aber du stolperst über die Fackel. Mit dem Kopf stürzt du auf den Stein, der dem Gefangenen gerade aus der Hand gefallen ist. Du schreist laut auf vor Schmerzen. Dann wird dir schwarz vor Augen.
Als du wieder aufwachst, liegst du in einem strahlend weißen Bett. Zwei Ärzte des Berliner Krankenhauses Charité beugen sich gerade über dich. Noch undeutlich hörst du ihre Stimme: „Ich glaube, unser Patient wacht gerade auf."

ENDE

→ *Welche Ereignisse kommen in der Bibel vor? Lies nach bei* 120 *und* 121

95

Als du hinrennst, erkennst du eine Gruppe von Gefangenen, die gerade die Wachen überwältigen.
„Diese Kerle!", denkst du dir. „Die brechen nach zwei Seiten gleichzeitig aus!"
Dann hörst du lautes Wiehern aus den Pferdeställen. Eine andere Gruppe der Ausbrecher treibt die Pferde heran. Alle springen auf und stürmen zum Ausgang hinaus, nachdem sie die Wachen überwältigt haben.
Hilflos stehst du da. Doch dann packst du einen Speer, der am Boden liegt, und stellst dich ihnen in den Weg. Die Reiter kommen genau auf dich zu. Sie geben ihren Pferden die Sporen. Dir wird ganz schön mulmig, dein Herz klopft rasend.
„Was bilde ich mir bloß ein! Die Typen kann ich doch nie aufhalten!"
Du schmeißt den Speer zur Seite und willst wegrennen. Doch da packt dich einer der Männer und zerrt dich auf sein Pferd.
„Vielleicht bist du uns ja als Geisel nützlich!", brüllt er und stürmt weiter.
Die ganze Nacht reitet ihr in wildem Tempo nach Westen. Bei einer kurzen Rast erfährst du, dass die Flüchtenden die Große Wüste durchqueren wollen.
Nach dem Ritt spürst du jeden einzelnen Knochen. Trotzdem schlägst du dich bis zu dem Anführer durch.
„Ihr seid ja verrückt!", schreist du ihn an. Dir ist jetzt alles egal. „Durch die Wüste kommt ihr nie! Dann lasst mich wenigstens laufen!"
Josef hat dir einmal erzählt, dass diese Wüste unendlich weit ist. Der Anführer antwortet knapp: „Du weißt zu viel. Und darum kommst du mit uns!"
Zwei Wochen seid ihr nun schon unterwegs. Immer wieder entdeckt der Anführer neue Wasserlöcher. Manchmal sind es sogar richtig große Oasen mit Palmen und prächtigen Blumen. Es scheint, dass er sich hier gut auskennt.
Doch nach zwei weiteren Tagen kommt ein heftiger Sandsturm auf und nimmt euch jede Möglichkeit, den richtigen Weg zu finden. Die Vorräte sind schon aufgebraucht, und als ihr endlich eine neue

Wasserstelle erreicht, ist sie völlig ausgetrocknet. Das ist euer

ENDE

Kein schönes Ende – oder? Aber du sollst noch eine Chance bekommen!

➔ *Sieh nach bei der Oase! Dort findest du einen Gegenstand, der beim Wassersuchen in der Wüste gute Dienste leisten kann. Zieh 1 von der Zahl ab. Alles klar? Dann los!*

96

„Bitte", unterbrichst du das Gespräch, „ich habe solche Schmerzen! Könnt ihr mir helfen?"
Ruben und Juda kommen auf dich zu und stützen dich. Zafenat-Paneach, besser gesagt Josef, lässt schnell einen Arzt holen. Inzwischen legen die Männer dich auf eine Liege und decken dich zu.
Kalter Schweiß steht auf deiner Stirn. Während du auf einen Arzt wartest, hörst du, wie Josef zu den Brüdern spricht: „Keine Angst! Ich werde mich nicht an euch rächen."
Ruben fasst sich an die Stirn. „Aber ..., aber warum?", fragt er zweifelnd. „Du hättest allen Grund dazu!"
Josef legt ihm den Arm auf die Schulter. „Es war Gottes Plan. Ich habe es auch lange nicht verstanden. Wie oft habe ich mir Rache geschworen. Aber jetzt weiß ich, dass es alles einen Sinn hatte."
„Wir verstehen nicht", wirft Juda ein.
„Ihr habt es böse gemeint", sagt Josef, „aber Gott hat daraus Gutes gemacht. Das ist das Entscheidende!"
Juda zweifelt noch immer. „Wirst du uns verhaften?"
„Nein, nein!", antwortet Josef. „Glaubt mir, ich habe euch vergeben."

Die Brüder schweigen betroffen.
„Die Hungersnot wird noch fünf Jahre dauern! Geht zurück nach Kanaan und holt die ganze Sippe her. Ich werde für euch sorgen. Auf diese Weise rettet Gott euch allen das Leben!"
Gerade ist der Arzt zur Tür hereingekommen. Er tastet deinen Bauch ab und murmelt etwas Unverständliches. Schnell verlässt er den Raum. Kurz darauf kehrt er mit einem heißen Saft zurück. Den flößt er dir langsam ein. Es schmeckt abscheulich bitter. Aber schon nach wenigen Minuten schläfst du ein.
Als du wieder aufwachst, liegst du neben dem zerbrochenen Stier im Museum. Die Leute drängen sich, um das Unglück genau zu betrachten.
Dich beachtet niemand. Du rutschst auf die Seite und lehnst dich an die Wand.
„Habe ich das alles nur geträumt?", fragst du dich immer wieder.

ENDE

→ *Einige dieser Begebenheiten findest du auch in der Bibel. Lies nach bei* 123, 124 *und* 125

97

Unauffällig verlässt du den Empfangsraum. Du blickst dich nach allen Seiten um, ob nicht irgendwelche Diener umherlaufen.
„Vielleicht hätte ich doch diesen Zafenat-Paneach ansprechen sollen", geht es dir immer wieder durch den Kopf.
Nach einigen Schritten wird der Schmerz so groß, dass du dich auf den Boden setzten musst. Am Ende des Ganges siehst du zwei Frauen heraneilen, doch dann verlierst du das Bewusstsein.
Als du wieder aufwachst, liegst du in einem weiß getünchten Zimmer im Berliner Krankenhaus Charité. Zwei Krankenschwestern beugen sich über dich. Noch ganz verwirrt sprichst du sie an: „Sind Sie

die beiden Dienerinnen des Zafenat-Paneach? Ich habe solche Schmerzen im Bauch."
Die beiden blicken dich mitleidig an. „Offenbar sind es noch immer die Fieberträume", sagt eine und hält deine Hand. „Beruhige dich", tröstet sie dich, „die Operation ist gut überstanden."

ENDE

→ *Möchtest du wissen, welche Begebenheiten auch in der Bibel vorkommen? Dann lies doch mal nach bei* 123 *und* 124

98

„Daran habe ich ja gar nicht gedacht!", fällt dir ein. „Die haben ja gar keine Fensterläden oder Rollos!"
Die Wände zittern und beben bei diesem Orkan. Die ganze Dienerschaft rennt aus dem Haus in den Garten.
„Folgt mir!", rufst du ihnen zu. „Wir müssen in den Keller, da sind wir sicher!"
Jetzt kommt auch Josef dazu und hilft dir. Alle rennen die Kellertreppe hinunter.
„Beeil dich!", drängt Josef, als du dich nochmals umdrehst.
„Der schöne Garten, die vielen Blumen", sagst du bedrückt.
Auf einem Baum entdeckst du eine Katze.
„Sieh doch, Josef, unsere Semiramis!"
Du rennst los und kletterst auf den Baum. Die kleine Katze im Arm eilst du zurück. Da spürst du einen unheimlichen Luftsog hinter dir, der dich vom Haus wegzieht. Ein mächtiger Windstoß schleudert dich in die Luft. Josefs Schreien hörst du schon nicht mehr. Der Orkan wirbelt dich höher und höher. Noch immer hältst du Semiramis fest in den Händen.
„Jetzt ist es aus!", ist das Letzte, was du noch denken kannst. Alles dreht sich, und du verlierst das Bewusstsein.

Da hörst du einen Hund laut bellen. Sofort bist du auf den Beinen und drückst die Katze fest an dich.
„Los, hau ab, du frecher Köter!“
Der Hund rennt davon, und du stehst staunend vor dem Brandenburger Tor, noch immer das kleine Kätzchen schützend im Arm.

ENDE

→ *Folgende Ereignisse aus dieser Geschichte findest du in der Bibel*
133

99

Ihr rennt zu Josef in den Speiseraum. Er ist gerade dabei, einige ängstliche Diener zu beruhigen.
„Daheim in Kanaan habe ich das öfter erlebt, aber hier noch fast nie!“, ruft er dir zu.
Nach zwei Stunden ist das Unwetter vorübergezogen, aber in der Stadt und auf den Feldern hat es großen Schaden angerichtet. Die Menschen halten das für ein schlechtes Zeichen. Doch der Pharao beruhigt die Leute. Er ordnet an, dass die Priester im ganzen Land der Himmelsgöttin Hathor Opfer bringen.
Es vergeht ein knappes Jahr. Du hast Pithom gezeigt, wie man Pfannkuchen macht. Es klappt auch schon ganz gut. Am meisten lacht ihr, wenn die Dinger irgendwo in der Küche landen.
Manchmal denkst du auch an dein Zuhause und deine Zeit zurück.
Eines Tages kommt Josef in die Küche geeilt und spricht zum Chefkoch: „Heute Abend musst du ein Essen für zwölf Personen herrichten! Aber alles vom Feinsten! Und mehr als genug!“
Dann wendet er sich an dich. „Stell die große Tafel auf, poliertes Besteck, den besten Stoff … und lass Blumen aus dem Garten bringen!“

Fragend blickst du Josef an.
„Meine Brüder sind wiedergekommen. Auch Benjamin ist dabei!“ Er gibt dir eine Papyrusrolle mit der Sitzordnung. Und schon ist Josef wieder verschwunden. Du hast alle Hände voll zu tun.
Am Abend begrüßt er seine Brüder freundlich.
Aber sie haben ihn noch immer nicht erkannt.
„Was spielt er da für ein Spiel mit ihnen?“, fragst du dich.
Josef erkundigt sich nach dem alten Vater Jakob. Dann steht er Benjamin gegenüber. Beide Arme legt er auf die Schulter seines kleinen Bruders und blickt ihn lange an. Nach all den Jahren, mit seiner ägyptischer Frisur und Kleidung, kann selbst Benjamin seinen Bruder nicht mehr erkennen.
„Gott sei dir gnädig, mein Sohn!“
Du spürst genau, wie Josefs Stimme zittert. Plötzlich dreht er sich um und läuft in den Nebenraum hinaus. Schnell folgst du ihm.
„Geht es dir nicht gut?“, fragst du besorgt.
Josef schweigt.
„Du weinst ja“, flüsterst du betroffen.
„Ich habe ihn so lange nicht mehr gesehen ...“ Doch schließlich gewinnt Josef seine Fassung wieder. Er wäscht sein Gesicht.
„Komm“, sagt er, „trag jetzt die Speisen auf!“
Doch du zupfst ihn am Ärmel: „Willst du das Rätsel nicht endlich lösen?“
„Nein, jetzt noch nicht“, antwortet Josef. „Sie müssen erst noch eine wichtige Lektion lernen!“
Die Feier dauert bis spät in die Nacht. Die Männer greifen mächtig zu, wenn du etwas servierst, allen voran Benjamin.
„Die sind wohl unersättlich“, denkst du dir.
Am Ende gehen alle vergnügt auseinander.
Josef bleibt noch lange an der leeren Tafel sitzen.
Vor ihm steht sein silberner Kelch. Durch seine rechte Hand lässt er immer wieder ein goldenes Halsband gleiten.
Dann ruft er nach dir. Er hat eine wichtigen Auftrag für dich.

→ *Betrifft es den silbernen Kelch?* 104

→ *Spielt vielleicht das goldene Halsband eine wichtige Rolle?* 105

100

Du erreichst die erste Reihe, da tritt ein Beamter vor den Pharao. Plötzlich sind alle still. Du bleibst stehen.

„Verzeiht, mächtiger Pharao", hörst du den Beamten unterwürfig sagen. „Vielleicht habe ich den Schlüssel zur Lösung eures Problems gefunden?"

„Nun sprich schon!", fährt ihn der Pharao an.

Bedächtig redet der Beamte weiter: „Ich war vor zwei Jahren im Gefängnis und habe dort einen jungen Hebräer kennengelernt. Er hat meinen Traum und auch den meines Mitgefangenen haargenau erklärt. Und es ist alles so eingetroffen, wie er es vorausgesagt hat."

Der Pharao wendet sich an seine Palastwachen.

„Bringt sofort diesen Mann zu mir!", befiehlt er. Dann wendet er sich um und veschwindet in seinen Privatgemächern.

Du stehst in der zweiten Reihe, und es bleibt dir nichts anderes übrig, als zu warten.

Es dauert nicht lange, da wird ein junger, braun gebrannter Mann hereingeführt. Er heißt Josef. Der Pharao kommt wieder und erzählt nochmals seine Träume. Aufrecht steht der junge Hebräer vor dem Pharao. Seine Gesichtszüge sind offen und ehrlich. Aufmerksam verfolgt er jedes Wort. Als der Pharao wieder schweigt, herrscht Totenstille. Du wagst fast nicht zu atmen.

„Gott will dir durch deine Träume etwas sagen!", beginnt Josef schließlich.

Ein Raunen geht durch die Menge.

„Die sieben mageren Kühe sind sieben Hungerjahre. Die sieben fetten Kühe sind sieben gute Jahre. Mit den Kornähren verhält es sich genauso", erklärt Josef. Dann fährt er fort: „Es werden sieben gute Jahre kommen, gefolgt von einer Hungersnot! Zwei gleiche Träume heißt: Es ist sehr wichtig und dringend!"

Der Pharao blickt gebannt auf Josef. Doch der spricht weiter: „Suche dir einen klugen, verständigen Mann, der das Getreide in den guten Jahren in Kornspeichern sammelt. Dann wird dein Volk nicht hungern!"

Eine alte Frau neben dir schüttelt sich. „Er kann doch dem göttlichen Pharao keine Ratschläge geben, dieser hergelaufene Sklave!", flüstert sie dir zu.

„Aber er hat recht!", antwortest du. Leise murmelnd wendet sie sich ab. Der Pharao stützt den Kopf auf die Arme. Nachdenklich hat der den Worten des Fremden gelauscht. Dann steht er auf und lächelt. „Schreiber!", ruft er. „Lasst Folgendes im ganzen Land verkünden: Josef soll mein Stellvertreter werden! Er wird sich darum kümmern, dass mein Volk diese Hungersnot übersteht. Er ist klug und verständig. Die Stimme seines Gottes spricht aus ihm!"
Der Pharao zieht seinen goldenen Siegelring vom Finger und steckt ihn Josef an. Dann legt er ihm eine goldene Kette um den Hals.
Du stehst fassungslos zwischen all den Leuten und siehst, wie Josef zitternd vor dem Pharao niederkniet. Dir fällt ein, dass du ja eigentlich wegen einer anderen Sache zum Pharao gerufen wurdest. Unschlüssig stehst du da.

→ *Willst du zurück zu dem Soldaten gehen?* 61

→ *Oder willst du dich an Josef wenden?* 62

101

„Was ist hier los?", fragst du einen der Diener neben dir.
„Der Pharao hat heute Nacht geträumt. Es muss ihn ziemlich mitgenommen haben", antwortet er und fügt wenig später hinzu: „Vor allem, weil niemand diese Träume erklären kann." Er deutet auf die murmelnde Menge. „Und nun hat der Pharao kundige und weise Leute versammelt, die ihm helfen sollen."
Jetzt hörst du einige Männer reden, aber du verstehst nur Wortfetzen: Fette Kühe … Nil …. Kornähren …
„Was hat er denn geträumt?", fragst du den Diener.
Wichtigtuerisch flüstert er dir zu: „Da haben sieben magere Kühe sieben fette gefressen … seltsam oder?"
Irgendwie kommt dir das bekannt vor.
„Ja, jetzt weiß ich es!", sagst du laut. Einige der Traumdeuter drehen

sich neugierig um. Du drängelst dich nach vorne. Da hält dich der Soldat fest.
„Was hast du vor? Du kannst doch nicht einfach zum Pharao gehen!“, fährt er dich warnend an.
„Doch“, antwortest du, „ich kann dem Pharao helfen!“
Der Diener kommt näher. Drohend zischt er dir zu: „Du bist doch verrückt!“
Der Soldat will dich zurückziehen. „Los, wir gehen und kommen später wieder.“

→ *Willst du trotzdem zum Pharao gehen?* 100

→ *Oder ist es doch besser, auf den Soldaten zu hören?* 61

102

In Ordnung“, entscheidest du, „ich bleibe bei euch.“
Von nun an lebst du bei den „Räubern“ und machst mit, wenn sie nachts die Kornspeicher des Pharao überfallen. Es ist wirklich ungerecht, was hier in Ägypten passiert. Das Korn wird für teures Geld verkauft. Die armen Leute müssen hungern, weil sie nicht genug Geld besitzen.
Was ihr erbeutet, verteilt ihr an die Hungernden: alte Leute, Frauen und Kinder. Immer lebt ihr in der Gefahr, erwischt zu werden.
Eines Nachts werdet ihr von den Soldaten des Pharao in einen Hinterhalt gelockt und festgenommen. Sie legen dir schwere Eisenketten an und bringen dich nach Süden ins Gebirge Sinai. Dort in den Goldbergwerken musst du Tag um Tag, Jahr um Jahr schuften.
Manchmal denkst du dir, was wohl aus deinem Leben geworden wäre, wenn du diese Klassenfahrt nicht gemacht hättest.

ENDE

103

„Früher habe ich im Haus des reichen Potifar gearbeitet", erzählt Atum. „Dort gab es einen Magier, der konnte unvorstellbare Wunder vollbringen. Der hat sogar einmal ein ganzes Schwein verschwinden lassen!"
Etwas skeptisch blickst du Atum an.
„Na ja, das sind ja nicht gerade die besten Aussichten", wirfst du zweifelnd ein. „Aber probieren will ich es trotzdem."
Am nächsten Tag bringt Atum dich zu diesem Magier. Du berichtest ihm, aus welcher Zeit du kommst. Ziemlich unbeeindruckt sitzt er an einem runden Holztisch und lässt eine Perlenkette durch seine Finger gleiten. Am Ende sagt er nur: „Das wird nicht billig werden!"
Doch Atum antwortet: „Lass das meine Sorge sein."
Der Magier braut aus verschiedenen Kräutern einen Trank. Dir ist die Sache nicht ganz geheuer.
„Da muss ich wohl durch", denkst du dir.
Der Magier füllt die Flüssigkeit langsam in einen Becher. „Die richtige Dosierung ist das Wichtigste", flüstert er geheimnisvoll.
„So, jetzt trink alles mit einem Zug aus." Vorsichtig nimmst du den Becher.
Du trinkst einen Schluck. Es schmeckt eklig. Du musst husten und spuckst einen Teil des Gebräus wieder aus.
Der Magier schlägt die Hände über dem Kopf zusammen. Du hörst noch, wie er entsetzt ruft: „Das war zu wenig! Bei Osiris, das war zu wenig!"
Dann verschwimmt alles vor deinen Augen.
Als du wieder aufwachst, liegst du auf einem großen Stein. Eine Menschenmenge strömt an dir vorbei. Noch etwas benommen krabbelst du hinunter und folgst diesen Leuten. Es stellt sich heraus, dass sie entflohene Skalven aus Ägpyten sind.
„Wir wollen in eine neues Land, wo Milch und Honig fließen!"
Du schließt dich ihnen an und lebst von nun wie sie.
Immer wieder lässt du dir abends am Lagerfeuer die alten Geschichten dieses Volkes erzählen. Manchmal seufzt du und sagst: „Ja, den Josef kenne ich auch." Aber besonders spannend wird es, wenn der Anführer Mose aus seinem Leben erzählt.

„Ob ich wohl jemals in die richtige Zeit heimkommen werden?", fragst du dich.

ENDE

104

Josef reicht dir seinen silbernen Kelch. Er befiehlt: „Geh zu meinem obersten Verwalter! Sag ihm, er soll das Geld, mit dem die Männer ihr Korn bezahlt haben, heimlich in ihre Getreidesäcke legen. Und diesen Kelch...", er gibt ihn dir in die Hand. „Diesen Kelch soll er in den Sack des Jüngsten stecken." Fragend blickst du Josef an.
„Geh schon!", befiehlt er. „Tu, was ich dir sage!"
Du bringst also den silbernen Kelch zum Verwalter und richtest Josefs Befehle aus. Danach fällst du hundemüde auf dein Bett.
Am Mittag wirst du von lautem Hufgetrappel aufgeweckt. Wenig später hörst du Josefs gebieterische Stimme: „Los! Ihnen nach!"
Unschlüssig stehst du am Fenster. „Das gilt sicher seinen Brüdern", denkst du dir. „Mich würde brennend interessieren, was er vorhat."
Schnell ziehst du dich an und reitest den Soldaten hinterher. Durch die belebten Straßen der Stadt geht es in Richtung Osten. Nach einer guten Stunde hat der Trupp die kleine Eselskarawane erreicht. Der Hauptmann springt vom Pferd und fährt die Männer an: „Wie konntet ihr unseren Herrn nur so betrügen!"
Die Brüder blicken ratlos auf.
„Warum habt ihr seinen kostbaren silbernen Becher gestohlen?"
Einer der Brüder tritt vor. „Wovon redest du? Wir haben doch das Geld zurückgegeben, und den Becher eures Herrn würden wir nie stehlen!"
Die Soldaten springen von den Pferden und umstellen die Männer. Auch du bist abgestiegen und nahe herangetreten.

Wieder spricht einer der Brüder: „Wir sind unschuldig! Wenn ihr wirklich den Becher findet, so soll derjenige des Todes sterben! Und wir alle wollen bis an unser Lebensende eure Sklaven sein!"
Die Beschuldigten laden die Säcke ab und binden sie auf. Einer nach dem anderen wird von den Soldaten durchwühlt. Überall finden sie Geldbeutel. Auch beim letzten Sack. Der Hauptmann befiehlt den Soldaten: „Los! Weitersuchen!"
Sie schütten den Sack auf dem staubigen Wüstensand aus. Plötzlich funkelt etwas Silbernes zwischen den Körnern.
Der Hauptmann hält triumphierend den silbernen Kelch des Zafenat-Paneach in der Hand.
Benjamin schwankt, er will sich am Esel festhalten, sackt aber zu Boden. Die anderen sind starr vor Schreck. Die Esel werden wieder beladen, und der Zug kehrt schweigend zurück.
Du folgst in einiger Entfernung. Plötzlich scheut dein Pferd vor einer Schlange. Es bäumt sich auf und rast in wildem Galopp davon. Mit aller Kraft versuchst du, dich am Zaumzeug festzuhalten, doch dann wirst du abgeworfen. Ein lauter Schrei, und dir wird schwarz vor den Augen.
Als du wieder zu Bewusstsein kommst, erblickst du die Scheinwerfer der Berliner U-Bahn. Du rappelst dich vom Bahnsteig auf und setzt dich auf eine Wartebank. Unzählige Leute steigen ein und aus. Es dauert eine Weile, bis dir klar ist, was das alles bedeutet.
„Was wird nun bloß aus dem Benjamin?", geht dir ständig durch den Kopf.

ENDE

→ *Die Bibel berichtet auch von einigen dieser Ereignisse. Lies es nach bei* 123 *und* 124

105

Josef gibt dir einen Papyrus mit seinen Befehlen und das goldene Halsband.
„Bring beides zu Seostris, dem Offizier der Leibwache". Seine Stimme klingt müde.
Während du durch die dunklen Gassen der Stadt läufst, fragst du dich immer wieder, ob du den Papyrus heimlich öffnen solltest.
„Josef vertraut mir", machst du dir klar und klopfst bei Seostris.
„Von Zafenat-Paneach!", antwortest du auf seine fragende Miene und hältst ihm die Botschaft entgegen. Er rollt den Papyrus auf und liest.
„Wo sind die elf Männer aus Kanaan untergebracht?", fragt er dann.
„Gleich neben den Pferdeställen des Palastes", antwortest du und verlässt das Haus.
Auf dem Rückweg bemerkst du Seostris, der mit einem kleinen Sack durch die Gassen huscht. Heimlich folgst du ihm und entdeckst, wie er zu den Getreidesäcken der Brüder schleicht. In jeden steckt er einen kleinen Lederbeutel hinein. Und in dem letzten versteckt er ganz unten einen silbernen Kelch.
„Was soll das Ganze bloß?", fragst du dich.
Als du zu Josefs Haus zurückkehrst und um die Pferdeställe biegst, rauscht plötzlich aus der Dunkelheit ein Knüppel auf dich zu. Mit einem lauten Schmerzensschrei sackst du bewusstlos zu Boden.
Als du aufwachst, dämmert es schon. Noch immer dröhnt es in deinem Kopf. Doch als du dich zum Palast umdrehen willst, kannst du es gar nicht glauben. Völlig überrascht reibst du dir die Augen: „Das ist ja das Brandenburger Tor!", stößt du hervor.
Dahinter geht gerade die Sonne auf. Zwei Frauen joggen an dir vorüber.
„Was hat Josef bloß mit diesem silbernen Kelch vor?", fragst du dich, als dich plötzlich ein Besen anstößt.
„Na, du hast wohl zu lange gefeiert?", hörst du die freundliche Stimme eines Müllmannes.

ENDE

→ *Lies doch mal nach, wie die Bibel einige dieser Ereignisse erzählt.*
123 *und* **124**

106

Schnell öffnest du die Schnur des Sacks und wühlst im Getreide. Jetzt hast du etwas Hartes, Kaltes erwischt. Und wirklich, du ziehst den silbernen Kelch heraus. Da fasst dir eine Hand auf die Schulter. Erschrocken fährst du herum.
„Was soll das?", faucht dich einer der Soldaten an. „Gib das her!"
Es bleibt dir nichts anderes übrig. Die Soldaten bringen den Kelch zum Hauptmann.
„Das haben wir im Kornsack des letzten Esels gefunden!"
Die Brüder stehen wie versteinert da. Sie sind kreidebleich.
„Los! Alle mitkommen!", befiehlt der Hauptmann.

➔ *Lies weiter bei:*

107

„Na, alter Junge!", tätschelst du dem Esel den Kopf . „Jetzt komm mal schön mit."
Behutsam nimmst du die Zügel und willst ihn wegziehen. Die Soldaten sind weiter vorn mit den Tieren beschäftigt. Doch nach wenigen Schritten bleibt der Esel stehen und bewegt sich nicht mehr vom Fleck.
„Lass mich doch jetzt nicht im Stich!", probierst du es noch einmal und streichelst ihm den Rücken. Aber er bewegt sich kein bisschen.
„Los, du dummer Esel. Nun mach schon! Es steht einiges auf dem Spiel!" Jetzt schiebst du von hinten, aber er will einfach nicht weiter.
„He! Was soll das?", ruft ein Soldat hinter dir. „Bleib stehen!", befiehlt er.
„So ein Mist!", denkst du. Benjamin erreicht den Esel und öffnet den

Sack. Der Soldat zieht den silbernen Kelch heraus und hält ihn triumphierend in der Hand. Die Brüder zittern vor Angst. Schweiß steht ihnen auf der Stirn. Sie bringen kein Wort heraus.
„Alle mitkommen!“, befiehlt der Hauptmann.

➔ *Lies weiter bei:*

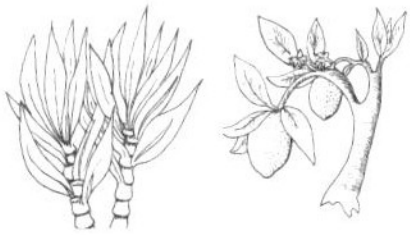

108

Gemeinsam verlasst ihr die Oase und zieht weiter durch Kanaan. In Byblos, einer großen Stadt am Meer, wollen die meisten von euch bleiben und Arbeit suchen.
Du findest einen Job als Wasserträger. Den ganzen Tag schleppst du Wasserkrüge von den Brunnen der Stadt zu den Häusern der Reichen. Nachts schläfst du in verwinkelten Gassen auf dem Gehsteig, hundemüde von deiner täglichen Arbeit.
Du erinnerst dich an die Straßenkinder in Brasilien, von denen du in der Schule gehört hast. „Jetzt geht's mir genauso“, denkst du dir.
So verrinnen die Wochen. Von deinem verdienten Geld kannst du gerade mal genug zu essen kaufen. Immer wieder hoffst du auf ein Zeichen oder eine Möglichkeit, zurück in deine Heimat zu kommen.
Eines Tages, du hast fast schon die Hoffnung aufgegeben, schleppst du einen vollen Wasserkrug zum Innenhof eines vornehmen Wohnhauses. Zwei Diener nehmen das Gefäß in Empfang. Als sie es auf dem Boden abstellen, ist es plötzlich leer. Stattdessen liegt eine kleine Dose auf dem Boden des Tonkruges. Die kannst du dir schnell noch schnappen, bevor die Diener dich mit lautem Geschrei wegjagen.
In einer schmalen Seitenstraße bleibst du stehen und öffnest das Döschen. Eine kleine weiße Tablette liegt darin.
„Vielleicht ist es das lang ersehnte Zeichen?“, denkst du dir, nimmst

die Tablette und schluckst Wasser aus deinem Lederbeutel hinterher. Im nächsten Moment stehst du wieder vor dem zerbrochenen Stier im Berliner Museum. Während Leute herbeieilen, um sich den Schaden anzusehen, überlegst du immer wieder: „Wo kam bloß diese weiße Tablette her?"

ENDE

→ *Schau doch mal nach, was die Bibel berichtet.* 123

109

Du schließt dich den Nomaden an. Irgendwo an einem Fluss trefft ihr auf die restliche Sippe, die dort ihre Zelte aufgeschlagen hat. Es wird schon langsam dunkel.

„Seht doch!", ruft Ruben. „Das Flussbett ist fast völlig ausgetrocknet!"

„Wenn wir bloß diese Dürre überstehen!", antwortet Juda.

Sie bringen dich zum Anführer der Sippe, ihrem alten Vater Jakob.

„Du kannst bei uns bleiben", lädt er dich ein. „Du gibst uns deine jungen starken Hände und wir bieten dir Schutz und Unterkunft."

„Gerne nehme ich euer Angebot an" erwiderst du etwas verschüchtert.

Von nun an lebst du glücklich und zufrieden bei Jakob. Eine weite Reise und ein Umzug stehen dir noch bevor.

ENDE

→ *Wenn du wissen möchtest, welche der hier beschriebenen Begebenheiten auch in der Bibel stehen, lies nach bei* 123 *und* 125

110

Josef kommt zurück.
„Dem Verwalter ist es egal, was aus dir wird. Wenn du willst, kannst du bleiben“, sagt er und schaut dich dabei fragend an.

„Also gut“, antwortest du, „ich bleibe hier. Viele Möglichkeiten habe ich ja nicht.“

Von nun an hilfst du Josef bei seinen Aufgaben im Gefängnis. Er kümmert sich um die Gefangenen des Pharao.

„Damit du es weißt“, sagt Josef „das sind besondere Gefangene. Die kommen nicht in so ein dreckiges Loch wie die anderen.“

Es vergehen einige Tage, da werden zwei Männer in das Gefängnis geführt.

„Das sind ganz hohe Tiere!“, flüstert einer der Wachmänner Josef zu. Der eine ist der oberste Mundschenk und der andere der Bäcker des Pharao.

„Nimm deine dreckigen Finger weg!“, schreit einer der beiden neuen Gefangenen den Soldaten an. „Ich werde hier bald wieder herauskommen!“ Er klopft sich den Staub vom Gewand. Und zu euch gewandt sagt er: „Das ist ein Missverständnis, ich bin nämlich unschuldig. Aber das wird sich bald herausstellen.“

Die beiden Männer kommen in zwei große Zimmer im Erdgeschoss. Durch das Gitter können sie den Hof und den blauen Himmel sehen. Wenn du den beiden das Essen bringst, machen sie einen zuversichtlichen Eindruck. Einmal raunt der Bäcker euch zu: „Wisst ihr, ich habe einflussreiche Freunde beim Pharao, die holen mich bestimmt hier raus!“

Doch einige Zeit später wirken Bäcker und Mundschenk ziemlich verstört und sagen kein Wort.

➔ *Du beobachtest Josef und musst daran denken, was du nun schon alles von ihm weißt. (* 59*)*
Die richtige Antwort bringt dich weiter!

➔ *Josef kommt aus Ägypten, wurde an den reichen Potifar verkauft und musste wegen Diebstahls ins Gefängnis. =* 15

→ *Josef kommt aus Syrien, wurde nach Kanaan an Zafenat-Paneach verkauft und musste wegen der Lüge seiner Frau ins Gefängnis.* = 33

→ *Josef kommt aus Kanaan, wurde in Ägypten an den reichen Potifar verkauft und landete unschuldig im Gefängnis.* = 25

→ *Josef kommt aus Nubien, wurde in Ägypten an den reichen Seostris verkauft und arbeitet als Agent im Gefängnis.* = 91

111

Josef kehrt zurück.
„Und?", fragst du gespannt.
„Die Soldaten haben bereits mit dem Verwalter gesprochen. Sie kommen gleich, um dich zu holen. Du musst sofort verschwinden!", antwortet Josef hastig.
„Was? Wie? Verschwinden?", stotterst du verwirrt.
Josef geht schnell zum hinteren Fenster des Raumes und blickt nach unten.
„Es könnte klappen", sagt er zu sich selbst. Er dreht sich um. „Los, schnell! Komm hierher!"
Mit einem Hebel öffnet er das Gitter. „Ich werde den Soldaten sagen, dass du schon weg warst, als ich gekommen bin."
Josef deutet mit der Hand nach rechts unten. „Du musst an diesem Fenstersims entlang. Und dann da drüben an der Mauer hinunterspringen."
Völlig entgeistert starrst du ihn an.
„Mach den Mund zu und steig jetzt raus." Er hilft dir durch das Fenster. „Viel Glück!", sind seine letzten Worte.
Während du an dem schmalen Rand entlangbalancierst, hörst du Stimmen aus dem Zimmer. „Da! Da ist jemand!", schreit einer der Soldaten.

Nun bist du an der Mauer. Es geht ziemlich tief nach unten. Einen Moment zögerst du, dann schließt du die Augen und springst einfach.
Doch du landest nicht auf dem Boden. Als du die Augen öffnest, ist es stockdunkel. Du fällst immer tiefer, immer weiter. Es scheint kein Ende zu nehmen. Deine panischen Schreie hallen durch die pechschwarze Nacht. Das ist dein

ENDE

→ *Und bei* 120 *erfährst du, von welchen dieser Ereignisse die Bibel erzählt.*

112

Der Kapitän des kretischen Schiffes prüft die silberne Vase sehr genau, die du ihm als Bezahlung anbietest.
„In Ordnung“, nickt er zustimmend. „Wir nehmen dich bis Tanis an der ägyptischen Küste mit. Von dort musst du sehen, wie du weiterkommst.“
Du willigst ein, und schon bald sticht das Schiff mit seinen großen rot-weiß gestreiften Segeln in See.
Am vierten Tag der Reise kommt ein starker Sturm auf. Die Wellen türmen sich gewaltig hoch und werfen das schwere Schiff mit einer unglaublichen Wucht hin und her. Dir ist hundeelend und du klammerst dich an die Reling. Da reißt eine Welle dich los und schleudert dich ins offene Meer.
Das Schreien der Seeleute kannst du inmitten der tosenden Wellen

nicht mehr hören. Du siehst auch nicht, wie sie dir ein Seil zuwerfen. Die Strömung reißt dich unbarmherzig in die Tiefe. Jede Hilfe kommt zu spät.
Vor deinem inneren Auge laufen die letzten Tage wie ein Film in Sekundenschnelle ab. Als Letztes siehst du die trockene Wüste und dich selbst fast am Verdursten. Doch dann spürst du wieder das kalte Wasser und hörst das Donnern der Wogen.
Plötzlich fasst dich eine Hand und zieht dich aus dem Wasser. Ganz benommen spuckst und hustest du. Dann öffnest du langsam die Augen.
Im Hintergrund siehst du die Hochhäuser von Berlin, vor dir zwei deiner Mitschüler im Sand des Spreeufers. Sie sind völlig durchnässt, weil sie dich aus dem Fluss gezogen haben. Du reibst deine Augen, deine Kleider tropfen, immer wieder stammelst du: „Das gibt's doch nicht. Das gibt's doch nicht!"
Dann wendest du dich an deine Mitschüler. „Wie komme ich hierher?", fragst du sie.
„Das ist eine lange Geschichte", antworten die beiden.

ENDE

→ *Interessiert dich, ob einige der Begebenheiten auch in der Bibel zu finden sind? Dann lies nach bei* 120 *und* 121

113

Mit dem Kapitän einigst du dich auf die silberne Vase als Fahrpreis. Das Schiff steuert die Küste Nordafrikas entlang und segelt dann nilaufwärts weiter. Der frische Nordwind vom Meer bringt euch bis nach Theben, der großen Hauptstadt. Immer wieder beobachtest du die Paviane, die zwischen den Segeln herumtollen.
„Die kommen aus Nubien", bemerkt der Kapitän, als du versuchst, dich mit einem von ihnen anzufreunden. Alle tragen sie ein versilbertes Halsband mit einer Nummer.
„Die Kerle sind gutes Geld wert!", sagt der Kapitän und geht ans Vorderdeck.
Endlich erreicht ihr Theben. Rechts am Ufer erstrecken sich gewaltige Tempelanlagen, die stufenförmig in den Fels hineingebaut sind. Ihr segelt auf die andere Seite des Flusses. Dort ist eine künstlich angelegte Bucht, wo ihr die Taue festmacht. Starke, braun gebrannte Männer tragen schwere Getreidesäcke durch ein Tor.
„Korn für die Priester des großen Ammun-Re-Tempels", erklärt der Kapitän und lehnt dabei gleichgültig an der Reling.
„Ich werde das Schiff nun verlassen", sagst du ihm. „Ich suche einen Freund."
Der Kapitän greift unter seinen Umhang und holt ein kleines Tonfläschchen hervor.
„Hier", sagt er, „falls du einmal in Schwierigkeiten bist."
Überrascht hältst du das kleine Gefäß in der Hand und gehst von Bord.
Da springt einer der Paviane vom Schiff, reißt dir das Fläschchen weg und rennt in den Tempel hinein. Sofort spurtest du hinterher.
Niemand kümmert sich um dich. Mühsam kannst du dem Affen folgen, doch die Gänge werden dunkler und enger. Kleine Öllämpchen geben schwaches Licht. Dir wird immer unheimlicher. Dann trittst du in einen kleinen Raum. Auf beiden Seiten stehen Götterbilder, in der Mitte liegen frische Früchte auf einem Altar. Der Pavian hockt in der Ecke und spielt mit dem Fläschchen.
Plötzlich fällt die Tür zu. Nun ist es stockdunkel. Kreischend springt der Pavian auf dich zu. Als du Stimmen hörst, bekommst auch du

Angst. Du erwischst das Fläschchen, öffnest schnell den Deckel und trinkst das Elixier. Dann dreht sich alles um dich.
Als du wieder aufwachst, siehst du vor dir einen Wassergraben und auf der anderen Seite eine Horde Affen.
„Wo bin ich hier?", fragst du dich und blickst dich um. Plötzlich wird dir klar: „Ich bin im Berliner Zoo." Drüben auf einem Baum winkt dir ein Pavian zu. An seinem Hals glitzert eine silberne Kette.
„Das gibt's doch einfach nicht!", wunderst du dich und bleibst noch lange vor dem Affengehege stehen.

ENDE

→ *Natürlich steht auch zu dieser Geschichte einiges in der Bibel. Lies nach bei* 120 *und* 121

114

Ohne zu zögern rennst du zur Schafherde hinüber und öffnest das breite Tor. Laut schreiend versuchst du, die Tiere hinauszutreiben. Doch plötzlich kommen einige Hunde angelaufen, die dir vorher nicht aufgefallen sind. Heftig bellend scheuchen sie die Schafe wieder in ihre Umzäunung.
Die Männer, die den Jungen umbringen wollen, hat das überhaupt nicht gestört. Als du zum Zelt zurückrennst, haben sie ihm schon das Gewand vom Leib hinuntergerissen und schleppen ihn zur Zisterne. Da es schon lange nicht mehr geregnet hat, ist sie völlig leer. Wieder siehst du einen Dolch in der Sonne blitzen.
„Vergieß kein Blut, Juda!", hörst du einen der Männer rufen. „Er ist dennoch unser Bruder!"
Der Mann mit dem Dolch zögert einen Augenblick. Dann schreit ein anderer: „Los, wir werfen ihn erst einmal hinein!"
Sie versetzen dem Jungen einen Stoß. Mit einem jämmerlichen Schrei stürzt er in die Tiefe hinab.
„Ich muss mich irgendwo verstecken", geht es dir durch den Kopf. Du stürmst aus dem Zeltlager und wartest in einer Felsspalte bis zum Einbruch der Nacht. Aus der Ferne siehst du das Lagerfeuer, an dem die Brüder beim Essen zusammensitzen. Immer wieder hallen Hilfeschreie aus der Zisterne in die Nacht.
„Solche gemeinen Kerle!", denkst du dir.
Als alle schlafen, schleichst du vorsichtig zum Rand der Zisterne.
„Pst! Josef", flüsterst du leise hinunter, „ich will dir helfen!"
Eine Weile ist es ganz still.
„Wer bist du? Und wo kommst du her?", tönt es endlich dumpf aus der Tiefe.
„Das spielt jetzt keine Rolle. Ich will dir helfen!"
Du wartest auf eine Antwort.
„In Ordnung!", hörst du die Stimme aus der Zisterne. „Du musst einen Strick suchen. Schau vorsichtig bei den Zelten nach!"
Leise schleichst du im ganzen Lager herum, aber es ist zu dunkel, um irgendetwas zu finden. Ständig musst du aufpassen, dass du niemanden weckst.
Da stolperst du über das zerrissene Gewand von Josef.

„Das nützt mir jetzt auch nichts!", denkst du dir.

→ *Stopp! Natürlich nützt es dir etwas. Findest du das Gewand auf dem Oasenbild? Na, dann hast du ja schon die richtige Nummer!*

115

Du rennst zum Pferd hinüber, bindest es schnell los und schwingst dich in den Sattel. Wie wild reitest du auf den Jungen zu.

„Bleib zurück!", schreist du aus Leibeskräften. „Die wollen dich töten!"

Der Junge bleibt stehen und sieht dich verwirrt an.

„Schnell! Lauf weg! Hörst du nicht!"

Du willst anhalten, doch das Pferd gehorcht dir nicht. Im Galopp reitest du an Josef vorbei. Das Pferd macht einen großen Bogen und kommt ins Lager zurück.

„Nicht doch!", schreist du und willst abspringen. Doch es ist zu spät. Die Männer zerren dich vom Pferd herunter und werfen dich in die Zisterne zu Josef.

„Lasst uns raus hier!", schreit ihr mit vereinten Kräften, bis eure Stimmen heiser sind. Zwei trockene Brote landen vor euch auf dem Boden. Mehr passiert nicht.

Ihr versucht, euch gegenseitig herauszuhelfen, doch die Wände sind zu hoch. Josef sinkt auf den staubigen Boden.

„Ach, lass es sein. Es hat ja doch alles keinen Sinn", seufzt er entmutigt. Du probierst es noch ein paar Mal, an den glatten Felswänden hochzuklettern. Doch dann gibst du es auf. Völlig erschöpft schlaft ihr beide ein.

Als du aufwachst, sitzt du in eurem Reisebus.

„Schau doch!", ruft einer deiner Mitschüler und rempelt dich mit dem Arm an. „Da vorne ist schon der Fernsehturm von Berlin!"

Verschlafen blickst du ihn an. „So ein Mist, was wird jetzt aus Josef?"

Entgeistert mustert dich dein Mitschüler.
„Oder war das alles nur ein Traum?"

ENDE

➔ *Und hier erfährst du, wie die Bibel von den Ereignissen erzählt:* 119

116

Als du nach dem Seil greifst, schwimmt das Holz davon. Nun spürst du einen kräftigen Ruck. Mit letzter Kraft umklammerst du das Tau und wirst auf die Galeere gezogen. Die Matrosen tragen dich unter Deck und geben dir trockene Kleider. Völlig erschöpft schläfst du ein.
Als du aufwachst, spürst du Ketten an Händen und Beinen. Fassungslos richtest du dich auf.
„Was ist los? Was soll das?", rufst du laut nach oben.
Da kommen zwei Männer und führen dich wortlos zu den Rudern.
Nun ist dir klar, was das bedeutet: „Ich werde wohl den Rest meines Lebens als Rudersklave hier auf diesem Schiff verbringen!"

ENDE

➔ *Bei* 119 *kannst du nachlesen, welche Begebenheiten auch in der Bibel berichtet werden.*

117

Verzweifelt klammerst du dich am Holz fest und wirst von dem Sturm weitergetrieben.
Irgendwann wachst du an einem Sandstrand auf, weil dich jemand an der Schulter fasst. Du traust deinen Augen nicht: Es ist der alte Fischer Meschech.
„Wen hat mir der Sturm denn da an Land gespült?", fragt er mit einem gequälten Grinsen. In der Ferne siehst du seine Hütte. Müde und enttäuscht stehst du auf.
„Komm!", fährt er fort. „Jetzt musst du erst einmal ein neues Boot bauen. Deine Flucht wird dich teuer zu stehen kommen!" Er ballt die Fäuste. „Weißt du, was das bedeutet?!", schreit er dich wütend an. „Ein Fischer ohne Boot! So viel kannst du gar nicht schuften, um das wiedergutzumachen!"
Voller Entsetzen wird dir klar, dass du von hier wohl nicht mehr wegkommen wirst.

ENDE

→ *Nein, nicht ganz. Du kannst ja noch nachlesen, was in der Bibel steht.* 119

Hier nun die wichtigsten Ereignisse, die in den verschiedenen Geschichten vorkommen und in der Bibel aufgeschrieben sind. Wenn du es ganz genau wissen willst, kannst du auch in 1. Mose 37 bis 46 nachlesen.

118

Josefs Träume 1. Mose 37,1-11

Jakob war schon alt und lebte mit seinen zwölf Söhnen im Land Kanaan. Am liebsten hatte er seine beiden Jüngsten, Benjamin und Josef, denn sie waren Rahels Kinder. Doch Josef zog er besonders vor. Eines Tages schenkte er ihm sogar ein sehr kostbares Gewand. Da wurden die anderen Brüder neidisch und sprachen kein freundliches Wort mehr mit Josef.

Eines Tages hatte Josef einen Traum. Als er ihn erzählte, wurden seine Brüder erst recht wütend auf ihn.

„Ich will euch sagen, was ich geträumt habe", fing Josef an. „Wir waren miteinander auf dem Feld, schnitten Getreide und banden die Ähren zu Garben zusammen. Plötzlich stellte sich meine Garbe auf und blieb stehen. Eure Garben stellten sich im Kreis um sie herum und verneigten sich tief vor meiner Garbe."

Da sagten die Brüder: „Du willst wohl unser König werden, was?"

Einige Zeit später erzählte Josef folgenden Traum: „Ich sah die Sonne, den Mond und elf Sterne, und alle verneigten sich vor mir."

Nun wurde es selbst Jakob zu viel und er sagte zu Josef: „Was für einen Unsinn träumst du da? Sollen wir uns etwa alle vor dir in den Staub werfen – auch deine Mutter und ich?"

119

Josef wird nach Ägypten verkauft 1. Mose 37,12-36

Einmal weideten Jakobs Brüder die Schafherden ihres Vaters auf weit entfernten Wiesen. Weil Jakob wissen wollte, ob seine Söhne sich anständig benahmen und ob es ihnen gut ging, schickte er Josef aus, um nach dem Rechten zu sehen.

Josef machte sich auf den Weg. Nach einer Weile traf er einen Mann, der ihm sagte, die Brüder seien nach Dotan gezogen. Und so war es auch.

Als die Brüder Josef von Weitem kommen sahen, wollten sie ihn töten. Doch Ruben war damit nicht einverstanden. Er schlug vor, Josef in eine ausgetrocknete Zisterne zu werfen. Wenn die anderen schliefen, wollte Ruben ihn befreien und sicher zum Vater zurückbringen. Doch bevor er seinen Plan ausführen konnte, kam eine Karawane mit Händlern am Lagerplatz vorbei. Da beschlossen die Brüder, Josef an sie zu verkaufen.

Die Fremden nahmen Josef mit nach Ägypten.

Aber die Brüder zerrissen Josefs prächtiges Gewand, tauchten es in das Blut eines geschlachteten Ziegenbocks und ließen es ihrem Vater Jakob mit der Botschaft bringen: „Das haben wir gefunden. Ist es vielleicht das Gewand deines Sohnes?"

Jakob schrie entsetzt auf: „Ja, es ist von meinem Sohn. Ein wildes Tier muss ihn gefressen haben."

Dann legte er ein Trauergewand an und trauerte lange Zeit um seinen Lieblingssohn.

120

Josef als Sklave bei Potifar 1. Mose 39,1-20

Die Händler verkauften Josef auf dem Sklavenmarkt an Potifar, einen Hofbeamten des Pharaos. Dort wurde er im Haus beschäftigt.
Potifar schätzte Josef sehr und vertraute ihm blind. Potifars Frau hatte ein Auge auf Josef geworfen, aber er wies sie immer wieder ab.
Einmal hielt die Frau Josef sogar an seinem Gewand fest. Doch Josef befreite sich. Dabei riss ein Stück Stoff aus seinem Gewand. Die Frau schrie los: „Schaut her! Dieser Hebräer hat versucht mich zu vergewaltigen!" Und als Beweis hielt sie das Stück Stoff den Dienern und später auch ihrem Mann entgegen.
Potifar glaubte seiner Frau, und Josef wurde ins Gefängnis gesteckt.
Doch auch hier sorgte Gott für ihn. Schon bald gewann Josef das Vertrauen des Gefängnisverwalters und wurde Aufseher über alle anderen Gefangenen.

121

Josef im Gefängnis 1. Mose 39,21 – 40,23

Bald danach ließen sich der Mundschenk und der Bäcker des Pharao etwas zuschulden kommen. Sie kamen zu Josef ins Gefängnis.
Eines Tages waren die beiden sehr niedergeschlagen, weil sie bedeutungsvolle Träume gehabt hatten, aber sie sich nicht erklären konnten.
Josef sagte ihnen, dass er mit Gottes Hilfe die Träume deuten könnte.
Da begann der Mundschenk:
„Ich sah einen Weinstock vor mir, der hatte drei Ranken. Der Saft stieg in die Knospen, sie blühten auf, und schon reiften die Trauben. Ich hatte den Becher des Pharao in der Hand, presste die Trauben hinein und reichte den Becher dem Pharao."
„Dein Traum bedeutet, dass der Pharao dich heute in drei Tagen wieder in dein Amt einsetzen wird", erklärte Josef.
Da erzählte der Bäcker seinen Traum: „Ich trug auf dem Kopf drei aufeinander gestellte Körbe mit Gebäck. Im obersten Korb lagen Backwaren für den Pharao. Da kamen die Vögel und fraßen den Korb leer."
„Heute in drei Tagen wird der Pharao dich an einen Baum hängen. Dann werden die Vögel dein Fleisch fressen", musste Josef dem Bäcker sagen.
Drei Tage später feierte der Pharao ein Festmahl. Dabei brachte der Mundschenk ihm wieder den Wein. Der Bäcker aber wurde gehängt.

122

Josef erklärt die Träume des Pharao 1. Mose 41,1-46

Zwei Jahre später hatte der Pharao einen Traum: Sieben schöne, wohlgenährte Kühe stiegen aus dem Nil und weideten im Schilf, das am Ufer wuchs. Da kamen sieben magere, hässliche Kühe aus dem Fluss und fraßen die fetten auf.
Der Pharao wachte auf, schlief aber gleich wieder ein und träumte noch einmal: Auf einem einzigen Halm wuchsen sieben schöne, volle Ähren. Dann sah er sieben dünne, vom Ostwind ausgedörrte Ähren aufwachsen. Die vertrockneten Ähren verschlangen die vollen.
Da wachte der Pharao wieder schweißgebadet auf. Er ließ alle Wahrsager Ägyptens rufen, doch niemand konnte ihm die Träume erklären.
Als der Mundschenk das mitbekam, fiel ihm plötzlich Josef ein. Der Pharao ließ den Gefangenen sofort zu sich bringen, und Josef erklärte ihm: „In den Träumen zeigt Gott, was er vorhat. Die sieben fetten Kühe und die sieben vollen Ähren bedeuten sieben fruchtbare Jahre. Die sieben mageren, hässlichen Kühe und die sieben kümmerlichen, vertrockneten Ähren bedeuten ebenso viele Hungerjahre. Gott will damit ankündigen, dass in den nächsten sieben Jahre in ganz Ägypten Überfluss herrschen wird. Aber dann kommen die sieben Hungerjahre, und der Überfluss wird vergessen sein.
Dass Gott gleich zwei ähnliche Träume schickte, macht deutlich, wie wichtig diese Botschaft ist."
Dann riet Josef dem Pharao, einen klugen Mann zu suchen, der während der guten Jahre genügend Vorräte anlegen sollte, damit niemand in Ägyten hungern müsste.
Der Pharao folgte dem Rat, machte Josef zu seinem Stellvertreter und setzte ihn zum Herrn über Ägypten ein.
Josef heiratete später und bekam zwei Söhne.

123

Die erste Reise der Brüder nach Ägypten 1. Mose 42

Als der Hunger unerträglich wurde, schickte Jakob seine Söhne nach Ägypten, um dort Getreide zu kaufen. Nur Benjamin, der Jüngste, sollte bei seinem Vater zu Hause bleiben, damit ihm nicht auch noch etwas zustieß.

So zogen Jakobs Söhne los und traten vor Josef, bei dem alle vorsprechen mussten, die von den Vorräten haben wollten. Die Brüder erkannten Josef nicht.

Aber Josef wusste, wen er vor sich hatte. Doch er tat, als kenne er die Männer nicht. Stattdessen beschuldigte er sie der Spionage.

Die Brüder versicherten, dass sie nur Getreide kaufen wollten, doch Josef blieb hart.

„Wenn es stimmt, was ihr sagt, müsst ihr mir euren jüngsten Bruder bringen, von dem ihr mir erzählt habt. Und während ihr ihn holt, bleibt einer von euch hier im Gefängnis", sagte er.

Den Brüdern blieb nichts anderes übrig, als einzuwilligen. Sie glaubten, dass dies die Strafe für das Unrecht war, das sie vor vielen Jahren ihrem Bruder Josef angetan hatten.

Josef ließ die Säcke der Männer mit Getreide füllen und legte das Geld, das sie dafür bezahlt hatten, obenauf.

Simeon blieb im Gefängnis, doch die anderen machten sich auf den Heimweg. Als sie ihr Nachtlager aufschlugen, bemerkte einer von ihnen das Geld auf seinem Getreidesack. Da erschraken sie alle fürchterlich und fragten sich, warum Gott ihnen das angetan hatte.

Zu Hause angekommen, versuchten die Söhne Jakob zu überzeugen, Benjamin mit nach Ägypten ziehen zu lassen. Doch Jakob lehnte ab. „Josef ist weg, Simeon ist weg, und nun wollt ihr mir auch noch Benjamin nehmen. Nichts bleibt mir erspart!", rief er aus.

Ruben verbürgte sich dafür, Benjamin gesund wieder nach Kanaan zu bringen, doch Jakob blieb hart.

124

Die zweite Reise nach Ägypten ***1. Mose 43.44.45***

Nach einiger Zeit war der Vorrat, den die Brüder aus Ägypten mitgebracht hatten, verbraucht. Es blieb Jakob nun nichts anderes übrig, als Benjamin auch mit in die Fremde ziehen zu lassen. Außerdem gab er seinen Söhnen viele kostbare Geschenke und die doppelte Geldsumme mit, die sie bei ihrer ersten Reise für das Getreide bezahlt, dann aber plötzlich in ihrem Gepäck wiederentdeckt hatten.
Josef ließ seine Brüder edel bewirten, als sie bei ihm vorsprachen. Sie fürchteten aber, dass der Herrscher über Ägypten sie für Betrüger halten könnte, weil sie doch das Geld mit nach Hause genommen hatten, das sie plötzlich im Gepäck gefunden hatten.
Doch Josefs Verwalter, den sie darauf ansprachen, beruhigte sie.
Das Festmahl begann. Als Josef seinen kleinen Bruder Benjamin sah, konnte er sich nicht länger beherrschen. Er zog sich in sein Privatzimmer zurück und brach dort in Tränen aus.
Josef kehrte zu den Brüdern zurück und ließ das Essen servieren. Allen schien es zu schmecken. Besonders Benjamin: Er aß fünf Mal so viel wie die anderen.
Nachdem Josef den Getreidehandel mit seinen Brüdern abgeschlossen hatte, wollte er sie auf die Probe stellen. Er ließ seinen silbernen Becher im Sack verstecken, den Benjamins Esel trug.
Die Brüder machten sich auf den Heimweg. Doch plötzlich wurden sie von Josefs Verwalter angehalten. Er beschuldigte sie, Josefs Becher gestohlen zu haben. Da erschraken die Brüder, aber sie waren sich ihrer Unschuld sicher. Ruben rief aus: „Wenn sich der Becher bei einem von uns findet, soll der Betreffende sterben, und wir anderen wollen deine Sklaven sein."
Als alle Getreidesäcke durchsucht waren, fand sich der Becher bei Benjamin. Die Brüder waren verzweifelt, aber es blieb ihnen nichts anderes übrig, als mit dem Verwalter zurück zu Josef zu ziehen.

Als die Männer im Palast ankamen, schlug Josef ihnen vor, Benjamin als seinen persönlichen Sklaven zu behalten. Die anderen sollten ruhig zum Vater zurückkehren.
Doch da trat Juda vor und sagte, dass er niemals ohne Benjamin nach Hause zurückkehren würde. Und er bot sich selbst im Tausch als Sklave an.
Da konnte Josef nicht länger an sich halten. Er gab sich zu erkennen und erzählte seinen Brüdern, wie wunderbar Gott ihn beschützt hatte und nun auch für die ganze Sippe sorgen würde. Josef vergab seinen Brüdern und schickte sie mit üppigen Geschenken nach Hause, um auch den Vater und den Rest der Familie an seinen Hof zu holen.

125

Jakob kommt nach Ägypten 1. Mose 46,1-7.28-30

Jakob machte sich mit seinen Söhnen auf den Weg nach Ägypten. Seinen ganzen Besitz nahm er mit.
Er schickte Juda voraus, um Josef seine Ankunft anzukündigen. Als Josef die Nachricht hörte, ließ er sofort seine Wagen anspannen und eilte dem Vater entgegen. Er schloss ihn in die Arme und weinte lange.
„Jetzt sterbe ich gern", sagte Jakob. „Ich habe dich wiedergesehen und weiß, dass du noch am Leben bist."

ÜBRIGENS: Deine Meinung zu meinen Geschichten ist mir wichtig. Wie haben sie dir gefallen? Hast du noch andere Ideen? Du kannst mir gern schreiben. Wenn du deinem Brief noch einen frankierten Umschlag mit deiner Adresse beilegst, wäre das prima, und du kannst sicher sein, dass ich dir antworten werde.
Und wenn deine Klasse Interesse hat, dass ich selbst aus meinem Buch vorlese, könnt ihr mir auch gern schreiben:

Volker Linhard
Am Kindergarten 4
91238 Offenhausen

Du kannst mir auch gern eine E-Mail senden:
v.linhard@web.de